Widmung

Im Gedenken an meine liebe Freundin und für mich beste überhaupt vorstellbare Lektorin Wiltrud Heinzelmann, die uns unerwartet und leider viel zu früh am 21. September 2018 verließ. Wir hatten nicht sehr viel Zeit miteinander, aber diese kurze Zeit mit Wiltrud war sehr intensiv und ich bin dankbar für jede Minute unserer wenigen gemeinsamen Unternehmungen.

ELLEN HEINZELMANN

FLUCH oder SEGEN

Mystery

Der Markgräfler Krimi

Zum Inhalt

Auf der Heimfahrt von einer Hochzeit entgehen Franziska und Oliver ganz knapp einem Unfall. Franziska sagte, sie habe gewusst, dass dieser Unfall passieren würde und habe deshalb auch rechtzeitig bremsen können. Aber woher wusste sie es? Franziska sagte, sie sei gewarnt worden; eine junge Frau namens Klara habe plötzlich neben ihr auf dem Beifahrersitz gesessen. Nun glaubt sie, dass diese Frau eine Botschaft für sie hat und geht auf die Suche, nach dem Inhalt dieser Botschaft. Dabei kommt sie einem Verbrechen auf die Spur und hat das Gefühl, dieses auflösen zu müssen.

Die Autorin

Ellen Heinzelmann, Fachfrau für Marketing und Kommuni-

kation, wurde 1951 im Kreis Waldshut geboren. Während ihrer langjährigen beruflichen Tätigkeit – zuletzt als Marketing- und PR-Verantwortliche in einer Organisation des öffentlichen Rechts in Basel – übersetzte sie Texte vom Deutschen ins Französische und Englische, wirkte als Dolmetscherin bei Vertragsverhandlungen in Paris. Auch wirkte sie als Lektorin und als Ghostwriterin. Die geschriebene Sprache hatte schon in früher Kindheit große Faszination auf sie ausgeübt. Nach dem Ausstieg aus dem Berufsleben, ist sie ihrer Berufung schließlich gefolgt. Mit ihrem Debütroman »Der Sohn der Kellnerin«, eine nicht alltägliche Geschichte um ein Wunderkind, startete sie 2011 ihre Schriftstellerlaufbahn und nahm ihre Leser gleich mit auf eine emotionale Reise

www.ellen-heinzelmann.de

Ellen Heinzelmann

FLUCH oder SEGEN

Mystery

Der Markgräfler Krimi

Bibliografische Information der Deutschen Nationalbibliothek

Die Deutsche Nationalbibliothek verzeichnet diese Publikation in der Deutschen Nationalbibliografie; detaillierte bibliografische Daten sind im Internet über dnb.d-nb.de abrufbar.

FSC®-zertifiziertes Papier
BoD druckt Bücher der Umwelt zuliebe auf FSC®-zertifiziertem Papier! Das heißt, dass für alle über BoD produzierten Bücher (ob Hardcover, Paperbacks oder Booklets) ausschließlich Papiere eingesetzt werden, die vom FSC zertifiziert wurden und somit aus einer verantwortungsvollen Forstwirtschaft stammen.

Layout: Ellen Heinzelmann
Coveridee: Ellen Heinzelmann
Umsetzung Coveridee: Aldo Focone,
                      ProMedia Werbeberatung, Basel
Titelfoto/Bildmaterial: Mysticsartdesign auf pixabay
Lektorat: Dieter Heinzelmann

Herstellung und Verlag: BoD- Books on Demand,
                        Norderstedt, www.bod.de
ISBN: 978-3-7494-0808-5

Kapitel 1

Die Sonne stand schon ziemlich tief, als sie die Landstraße entlangfuhren. Franziska saß am Steuer, denn Oliver hatte beim Sektempfang vor der Kirche ein Glas zu viel getrunken, und da wollte er nicht riskieren, dass ihm deswegen womöglich sein Führerschein abgenommen würde. Das wäre für einen Mann im Außendienst fatal gewesen. Seine Freundin Franziska war eine gute Fahrerin und ihr überließ er, er der sonst niemandem sein heiliges Blechle anvertraute, unbedenklich das Steuer, während er es sich auf der Rückbank bequem machte: »Ein herrlicher Tag heute, nicht wahr?«, resümierte Oliver leicht schläfrig, schloss die Augen, um ein kleines Nickerchen zu machen.

»Ja, in der Tat. Wenn Engel heiraten, dann lacht die Sonne«, schwelgte sie in der Erinnerung der letzten zwei Stunden. »Und sie waren ein so schönes Paar«, seufzte sie schwärmerisch. Oliver nahm Franziskas Antwort nur noch schummrig durch den Nebel seines kleinen Schwipses wahr.

Franziska klappte die Sonnenblende herunter, denn die tief stehende Sonne verschluckte förmlich die Landstraße vor ihr. Plötzlich trat sie abrupt aufs Bremspedal, so dass Oliver mit Wucht gegen die Rückenlehnen der Vordersitze geschleudert wurde.

»Spinnst du«, brüllte er, »wieso bremst du denn, wie ne Verrückte, was ist denn los?«, motzte er ziemlich barsch in vorwurfsvollem Ton ... Der Schreck saß ihm in den Knochen. Er rappelte sich auf, um zu sehen, was auf der Straße los war, das eine solche Vollbremsung gerechtfertigt hätte. Aber er sah nichts.

»Da schau, auf der Kuppe.«

»Was soll da sein? Ich sehe nichts, außer einem Auto?«, schnauzte er, denn er war ziemlich verärgert.

Aber dann ging alles blitzschnell. Das Auto, das fast auf der Kuppe fuhr, scherte plötzlich nach links aus, schlingerte wieder nach rechts und wieder nach links und krachte in einen entgegenkommenden LKW, der wie aus dem Nichts zu kommen schien. Der PKW schob sich halb unter den Lastwagen. Ein Fahrradfahrer schaffte es nicht, rechtzeitig abzuspringen und schlitterte über den Asphalt und blieb regungslos liegen.

Oliver blickte zu Franziska, die leichenblass krampfhaft das Lenkrad umfasste.

Er verstand nichts mehr. Ein Klos steckte ihm im Hals, die Stimme versagte ihm fast als er fragte: »Sag mal Franziska, wie konntest du das wissen?«. Seine Stimme war nur noch ein Krächzen; es war unfassbar, er konnte fast nicht glauben, was er eben sah. Franziska gab keine Antwort, sie war wie paralysiert.

»Sorry Liebes, dass ich dich gerade eben so angeschnauzt habe … ich konnte doch nicht wissen, dass … oh mein Gott«, er stammelte nur, konnte keinen Satz richtig zu Ende bringen, denn er begriff das Ganze nicht. Es war gespenstisch.

Franziska saß nur stumm da, schien verzweifelt. Wie hatte sie das alles in den letzten Jahren verdrängt … und nun? … es war wieder da … das Ganze ging wieder von vorne los.

»Ganz ruhig, Liebes, ganz ruhig!«, sagte Oliver; seine Stimme klang jetzt wieder entspannter, »Ja, es ist fürchterlich, aber wir müssen nun kühlen Kopf bewahren. Die da vorne brauchen unsere Hilfe.«

»Der … der PKW-Fahrer … der ist tot … er ist tot«, stammelte Franziska wie von weit her.

Oliver, der schlagartig wieder nüchtern war, wurde es immer unheimlicher.

Wie in Trance mit tonloser Stimme fuhr Franziska fort: »ja … wir müssen helfen … wir müssen uns … um den … um den Radfahrer kümmern. Sein Leben hängt am seidenen Faden. Noch lebt er.«

»Also, ich rufe jetzt erst mal die Polizei an und die sollen sich um einen Krankenwagen kümmern«, versuchte Oliver trotz seines Schocks, ruhig zu bleiben, was ihm nur schwer gelang, denn die Bilder dieses Unfalls liefen wie ein Film in der Endlosschleife vor seinen Augen ab. Was ihn jedoch am meisten bewegte, nein es wirkte auf ihn furchterregend, das ist die Tatsache, dass Franziska den Unfall vorhergesehen hatte, so schien es auf jeden Fall, und nicht nur das, sondern auch, was mit den Unfallbeteiligten los war. Sie schien über deren Zustand Bescheid zu wissen, bevor sie sich der Stelle genähert hatten. Wie war das möglich?

Inzwischen hatte er auch sein Handy aus seinem Jackett herausgeklaubt und wählte die Nummer der Polizei.

»Komm, lass uns ein Stück vorfahren, um zu sehen, wie wir helfen können«, sagte er, nachdem er der Polizei kurz den Hergang des Unfalls geschildert hatte und den Unfallort beschrieb. Er öffnete die rückwärtige Wagentür und stieg aus: »Setz du dich auf den Beifahrersitz, das kurze Stück bis da vorne hin kann ich schon fahren. So betrunken bin ich nicht, außerdem hat sich der Alkohol bei dem Schock von alleine verflüchtigt«, sagte er. Er wirkte jetzt schon etwas ruhiger. Franziska stieg ebenfalls aus. Als sie sich neben dem Auto befanden, legte Oliver kurz einen Arm um Franziskas Schultern und zog sie zu sich heran. Mit der anderen Hand streichelte er sanft ihr Gesicht: »Es tut mir so leid Schatz … bitte verzeih mir!«

Kurz vor dem Fahrrad, das auf der Fahrbahn lag, hielt Oliver sein Auto an. Zuerst sicherte er die Unfallstelle von beiden Seiten ab, dann wandte Oliver sich dem Radfahrer zu und sah die klaffende Kopfwunde. Die rechte Gesichtshälfte war total blutig, sie schien wie weggeschürft. Bei diesem Anblick wich aus Olivers Gesicht jede Farbe. Seine dunklen Augen stachen aus dem blassen Gesicht buchstäblich hervor, als er zu Franziska blickte, um ihr mit den Augen anzudeuten: ›Es sieht schlimm aus, Franziska. Bleib zurück‹, was er mit einer eindeutigen wegweisenden Kopfbewegung unterstrich.

Franziska, die gar nicht hinzugehen brauchte, um sich ein Bild des Ausmaßes zu machen, denn sie wusste auch so schon, was sie erwartet hätte … sie fühlte Übelkeit aufsteigen. Ihr Magen krampfte sich zusammen und sie merkte wie alles nach oben drückte. Sie setzte sich am Straßenrand auf die Leitplanke und versuchte durch Schlucken zu vermeiden, dass sie sich übergab. Doch es gelang ihr nicht.

»Hallo, hören Sie mich?«, hörte sie Oliver rufen, der sich aus der Distanz wie gedämpft anhörte. Nach der gewaltsamen Magenentleerung und immer noch gegen die Übelkeit ankämpfend, beobachtete Franziska Oliver und bewunderte ihn gleichzeitig, wie er in dieser Situation einen solch kühlen Kopf bewahren konnte. Und schon drehte sie sich wieder zur Seite, um sich erneut schmerzhaft zu entleeren.

Der Radfahrer gab keine Antwort. Oliver versuchte den Puls zu ertasten. Er fühlte sich so hilflos. Wann hatte er das letzte Mal einen Erste-Hilfe-Kurs absolviert? Das ist doch schon eine Ewigkeit her. *›Vielleicht sollte ich wieder mal einen belegen‹*, dachte er angesichts seiner hilflosen Lage. Der Puls war schwach aber immer noch fühlbar. Der Verletzte atmete nur ganz flach. Soweit Oliver sich an seinen letzten Kurs erinnerte, war das ja schon mal ein gutes Zeichen. Und die Sache mit der stabilen Seitenlage konnte er in diesem Fall vernachlässigen, denn der Verunfallte lag schon seitlich. Oliver holte aus seinem Auto eine Decke und ein Sitzkissen. Die Decke legte er über den Verunglückten, das Kissen platzierte er vorsichtig unter dessen Kopf.

»Geht's wieder?«, fragte er Franziska, die sich nach dem zweiten Entleerungsgewaltakt gerade ihren Mund abwischte, während er zum Lastwagen ging. Der LKW-Fahrer saß wie versteinert hinter seinem Steuer. Oliver stieg das Trittbrett hoch und öffnete die Tür zum Cockpit. »Sind Sie verletzt?«, fragte er den Fahrer.

Der schüttelte ganz verstört den Kopf und stammelte nur: »es … es ging alles so, so blitzschnell. Plötzlich das Auto. Es war da … ganz plötzlich war es da … auf meiner Seite. Ich versuchte zu bremsen, aber …«

»Beruhigen Sie sich«, versuchte Oliver ihn zu trösten.

»Ist er tot?«, fragte der LKW-Fahrer panisch.

»Ich weiß es nicht«, log Oliver, denn es war ganz offensichtlich, dass beim PKW-Fahrer nichts mehr zu machen war, außerdem hatte Franziska es zuvor schon gesagt. Offensichtlich hatte sie das zweite Gesicht. Doch er konnte es dem unter Schock stehenden Mann nicht sagen. Er wollte ihn nicht noch zusätzlich belasten. Ein Auto kam langsam hergefahren. »Kann man helfen?«, fragte der Fahrer, während sein Blick über die Unfallstelle schweifte.

»Ich denke, mehr können wir hier nicht tun, als das, was wir schon gemacht haben. Wir warten jetzt nur noch auf die Polizei und den Krankenwagen«, antwortete Oliver.

»Nun, dann werde ich mal weiterfahren«, sagte der Mann mittleren Alters erleichtert und dankbar, dass niemand seine Hilfe benötigte, denn, was er hier sah, war nichts für schwache Nerven. Es reichte ihm zu Genüge, was er aus der Distanz sah, ja, und es sah ziemlich übel aus. Er war nicht wirklich darauf erpicht, sich sein Wochenende, das so schön begann, verderben zu lassen. Dieses schreckliche Bild würde ihn eh schon, auch wenn er nicht so nah dran war, im Geist verfolgen. Er verabschiedete sich, wendete sein Auto, da es an der Unfallstelle kein Durchkommen gab und fuhr zurück in die Richtung, von wo er herkam.

Schon hörte man von weitem das schrille Heulen der Martinshörner. Der Rettungswagen, zwei Streifenwagen und ein Feuerwehrauto kamen fast zeitgleich bei der Unfallstelle an. Oliver hatte dem Beamten am Telefon erklärt, dass sich ein Auto unter einem LKW verkeilt hatte, deswegen hatte dieser seinerseits gleich die Feuerwehr alarmiert. Ebenso hatte er die Straßenmeisterei angewiesen, die Straße mit Umleitungsschildern abzusperren.

*

Franziska saß verloren auf der Leitplanke – leichenblass – apathisch stierte sie vor sich hin.

Oliver indessen erwartete die Polizisten, damit er Rede und Antwort stehen konnte.

Während die Polizisten sich daran machten, die Lage in Augenschein zu nehmen, versuchte Oliver dem ältesten der Beamten – nach seinen Sternen auf der Schulterklappe zu urteilen, schien er einen höheren Dienstgrad zu haben, ein Polizeihauptmeister oder sowas ähnliches – den Unfallverlauf zu schildern. Der Beamte stand dicht neben ihm. Das erste, das er feststellte, denn er roch Olivers Atem, war: »Haben Sie getrunken?«

»Häh …?«, war Olivers spontane Reaktion auf diese Frage, denn sie kam für ihn völlig unerwartet. Er schaute den Beamten nur verdutzt an. Das stand hier doch gar nicht zur Debatte. Er selbst hatte doch keinen Unfall, warum fragte der so blöd.

»Ich fragte Sie, ob Sie getrunken haben?«

»Ähm, ja … wir kommen gerade von einer Hochzeitsfeier. Vor der Kirche gab es einen Sektempfang. Aber, was hat das mit dem Unfall zu tun?«

»Ich weiß es noch nicht, wir werden sehen. Sind Sie denn gefahren, mit der Fahne?«

»Natürlich nicht. Ich fahre nie Auto, wenn ich etwas getrunken habe.«

»Und wie kommt Ihr Auto dann hierher?«, wollte der Beamte wissen. Offensichtlich hatte er Franziska, die weiter entfernt am Straßenrand saß, noch gar nicht wahrgenommen.

»Ganz einfach. Meine Freundin ist gefahren«, erklärte Oliver und wies mit einer Kopfbewegung in Richtung Franziska, die wie ein Häufchen Elend am Straßenrand auf der Leitplanke saß.

»Ah, da ist ja noch jemand!«, stellte der Polizist überrascht fest.

»Wenn Sie gut aufgepasst hätten, hätten Sie gehört, dass ich davon sprach, dass *WIR* von einer Hochzeitsfeier kamen«, sagte Oliver pampig, denn er hatte sich über die Reaktion des Beamten ziemlich geärgert. Hier gab es einen Toten und einen Schwerverletzten, und der Depp fing erst mal an, sie beide, die als erstes helfend am Unfallort waren, mit blöden Fragen zu belästigen ... er empfand es gar als Beleidigung.

Jetzt setzte der Beamte eine strengere Miene auf, um Oliver zu signalisieren, dass er es mit seiner pampigen Art nicht auf die Spitze treiben sollte. »Vorsicht junger Mann, sagte er drohend mit scharfer Stimme. Dann fuhr er wieder etwas ruhiger weiter: »Und die junge Dame hat nichts getrunken?«

»Warum fragen Sie denn das alles? Hier ist ein schwerer Unfall passiert, darum geht es doch.« Oliver fühlte sich von der Fragerei des Beamten ziemlich genervt, so dass er anfing zu bedauern, nicht einfach weitergefahren zu sein. ›*Sollen die sich doch selbst um den ganzen Scheiß kümmern*‹, dachte er bei sich. Sich seines einfältigen Gedankens plötzlich bewusst, denn hier ging es ja um Menschenleben und nicht um seine Befindlichkeit, schüttelte er, jetzt wieder etwas entspannter, den Kopf und sagte ruhig: »Nein, Franziska hat nichts getrunken. Wenn wir ausgehen, sprechen wir uns immer vorher ab, wer fährt, so kann der andere auch mal was trinken. Obwohl ... die Franziska, die trinkt eh nie viel, auch wenn sie nicht fährt. Sie steht nicht so auf Alkohol. Ich glaub, sie könnte immer fahren. Den Unfall haben wir einfach nur gesehen, das ist alles, Herr ... Herr ...«

Der Beamte antwortete, ebenfalls etwas entspannter, »Zimmermann«, sagte er, »Polizeihauptmeister, Bruno Zimmermann. Und Sie? ... Wie heißen Sie?«

Oliver griff in seine Gesäßtasche und reichte dem Beamten seine Identitätskarte, und beendete seinen zuvor begonnenen Satz: »Wir haben den Unfall einfach nur gesehen, das ist alles, Herr Zimmermann ... und das ist wirklich schlimm genug, meinen Sie nicht auch?«,

»Oliver Vollmer, aha«, brummelte der Beamte vor sich hin, den Blick auf die ID-Karte gerichtet, »okay, Herr Vollmer, dann ist also Ihre Freundin gefahren.«

Jetzt erst blickte der Beamte zu Franziska hinüber. Sie war hübsch, bildhübsch. Ihr sonnenblondes Haar fiel in leichten Locken über ihre Schultern. Der Blick ihrer rehbraunen Augen wirkte starr, es war ein Blick ins Leere.

Der Beamte zuckte für einen Moment zusammen. Damals, vor siebenundzwanzig Jahren, begegnete der heute 45jährige Bruno Zimmermann schon einmal einem ähnlichen Gesicht. Es gehörte Klara, in die er sich Hals über Kopf verliebt hatte ... Klara war für ihn die schönste, liebste und intelligenteste Frau auf dem Planeten. Nachdem sie sich zwei Jahre kannten, wollten sie heiraten. Sie waren noch sehr jung, beide 20 Jahre alt, so unbeschwert, so verliebt. Klaras Großeltern, bei denen sie aufwuchs, waren über das neue Glück ihrer Enkelin so froh, denn Klara hatte genug in ihrem jungen Leben durchgemacht. Sie sollte endlich glücklich sein. Sie gaben ihr zwar alle Liebe, versuchten alles, dass das Kind glücklich war. Aber Klara litt. Ihre Mutter, die mit ihrer Familie auf Fuerteventura lebte, wollte Klara nicht haben und vermutlich wusste nicht einmal ihr Mann etwas von Klaras Existenz. Wer ihr Vater war, wusste Klara nicht. Das war so schwer zu ertragen für das heranwachsende Mädchen.

Klar, fanden die Großeltern, dass Klara und Bruno mit zwanzig Jahren noch sehr jung waren, aber das störte sie nicht, wenn's dem Glück diente … weder Klaras Großeltern noch Brunos Eltern hatten etwas gegen diese frühe Heirat einzuwenden. Im Gegenteil, Brunos Eltern wollten das junge Paar sogar so lange finanziell unterstützen, bis Bruno sein Studium abgeschlossen hätte. Klaras Großeltern, die ja auch nicht mehr die jüngsten waren, sie waren mittlerweile in den Sechzigern, wollten ihr kleines Mädel versorgt wissen, bevor sie dann irgendwann, sie hofften zwar nicht allzu schnell, diese Welt verließen, denn mit der Mama war nicht zu rechnen. Außerdem hätten sie noch gerne ihre Urenkel kennengelernt. So waren sie also zufrieden, dass Klara einen so sympathischen tüchtigen jungen Mann kennengelernt hatte.

Tja, und dann kam der große Schock. Eine Woche vor der Hochzeit, verunglückte Klara – genau an dieser Kuppe. Sie war ebenfalls mit dem Fahrrad unterwegs und ein Autofahrer, der zu viel getrunken hatte, hatte sie angefahren und noch mindestens hundert

Meter über den Asphalt geschleift. Sie starb an der Unfallstelle, noch bevor ein Rettungswagen eintraf.

Bruno Zimmermann hatte damals sein Studium ›Betriebswirtshaft‹ abgebrochen – es hatte ihm plötzlich nichts mehr bedeutet – und begann eine neue Ausbildung bei der Polizei. Er wollte in Zukunft solche Menschen, die andere wegen Alkohols auf dem Gewissen haben, jagen. Wollte ihnen in Zukunft endgültig das Handwerk legen. Deswegen reagierte er auch so allergisch auf den klar wahrnehmbaren Alkohol-Atem.

Jetzt, beim Anblick dieser jungen, schönen Frau kamen diese schrecklichen Erinnerungen wieder hoch. Sie wirkte wie eine zu Stein erstarrte Säule; unbeweglich saß sie da.

»Was hat sie?«, fragte er Oliver, der ihm gefolgt war und nun neben ihm stand, denn er hatte das Gefühl, dass die junge Frau nicht ansprechbar war. Normalerweise würde er es vermeiden, zu jemandem in der dritten Person über jemanden, der ebenfalls zugegen war, zu sprechen. Aber in diesem Fall, schien eine Ansprache wirklich sinnlos.

»Sie steht unter Schock. Das kann man doch sehen«, zeigte Oliver sich nur noch leicht verschnupft, wegen des ersten Auftretens des Polizeihauptmeisters. Der ließ sich auch diesmal nicht aus der Ruhe bringen, sondern blickte Oliver versöhnlich an. Vielleicht wollte er damit sein Verständnis für Olivers Unmut demonstrieren, so dass auch Oliver sich wieder beruhigte und sachlich weiterfuhr. »Sie hatte diesen Unfall vorausgesehen«, sagte er und deutete in die Richtung, wo Franziska in die Bremsen trat. »Sehen Sie, dort, etwa 300 Meter von hier, trat sie heftig in die Bremse. Ich schnauzte sie noch an, denn mich warf es vom Rücksitz, wo ich ein bisschen eingenickt war nach vorne. ›Die spinnt‹, dachte ich, denn weit und breit war nichts zu sehen. ›Schau doch dort, auf der Kuppe …‹, sagte sie nur … ja und dann ging alles blitzschnell …«

»Also sie waren dort hinten, als es passierte?«, hakte Zimmermann nach.

»Ja.« Jetzt passte Oliver der Verlauf des Gesprächs. Endlich konnte er genau erzählen, wie sich alles zugetragen hatte. Bruno Zimmermann hörte schweigsam zu und schaute währenddessen immer wieder zu Franziska. Diese junge Frau hatte es ihm angetan. Wie alt mochte sie wohl sein. Wahrscheinlich, so alt wie Klara, damals, als sie auf dieser Straße ihr Leben ließ. Sein Herz zog sich schmerzhaft zusammen, bei der Erinnerung an diese schreckliche Nacht, als man ihm diese Nachricht überbracht hatte. Mitfühlende Liebe für diese Frau nahm Besitz von ihm. Am liebsten hätte er Franziska in die Arme genommen und sie getröstet. Er nickte und, ganz abwesend, wie aus einer anderen Welt kommend, sagte er, ganz leise nur: »Klara?«

Oliver verstand nun gar nichts mehr und auch Franziska schien plötzlich aus ihrer Passivität erwacht zu sein. Sie blickte von einem zum anderen. Es war ein überraschter Blick, weil dieser Name von diesem Polizisten genannt wurde, gleichzeitig war es ein wissender Blick, weil ihr dieser Name etwas sagte. Alles kam ihr so seltsam vor … sie hatte da dieses spezielle Bild und auch andere Bilder, die immer wieder kamen, und die sie nicht beeinflussen konnte. Sie konnte nicht sagen ›Ich will euch nicht … verschwindet‹. Sie waren einfach da, noch intensiver als damals, bevor sie sich in psychotherapeutische Behandlung begab, weil sie, so jung wie sie damals war, schier verrückt wurde.

»Wie bitte?«, fragte Oliver, »meine Freundin heißt Franziska ... Franziska Schnyder.«

»Ja, ja ... natürlich!«, antwortete Zimmermann ... nun schien er verstört zu sein, »äh, ja ... natürlich!«

*

Franziska ging es ziemlich schlecht. Bei der Befragung durch die Polizei gab sie nur zögernd Antwort ... alles, was sie sagte, wirkte abgehackt.

»Ihr Freund sagte, Sie haben den Unfall zuvor schon gesehen oder gespürt, bevor er passierte. Stimmt das?"

Franziska nickte stumm.

»Wie funktioniert das? Können Sie mir das erklären? Ich kann es nicht verstehen«, bohrte Bruno Zimmermann.

Franziska schüttelte nur den Kopf.

»Ähm ... nein?«, fragte er verdutzt

»Nein!«, sagte Franziska kleinlaut.

»Also, Sie können es mir nicht erklären?«, wiederholte Zimmermann, »aber, vielleicht erklären Sie mir, warum, Sie es nicht erklären können?«

»Sie ... Sie ... Sie würden es nicht verstehen«, sagte Franziska ziemlich leise und senkte ihren Blick vor sich auf die Tischplatte. Sie fühlte sich nicht gut. Sie wollte nach Hause, nach Hause, wo sie endlich weinen konnte, wo sie ihren Tränen freien Lauf lassen durfte.

»Ist es denn so kompliziert?«, fragte Zimmermann. Er versuchte krampfhaft, das Bild von Klara möglichst zu verdrängen. Es würde ihn nur behindern, bei der Befragung sachlich zu bleiben.

»Ja«

»Was ist denn daran so kompliziert?«, wollte er wissen.

»Dass ich ... dass ich es ... ich verstehe es selbst nicht, das ist das Komplizierte«, versuchte Franziska es dem Polizisten verkürzt klar zu machen.

Zimmermann war mit dem Verlauf des Gesprächs absolut nicht zufrieden. Er hatte das Gefühl, dass das Ganze irgendwie mit Klara zu tun hatte ... er wusste zwar nicht in welcher Form und warum, aber es war da und es war sonderbar. Vielleicht irrte er sich. Vielleicht führten ihn die Ähnlichkeit dieser jungen Frau mit Klara, und derselbe Unfallort an der Nase herum. Auf der anderen Seite, was wollte er eigentlich. Klara, seine Klara war tot ... seit 25 Jahren tot. Aber da war dieser Blick von Franziska ... dieser seltsame Blick, als er den Namen Klara erwähnte. Es war ein Blick, der signalisierte, sie würde Klara kennen. Aber das war nicht möglich. Sie war einfach zu jung dafür.

Er fühlte sich zu dieser jungen Frau hier hingezogen, spürte tiefe Zuneigung. Er schalt sich selbst in Gedanken. ›Bruno, du alter Sack. Hör auf damit. Hör endlich auf. Klara ist tot, tot ... diese Frau sieht ihr nur ähnlich ... die Gefühle, die du zu spüren glaubst, gehören Klara, nicht dieser jungen Frau ... Klara hast du geliebt ... AUS! ... du bist längst verheiratet mit Rita.‹

Ob er glücklich war? Er konnte es nicht sagen. Zu lange hatte er damals gebraucht, den Tod seiner geliebten Klara zu verdauen. Und danach hatte er immer nach Frauen Ausschau gehalten, die Klara nur ansatzweise ähnlich sahen. Als hätte er so seine Liebe wieder zurückgewinnen wollen. Irgendwann lernte er dann Rita kennen. Sie war zwar nicht so bildhübsch wie Klara, aber sie war nett … einfach nett … konnte verständnisvoll und behutsam mit seiner Trauer umgehen. Er war so dankbar damals, denn sie hatte es mit ihrer burschikosen und dennoch warmen Art geschafft, ihn aus seiner Niedergeschlagenheit herauszuholen. Rita konnte lachen, fröhlich sein, und doch verstand sie es, im richtigen Moment ernst und einfühlsam auf ihn einzugehen … ja, Rita war okay … er mochte sie und er konnte sich wirklich nicht beklagen. Doch, so wie damals verliebt, war er seither nie mehr. Manchmal hatte er deswegen ein schlechtes Gewissen Rita gegenüber, denn ihr hatte er viel zu verdanken, und sie hatte es verdient, uneingeschränkt aus tiefstem Herzen geliebt zu werden.

Die folgenden Tage ging es Franziska ziemlich mies. Erst recht, nachdem man ihr gesagt hatte, dass der Radfahrer den Unfall nicht überlebt hatte. Dieser Information hätte es zwar gar nicht bedurft, denn sie hatte dessen Sterben körperlich wahrgenommen, ein tiefgehender beinahe unerträglicher Schmerz. Aber dennoch traf sie die Todesnachricht wie ein Schock, weil sich ihr Gefühl bewahrheitet hatte. Es war schwierig, selbst für sie, zu verstehen, was sich bei ihr abspielte. Diese Gefühle, die sie bis dahin so intensiv und so mächtig nicht kannte.

Die Tage vergingen, und die Bilder des Unfalls verfolgten sie des Nachts in ihren Träumen … und da war diese Frau … diese junge schöne Frau, die neben ihr auf dem Beifahrersitz saß. Franziska war erschöpft, ging nicht mehr aus dem Haus und vor allen Dingen konnte sie nicht mehr zur Arbeit. Sie war in Basel, in einem Betrieb für medizinische und biologische Forschung als Biologielaborantin angestellt. Ihr Arzt hatte sie für unbestimmte Zeit krankgeschrieben. Weder Franziskas Mutter noch Oliver kamen in der Zeit an sie heran. Sie schloss sich in ihrem Zimmer ein. Was die Leute in ihrer Umgebung auch versuchten, Franziska war nicht ansprechbar, grübelte nur noch vor sich hin.

Oliver war verzweifelt. Dieser Unfall veränderte schlagartig ihrer beider Leben. Das Ganze war ihm unheimlich, er konnte es nicht verstehen. So suchte er zwei Wochen danach endlich das Gespräch mit Franziskas Mutter.

Er rief von unterwegs an: »Frau Schnyder, bitte erklären sie es mir. Was ist los mit Franziska? Was hat sie so aus der Bahn geworfen. Ich meine, ich habe ja auch daran zu knabbern … den Unfallhergang, das Sterben zu sehen, ist ja schon schwer verdaulich, es beschäftigt auch mich. Aber das Voraussehen des Unfalls, das ist eine andere Sache. Was ist da geschehen? Ich verstehe das Ganze nicht, grüble ständig darüber nach und erhalte keine Antwort auf meine Fragen. Doch wenigstens kann ich darüber sprechen als Teil meiner Verarbeitung. Aber welche Probleme, hat Franziska denn? Ich meine, das ist doch ungewöhnlich, nicht normal, dass sie sich so verschließt, oder? Können wenigstens Sie es mir erklären, Frau Schnyder? Immerhin sagten Sie doch, nachdem es passierte, ›geht das denn jetzt schon wieder los‹? Ich möchte es verstehen … bitte!«, drängte er.

»Oliver, ich kann am Telefon nicht darüber sprechen. S'ist ja auch eine längere Sache. Möchten Sie vorbeikommen?«

»Klar! Gerne«, sagte er erleichtert, »kann ich jetzt gleich vorbeikommen?« Es war noch früh am Abend, so dass er hätte Skrupel haben müssen, zu ungewöhnlicher Zeit den Schnyders einen Besuch abzustatten. Er wollte schließlich nicht unhöflich sein.

»Natürlich, ich bin da. Mein Mann ist geschäftlich noch unterwegs und Franziska ist in ihrem Zimmer. Ich glaube sie schläft. Also, kommen Sie nur! Aber bitte klingeln Sie nicht. Ich werde am Fenster stehen und sehen, wenn Sie kommen.«

Zehn Minuten später, saßen sie sich in der Küche gegenüber. Iris Schnyder machte ein ernstes Gesicht, dann begann sie zu erzählen, was damals vor sieben Jahren geschah. Oliver lauschte aufmerksam der dramatischen Geschichte.

»Franziska war vierzehn Jahre alt, als es passierte, damals vor sieben Jahren … die Mädels hatten an jenem Tag ihr Leichtathletik-Training auf dem Sportplatz … es war ein Blitz, ein einziger Blitz, obwohl das Gewitter eigentlich schon abgezogen war …«

»Die haben trainiert, obwohl es ein Gewitter gab?«, wunderte sich Oliver.

»Ich sagte doch, dass das Gewitter schon abgezogen war, und die Gruppe befand sich im Sportlerheim, um das Gewitter abzuwarten. Dann fragte die Trainerin, ob sie noch weitermachen wollen … die Luft sei doch jetzt, nach dem Gewitter, klar und kühl, wie frisch gewaschen. Und die Mädels, die sich auf eine Meisterschaft vorbereiteten, wollten dann auch nochmals raus auf den Platz. Kaum waren sie draußen, kam dieser Blitz zurück … es gab einen Riesenknall. Niemand konnte sich erklären, warum der Blitz wieder zurückkam … nach dem Gewitter.«

Kapitel 2

Vor sieben Jahren im August

1997

»Mädels, das Gewitter ist vorüber. Wollen wir nochmals auf den Platz? Nach einem Gewitter ist die Luft besonders angenehm frisch, wie rein gewaschen. Wir könnten noch eine Stunde also bis 19 Uhr trainieren«, fragte Petra Mertens, die 23jährige hochgewachsene Trainerin. Sie war bei den jungen Mädchen sehr beliebt, sie konnte sie gut motivieren und zu guter Leistung anspornen.

Es gab keinen Widerspruch. Die Mädchen wollten richtig fit sein für die Meisterschaft Anfang September und so folgten sie Petra hinaus auf den Platz. Kaum, dass sie draußen waren, kam er mit einem Riesenknall aus dem abgezogenen Gewitter ganz unerwartet nochmal zurück ... der Blitz.

Er suchte sich keinen Baum oder andere Dinge aus, die weit größer als Petra waren. Nein, der Blitz teilte sich dicht über Petra. Die Mädchen in Petras Umgebung, einschließlich Franziska, wurden von der Druckwelle zu Boden geschleudert. Franziska, die zuvor unmittelbar bei Petra stand, lag auch nicht weit von ihr entfernt. Die anderen sechs Mädchen, die weiter entfernt waren, sind schnell wieder aufgestanden, außer Franziska und Petra. Sie beide blieben bewegungslos liegen.

»Wow, das war vielleicht ein Knall«, die anderen lachten noch, weil das ganze Spektakel für sie so glimpflich abging. »Hej, kommt ihr beiden ... aufstehen, es ist vorbei. Das war nur ein Ausläufer«, wandten sie sich an die beiden am Boden Liegenden.

Franziska kam allmählich wieder zu sich, aber sie wirkte benommen. Nur Petra blieb liegen, rührte sich nicht. Sie riefen Petras Namen, drehten sie um mit dem Gesicht nach oben. Es tat sich nichts und sie bekamen es mit der Angst zu tun. »Wir müssen einen Arzt rufen«, schrie Lisa, die mit über 18 Jahren die älteste der Sportlerinnen war. Sie unterstützte Petra beim Training. Während Lisa versuchte, Petra zu beatmen liefen zwei Mädchen ins Sportlerheim, um einen Arzt anzurufen.

Dr. Burger – er war der Notarzt – kam auch ziemlich schnell im Rettungswagen, denn er wusste, was es bedeutete, wenn jemand vom Blitz getroffen wurde.

Petra wurde sofort versorgt und in den Rettungswagen gebracht. Bevor Dr. Burger auch einstieg, fragte er noch: »Wie lange ist es her?«

»Na ja, ich würde sagen, vielleicht so ca. zehn Minuten, plus/minus ein paar Zerquetschte. Wir sind ja schnell gelaufen, um Sie zu rufen«, berichtete Lisa, »und Sie waren ja auch innerhalb weniger Minuten da.« Dr. Burger machte ein ernstes Gesicht. »Hm, zehn Minuten ohne Sauerstoff ... hm ... das ist viel ... zu viel«, sagte er, bevor er dann auch in den Rettungswagen stieg, der mit Blaulicht und Sirene davonfuhr ... Franziska hatte er vorsichtshalber auch mitgenommen, denn sie benötigte ebenfalls Hilfe. Es hatte ihr die Stimme genommen, sie konnte sich nicht artikulieren und sie wusste auch nicht, was geschah. Es war, als wäre ihr das Kurzzeitgedächtnis ausgeschaltet worden.

Die Stimmung bei den Mädchen war auf dem Nullpunkt. Traurig begaben sie sich ins Sportlerheim zurück, um sich anzukleiden.

»Was hatte der Arzt gemeint, als er sagte, dass zehn Minuten ohne Sauerstoff zu viel seien? Was bedeutet das?«, fragte Nicole.

»Na ja, ich denke, dass er damit die Sauerstoffversorgung des Gehirns meinte«, vermutete Lisa, die vor dem Abschluss ihres ersten Lehrjahres als Krankenschwester stand.

»Was passiert denn dann?«, wollte Nicole voller Besorgnis wissen.

»Das bedeutet, dass das Gehirn geschädigt sein könnte«, erklärte Lisa.

Ja, Lisa sollte leider recht behalten. Petra überlebte zwar, aber sie behielt einen Hirnschaden zurück.

Franziska wurde ins Krankenhaus gebracht. Es ging ihr nicht gut. Dieser unheimliche Knall, sie stellte sich vor, dass so der Urknall gewesen sein musste, verursachten bei ihr ein Ohrenpfeifen, den so genannten Tinnitus, und sie hatte extreme Schmerzen im Hinterkopf und im Nacken. Immer wieder verspürte sie Herzrasen. Und das Schlimmste, sie konnte nicht erklären, was passiert war. Die Ereignisse waren einfach weg … sie konnte sich nicht erinnern … sie wusste von einem Urknall, aber der Rest, der war weg. Sie löcherte die Freundinnen, die sie im Krankenhaus besuchten, was denn passiert sei. Und die Erklärungen, so schien es ihr, hörte sie zum ersten Mal. Ihr Kurzzeitgedächtnis war offensichtlich gestört. Sie konnte sich nicht erinnern, was der Arzt, die Eltern oder die Freundinnen, die zu Besuch kamen, erzählten.

Allmählich besserte sich ihr Zustand und nach zwei Wochen konnte sie entlassen werden und wieder mit ihren Schulkameraden in der, seit Anfang September, neunten Klasse teilnehmen.

Doch die richtigen Probleme kamen erst danach. Plötzlich sah Franziska Bilder. Immer wieder kamen Menschen, die in ihrem Gehirn auftraten und gedanklich mit ihr kommunizierten – ja, es war wie ein mentaler Dialog, den sie sich selbst nicht erklären konnte. Oder sie sah Dinge wie Unfälle, die passieren würden.

Einmal zum Beispiel erschrak sie, als sie kleine Kinderhände sah, die mit Streichhölzern spielten. Es waren brennende Streichhölzer. Sie verstand nicht, was dieses Bild bedeutete, bis bei ihren Nachbarn, wo sie immer wieder mal als Babysitter aushalf, das Auto samt Carport in Flammen aufging. Es war ein gigantisches Feuer, und nur dank des raschen Einsatzes der Feuerwehr, die drei Stunden lang gegen das Feuer ankämpfte, konnte das Schlimmste verhindert werden, nämlich der totale Ruin der fünfköpfigen Familie. Nur haarscharf nämlich entging das Wohnhaus der Vernichtung durch die Flammen. Der Schaden am Haus hielt sich gottlob in Grenzen.

Bei der polizeilichen Untersuchung des Brandfalls stellte sich heraus, dass es ein kleiner Junge von fünf Jahren war, der unter Anleitung eines Achtjährigen, das im Carport geparkte Auto mittels Styropor in Brand setzte. Es war das Bild, das sie kurz zuvor sah, aber sie wusste nicht, was diese Kinderhände mit den

Streichhölzern vorhatten, bis es dann eben brannte. Sie hätte es doch sonst zu verhindern versucht. Franziska tat das Herz weh, als sie sah, wie die Kinder ihrer Nachbarn traurig vor dem verkohlten Carport standen, vor der Ruine, in der das ausgebrannte Auto stand, und zuvor auch ihre Fahrräder untergebracht waren. Alles wurde vernichtet.

Sie steigerte sich in grenzenlose Wut, als sie dann auch noch erfuhr, wie die Eltern des Jungen sein Handeln lapidar mit der Begründung ›*der Junge habe halt noch kein Unrechtsbewusstsein*‹ abgetan hatten.

»Kein Wunder, hat der kleine Feuerteufel kein Unrechtsbewusstsein, wenn die Eltern es ihm nicht beibrachten«, schimpfte sie laut, als sie mit ihrer Mutter darüber diskutierte.

»Mädchen, du darfst dich nicht so aufregen«, versuchte Iris Schnyder ihre Tochter zu beruhigen.

»Ich rege mich aber auf«, protestierte Franziska, »oder haben sich die Eltern vielleicht die Mühe gemacht, sich bei unseren Nachbarn für die Brandstiftung ihres Sohnes zu entschuldigen? Nein, haben sie nicht. Für sie war der Fall damit erledigt, dass ihr Sohn kein Unrechtsbewusstsein hatte, und für den kleinen Stinker natürlich auch. Und, wenn ihm, früher oder später, wieder mal danach ist, geht halt irgendwann woanders wieder ein Objekt in Flammen auf. Ein Wohnhaus vielleicht! Oder, ihn gelüstet, ein Auto auf dem Parkplatz eines Einkaufscenters anzustecken, das dann auf das Center übergreift und womöglich Menschen zu Tode kommen. Hinter so einem Früchtchen steckt doch eine gehörige Portion krimineller Energie; einmal Feuerteufel, immer Feuerteufel. Und dieser

Rotzlöffel weiß ganz genau, dass ihm nichts passieren kann ... schließlich wird ihm fehlendes Unrechtsbewusstsein förmlich eingebläut und amtlich bestätigt. Und die Eltern von dem Scheißer haben keinen Anstand im Leib, sonst hätten die doch wenigstens ein bisschen mehr Verantwortungsbewusstsein gezeigt. Oder leiden sie vielleicht ebenfalls unter mangelndem Unrechtsbewusstsein?«

Franziska konnte sich nicht beruhigen. Und dann ärgerte sie sich noch zusätzlich, weil andere Nachbarn, die ebenfalls durch das Feuer leicht in Mitleidenschaft gezogen wurden, der Familie, die Opfer der Brandstiftung war, auch noch Vorhaltungen machten. ›Kein Wort des Bedauerns, kein Zeichen des nachbarschaftlichen Mitgefühls ... nichts. Was für eine kalte, gefühlsarme Welt!!‹, beklagte sie sich über die Kälte in dieser armseligen Zeit, in der jeder nur sich selbst kannte und als wichtig empfand und nach dem Motto ›nach mir die Sintflut‹ lebte.

Frau Schnyder folgte den Worten ihrer Tochter mit Sorge. Sie hatte das Gefühl, dass Franziska nach dem Blitz um Jahre gereift war. Sie war eine neue Tochter, mit Weitblick und logischem Urteilsvermögen, und dennoch zu jung, um das, was dann folgte zu verkraften.

Das mit der Brandstiftung war nur der Anfang. Schlimm wurde es, als sie plötzlich Tote sah. Sie sah Unfälle, sie sah unendliches Leid, das ihr zu Herzen ging. Sie konnte sich nicht beruhigen.

Dann kam der große Zusammenbruch. Zuerst vergrub sie sich in ihrem Zimmer unter ihrer Bettdecke, schrie wie wild und hielt sich dabei die Ohren zu.

Dann wieder wirkte sie apathisch, konnte sich nicht mehr konzentrieren.

Ein andermal besuchte sie Petra, die im Rollstuhl saß und sie schien mental mit ihr zu kommunizieren. Petra, diese tolle Trainerin, die einen schlimmen Gehirnschaden erlitt. Es hatte die ganze Familie betroffen. Die Familie freute sich über jeden noch so kleinen Fortschritt von Petra. Mal konnte sie sich länger auf etwas konzentrieren, zum Beispiel eine Sportsendung verfolgen. Sie sprachen mit ihr und manchmal liefen Tränen über Petras Wangen, wenn sie etwas sehr berührte, wenn sie die Liebe spürte, die man ihr entgegenbrachte.

Wie schlagartig, während weniger Minuten, konnte sich das Leben eines Menschen, einer ganzen Familie, so brutal verändern. Franziska saß danach oft bei Petra, sie hielt manchmal einfach nur ihre Hand, streichelte ihre Wange und auch Franziska weinte oft. Sie hatte ihre Trainerin immer sehr geliebt, und jetzt hingen ihre beiden Schicksale so eng miteinander verbunden. Was für eine ungerechte Welt.

Wieder und wieder kamen die Bilder des Todes, Grausamkeiten, Trauriges, Unglück … Franziska verkraftete es nicht mehr. Sie fiel in sich zusammen … mehr und mehr.

Die Schnyders konnten es nicht mehr mitansehen, wie ihre Tochter langsam aber sicher kaputt ging, und so entschieden sie sich, ihre Tochter einer Klinik anzuvertrauen, wo sie psychotherapeutische Betreuung erhielt.

Es war ein langer Weg. Viele Sitzungen, viele Gespräche folgten. Entspannungsübungen verschiedenster Art ... all das sollte mithelfen, Franziska wieder aus dem Tal des Todes, wie sie es empfand, herauszuholen. Immer wieder gab es kleine Erfolge, es gab aber auch Rückschläge. Sie mussten nur hartnäckig bleiben, durften nicht aufgeben. Sie würden es schaffen, davon waren die Schnyders überzeugt.

Als Franziska einigermaßen hergestellt war, kam auf Bitte der Schnyders, Petra Mertens' älterer Bruder Ralf, der Franziska sehr mochte – und das nicht nur, weil sie sich so rührend um seine Schwester gekümmert hatte – um mit ihr zu arbeiten. Allerdings nicht therapeutisch, sondern schulisch. Ralf war zwar ebenfalls ein ausgebildeter Psychoanalytiker, doch bei seinen Besuchen in der Klinik ging es tatsächlich um Nachhilfeunterricht. Genau genommen konnte man auch das als therapeutische Maßnahme betrachten. Denn Ziel der Übung war, Franziska, wenn sie entlassen wurde, wieder an ihr voriges Leben anschließen zu lassen. Sie sollte in ihre alte Klasse zurückkehren können. Durch seine Erfahrung als Psychoanalytiker, verstand Ralf es, mit der Patientin behutsam umzugehen. Er beobachtete sie aufmerksam, ging sehr gut auf sie ein. Doch während seiner Aufenthalte bei Franziska, vermied Ralf es tunlichst, über die Vorfälle auf dem Sportplatz zu sprechen. Er wollte verhindern, dass sie wieder abtaucht in ihr einsames schwarzes Loch. Gut war, dass auch Franziska nie danach fragte. Wohl wollte auch sie, dass die Ereignisse ad acta gelegt blieben ... und das war auch gut so. Nach Wochen der Behandlung erholte sie sich immer mehr, bis sie dann schließlich als geheilt entlassen werden konnte.

Dank des Nachhilfeunterrichts mit Ralf, brauchte Franziska tatsächlich die Klasse nicht mehr zu wiederholen. Somit war das Ziel der Übung erreicht. Sie war wieder mit ihren früheren Schulkameraden zusammen und sie konnte sich gut in den Schulalltag einfügen. Niemand sprach mehr von den Ereignissen Ende August des vergangenen Jahres. Ja es ging ihr wieder gut.

Keine Erscheinungen hatten sie mehr heimgesucht, und Franziskas Eltern waren glücklich und zufrieden.

Endlich, endlich konnte ihre Tochter wieder ein normales Leben führen. Sie wuchs zu einer schönen jungen Frau heran, und sie war ihr ganzer Stolz.

Die Krönung in Franziskas Leben war dann, als sie 2002 bei einem Sportseminar den 22jährigen Oliver kennenlernte. Es war Liebe auf den ersten Blick. Sie beide waren unzertrennlich.

Als Franziska 2003 erfolgreich ihre Ausbildung als Biologielaborantin abschloss, war das für die Schnyders ein Grund, ein so genanntes Lehrabschlussfest zu veranstalten.

Das Glück war perfekt. Franziska wusste, dass sie ihren Oliver heiraten würde. Aber sie hatten es beide nicht sehr eilig. Jetzt galt es erst einmal, das Leben zu genießen. Zu viel hatte Franziska verpasst ... aber darüber wollte sie nicht sprechen, auch nicht mit Oliver, denn es war ihr Geheimnis. Auf jeden Fall gab es jetzt einiges aufzuholen, das Leben aufzuholen ... und beide wollten sie viel reisen. Sie wollten die Welt kennenlernen. Für eine Heirat hatten sie noch Zeit genug.

Kapitel 3

2004

»Oh, wow … das ist ja, als wäre sie durch den Blitz mit einem Fluch belegt worden«, sagte Oliver nur, als er Franziskas Geschichte hörte, »das hatte ich nicht gewusst. Sie hatte ja auch nie etwas erzählt.«

»Sie selbst wurde ja nicht vom Blitz getroffen, sondern Petra … Franziska stand und lag anschließend der getroffenen Petra nur am nächsten. Ja, und warum sie nichts erzählte? Nun, Oliver, Sie müssen verstehen, dass Franziska vergessen wollte. Darum sprach sie ja auch nie darüber … und, wie es schien, hatte sie es auch vergessen … bis … na ja bis jetzt …«

»Nein, sie hatte es nicht vergessen, Frau Schnyder. Sie hatte es nur verdrängt. Aber es war immer noch da. Oh mein Gott. Was machen wir nur? Franziska soll doch wieder leben. Ein Leben, so unbeschwert und gefüllt mit Zukunftsplänen, so wie sie jeder 21jährige Mensch haben darf. Ich möchte ihr gerne helfen … aber … aber ich kam bis jetzt nicht an sie heran. Vielleicht sollte ich es nochmals versuchen. Was meinen Sie? Soll ich mal zu ihr hochgehen?«

»Nein, nein, besser nicht«, wandte Frau Schnyder ein, »ich denke, Sie würden genau das Gegenteil erreichen … und … na, ja, Franziska soll nicht wissen, dass ich Ihnen davon erzählt habe. Ich glaube es wäre ihr nicht recht. Lassen Sie es ihr Geheimnis bleiben. Solche Geheimnisse schaden einer Beziehung nicht«, sagte sie, obwohl sie, als es raus war, von ihren Worten selbst nicht mehr überzeugt war. Denn was, wenn so etwas ausbricht, wenn sie verheiratet sein würden. Das könnte fatale Folgen haben. ›Warum habt ihr mir nichts gesagt‹, könnte der Vorwurf lauten, oder gar ›ich habe die Katze im Sack gekauft. Das ist nicht fair.‹ Sie verteidigte ihre Aussage dann gedanklich mit: ›Liebe kennt keine Einschränkung.‹

Oliver zog bei Frau Schnyders letzter Begründung nur seine Augenbrauen hoch. Wohl gingen ihm genau dieselben Gedanken durch den Kopf, wie seinem Gegenüber. Doch er äußerte sich dazu nicht. Es war jetzt nicht der Zeitpunkt, Kritik zu üben. Sie hatten ja nur eine Sorge – die Sorge um Franziska.

Stattdessen fragte er nur: »Aber ihr muss doch geholfen werden! Haben Sie denn keine Idee, keinen Vorschlag?«

»Doch, ich hätte da eine mögliche Idee ... Ralf Mertens! – Ralf hat das Wissen des Psychoanalytikers, und Franziska vertraut ihm. Sie mag ihn auch sehr gerne. Und er hatte ihr schon einmal sehr geholfen.«

Soeben gab es ein Geräusch an der Haustüre, es klang wie das Aufschließen.

»Oh, mein Mann kommt nach Hause. Wir könnten doch ihn gleich ins Gespräch mit einbeziehen«, schlug Frau Schnyder vor.

Und schon hörte man vom Flur her Herrn Schnyders Gruß. »Ich bin zurück, Schatz«, rief er.

»Hallo Raymond ... schön, dass du da bist. Komm in die Küche, wir haben Besuch«, rief Frau Schnyder in den Flur.

Herr Schnyder trat ein, begrüßte Oliver freudig, gab seiner Frau ein Küsschen und setzte sich zu den beiden an den Tisch.

»Worum geht's denn«, fragte er neugierig geworden.

»Wir sprachen über Franziska, und darüber, wie wir ihr helfen könnten«, wurde er von seiner Frau kurz informiert.

Raymond Schnyder machte ein erschrockenes Gesicht. »Du hast Oliver doch nichts erzählt, oder?«, fragte er skeptisch, von der Schwatzhaftigkeit seiner Frau nicht gerade erbaut.

»Schatz, wenn wir immer nur schweigen, helfen wir Franziska nicht. Und Oliver hat das Recht es zu erfahren. Aber, ich hatte ihn gebeten, Franziska zumindest im Moment, nicht darauf anzusprechen«. Und mit Blick zu Oliver, sagte sie: »Ich vertraue Ihnen.«

»Ja gut, warum auch nicht. Ich habe Oliver ja jetzt schon als Schwiegersohn akzeptiert, mehr noch, ich habe ihn ins Herz geschlossen«, lachte er.

Ja er mochte Oliver von Anfang an, und vor allem für Franziska war er ein Glücksfall. Es ging ihr so gut. Und, so fand er, warum sollte er nicht darüber aufgeklärt werden? Es stimmte, was Iris sagte, er hatte ein Recht darauf, denn immerhin wollen die beiden ja mal heiraten. Und er soll ja kein Geheimnis heiraten müssen. Oliver lächelte zurück. Diese bekundete Akzeptanz seiner Person als Schwiegersohn tat ihm gut.

»Also«, begann Frau Schnyder, »ich hatte die Idee, Ralf nochmals um Hilfe zu bitten. Die beiden, Franziska und Ralf, sind sehr vertraut. Ich stelle mir vor, dass er ihr am ehesten helfen könnte. Also nichts gegen Sie, Oliver, aber Ralf kennt Franziska von Kindesbeinen auf. Er könnte am ehesten etwas für Franziska tun. Außerdem ist er beruflich vorbelastet – er ist nämlich Psychoanalytiker.«

»Ich habe kein gutes Gefühl dabei, Iris. Ich möchte Ralfs Gutmütigkeit nicht über Gebühr strapazieren«, wandte Raymond Schnyder ein.

»Das tun wir ja auch nicht, Raymond. Also zumindest, glaube ich das. Ralf mag unsere Franziska, und außerdem, die Tatsache, dass Petras und Franziskas Schicksale so nah beieinanderliegen – sie sind quasi schicksalsverbunden – fühlt er sich doch selbst auch automatisch mit ihr verbunden.«

»Vielleicht hast du recht, Iris. Wenn er zusagt, bleibt natürlich immer noch die Frage, ob Franziska es will.«

Sie saßen und diskutierten dann noch eine Weile, bis sie schließlich Franziskas Schritte auf den Stufen hörten. Schlagartig änderten sie das Thema, um Franziska nicht ein Gefühl zu geben, man habe sie hintergangen, indem man hinter ihrem Rücken über sie sprach. Herr Schnyder hatte da recht schnell und sehr gut reagiert, indem er laut sagte, wie er sich freue, dass Oliver zu Besuch gekommen sei. Schließlich habe man sich schon eine ganze Weile nicht mehr gesehen, seit das mit dem Unfall war. »Wir dachten schon, Oliver, dass Sie von uns nichts mehr wissen wollen.«

Alle drei lachten über diese Äußerung, und dann stand Franziska in der Tür. Sie war blass, und obwohl sie viel schlief, wirkten ihre braunen Augen müde. Ihr sonnenblondes Haar fiel lose über ihre Schultern. Sie trug ihren Trainingsanzug, ihre nackten Füße steckten in indianischen Sandalen. Sie grüßte nur kurz mit einem ›Hallo‹, ging zum Küchenschrank, um sich ein Glas zu holen, das sie mit Apfelsaft füllte. Sie blickte kurz in die Runde und wollte anschließend die Küche gleich wieder verlassen. Frau Schnyder hinderte sie daran, als sie sagte: »schau doch Franziska, wer da ist. Oliver hat uns einen Besuch abgestattet.«

»Ja ich hab's gesehen, schön. Hallo Oliver«, sagte sie nur und verließ die Küche. Tja, das war's denn auch schon.

»Sie sehen es jetzt, dass es nicht einfach ist«, sagte Frau Schnyder Zustimmung heischend. Nun, das hatte auch niemand bezweifelt.

Außer Herr Schnyder, waren sie sich einig, dass Franziska von einem Fluch befallen war.

»Quatsch«, wandte Schnyder ein, »das ist doch Blödsinn. Das ist kein Fluch, sowas gibt's nur im Märchen. Oder wollt ihr Franziska vielleicht dem Horrortrip eines Exorzisten unterziehen.«

Eine Woche später setzte sich Frau Schnyder mit Ralf Mertens in Verbindung.

Ralf hatte auf die Anfrage spontan zugesagt. Er fand, dass es genug sei, dass seine Schwester so schwer betroffen war, es sollte nicht noch ein weiteres Opfer geben. Er fühlte sich sehr mit Franziska verbunden und er hatte auch schon einen Plan. Er wollte sich ihr nicht mit Gefühlsduselei nähern, sondern ganz sachlich und offen mit ihr sprechen und er hoffte, dass sie darauf einging. Mit den Schnyders und Oliver vereinbarte er, dass sie nichts davon verlauten lassen sollten, dass man ihn beauftragte, sich um Franziska zu kümmern. Sie sollte ganz unbefangen in das Gespräch mit ihm gehen, einfach nur wie gute Freunde. Sie sollte möglichst keinen Hintergedanken haben, man wolle sie therapieren.

Es könnte eventuell klappen, denn Franziska hatte sich seit ein paar Tagen nicht mehr nur in ihr Zimmer zurückgezogen, sondern hielt sich jetzt häufiger mit der Familie im Wohnzimmer auf ... sie sprach wieder, fing langsam an, wieder am Leben teilzunehmen. Eine kleine Hürde war also genommen. Nur über ihr Problem wollte sie nicht sprechen.

Ralf beabsichtigte, ihr zu verklickern, dass sie kein Problem habe, sondern eine Herausforderung. Dennoch musste er, auch wenn er Gefühlsduselei nicht als angebracht hielt, mit Umsicht vorgehen.

Also rief er sie auf ihrem Handy an.

»Ja, Ralf?«, meldete sich Franziska, die Ralfs Namen auf ihrem Display sah.

»Hi Franziska, wir haben uns schon eine Ewigkeit nicht mehr gesehen. Hättest du Lust, dass wir uns mal wieder treffen?«

»Wozu?«, fragte sie erst mal vorsichtig.

»Was für eine Frage«, zeigte sich Ralf gespielt entrüstet, »Mensch Mädchen, hab ich's dir eben nicht erklärt? Ich möchte dich mal wieder sehen, nach der langen Zeit. Du hattest dich ja in letzter Zeit richtig rar gemacht. Ja, und da erübrigt sich doch die Frage ›Wozu?‹, meinst du nicht auch?«

Was er nicht sehen konnte, das war das zarte Lächeln, das er mit dieser Antwort in Franziskas blasses Gesicht zauberte. Ja, das war Ralf ... unkompliziert, gerade heraus, ohne Rumgedruckse. Das war es, was sie an ihm so mochte. »Gut, ja, das könnten wir mal wieder«, meinte sie, ohne einen Vorschlag zu machen wann und wo. Das hieß, dass sie damit Ralf den Ball wieder zuspielte.

»Okay, klasse. Ich hole dich ab … heute Abend so gegen sechs. Ist das in Ordnung für dich?«

»Wohin willst du mich denn entführen?«

»Lass dich überraschen«, lachte er.

»Muss ich mich dazu chic machen?«, fragte sie mal vorsichtshalber.

Das war schon mal eine gute Frage. Zeigte es doch erwachtes Interesse am Leben. »Na ja, normal halt. Wie man sich kleidet, wenn man ausgeht … aber Achtung, wir gehen nicht zum Schwofen … also nichts Flippiges, bitte. Sagen wir mal … leger-klassisch/elegant-sportlich … ähm, gibt's das überhaupt eine solche Kombination?«

Wieder musste Franziska schmunzeln. »Ich glaube ja«, sagte sie und schloss gleich an, »ich werde um sechs Uhr leger-klassisch/elegant-sportlich parat sein.«

›Yes‹, dachte Ralf und machte mit der Faust die typische Erfolg-gehabt-Bewegung der Sportler, wenn sie gewonnen, oder eine besondere Leistung vollbracht haben. Denn diese Antwort klang in seinen Ohren schon leicht belustigt. Die Chancen standen gut.

»Dann bis heute Abend … also, ich möchte dich nicht ganz im Ungewissen lassen. Vielleicht solltest du nicht gerade gegessen haben.« Franziska dachte an so etwas. Es war nicht das erste Mal, dass Ralf sie zum Essen beim Italiener einlud. Das war zwar auch schon wieder drei Jahre her, aber sie hatte es nie vergessen, weil sie so dankbar war.

Ralf staunte nicht schlecht, als Franziska ihm auf sein Klingeln hin die Tür öffnete. Da stand diese junge schöne 21Jährige und blickte ihn mit ihren dunklen Augen offen an, ihre Haare hatte sie zu einem Pferdeschwanz zusammengebunden. Sie trug einen pinkfarbenen, lässigen, langen Pulli, darunter gut sitzende Light Stone Washed Jeans und schwarze Pumps. Der 33jährige Ralf musterte sie bewundernd. Ja, Franziska war eine richtig tolle Frau und er bedauerte, dass er um so viele Jahre älter war als sie. Er verscheuchte diese Gedanken aber ganz schnell wieder, denn er erinnerte sich seines Auftrages … da haben solche Gefühle keinen Platz. Stattdessen sagte er: »Gut schaust du aus … ähm, ist das jetzt leger-klassisch/elegant-sportlich?«

Franziska nickte lächelnd: »Also, mein Schlapperpulli ist leger, die Jeans sportlich und die Schuhe klassisch/elegant.«

»Und alles zusammen nennen wir dann abgekürzt leger-klassisch-elegant«, resümierte Ralf lachend.

Zehn Minuten später saßen sie sich im Restaurant ›Da Roberto‹ in einer gemütlichen Ecke an einem Zweiertisch gegenüber. Da der Tisch ein bisschen abseits in einer schummrig lauschigen Ecke stand, entzündete der Kellner eine Kerze. Diese Ecke wirkte dadurch so richtig einladend und gemütlich. Es war die richtige Wahl, die Ralf hatte, denn sie liebte diese Atmosphäre und zudem liebte sie die mediterrane Küche.

Ralf hatte bewusst für dieses Gespräch einen Tisch bestellt, der außerhalb des geschäftigen Trubels des Restaurants lag. Er wollte mit Franziska alleine sein. Als sie ihren Rotwein vor sich hatten, blickte Ralf sie erwartungsvoll an, um zu erhaschen, wie Franziskas Stimmung war, denn er wollte nicht, dass sie seine Lauschige-Ecke-Wahl fehldeutete, er könne vielleicht ein romantisches Tête-à-Tête beabsichtigt haben. Obwohl, in einer anderen Situation, wäre er einer solchen Stimmung nicht abgeneigt gewesen.

»Gefällt's dir hier?«

»Ja, es ist sehr schön … und ich liebe italienisches Essen. Nun, ich brauche dir ja nichts zu erzählen, du wusstest es«, sagte sie lächelnd, auf die frühere Einladung anspielend.

Ralf ging darauf ein: »Ja, du hattest es mir erstens erzählt, damals, als ich dich in der Klinik besuchte, um mit dir zu lernen … du warst damals zwar noch ein Teenager. Und zweitens, vor drei Jahren waren wir auch beim Italiener. Ja und heute hoffte ich, dass sich dein Geschmack in der Zwischenzeit nicht verändert hatte. Und so wagte ich es.«

»Du bist sehr aufmerksam, Ralf. Danke«

»Aber sag mal, wie geht es dir? Ich habe gehört, dass dich – ähm, nennen wir es mal ›das Problem‹, obwohl ich es nicht als Problem sehe – wieder heimgesucht hatte, und es um dich nicht zum Besten stand«, eröffnete Ralf nun das Gespräch.

»Es geht mir schon wieder etwas besser, die Bilder des Unfalls verblassen langsam. Ich brauch aber noch ein bisschen … etwas überrascht bin ich von deiner Bemerkung, dass du es nicht als Problem siehst, wenn jemand von einem Fluch heimgesucht wurde. Das verstehe ich nicht ganz. Findest du sowas denn normal?«

»Ich sagte nicht, dass ich es normal finde, was du erlebt hattest und wohl weiterhin erleben wirst … es ist ja schließlich nicht gerade normal, dass jemand von der Energie eines Blitzschlags getroffen wird. Aber ich sehe es auch nicht als Problem … und schon gar nicht als Fluch.«

»Aber, was ist es denn dann, wenn es kein Fluch ist?«

»Es ist etwas Besonderes … in der Regel kann niemand Dinge voraussehen. Also, betrachte es einfach mal als Chance … vielleicht sogar als Segen!«, versuchte Ralf es ganz sachlich zu erklären.

»Ich soll es als Segen sehen, wenn ich Unfälle und das Sterben voraussehe? Du hast ja schon eine seltsame Art, Witze zu reißen«, widersprach Franziska.

»Mir ist absolut nicht zum Witzeln zumute, ich meinte es wirklich sehr ernst. Sicher, du hast recht, solche Bilder sind nicht gerade angenehm. Aber bedenke doch. Vielleicht wurdest du gewarnt … ein paar Sekunden später – also wenn du nicht volle Pulle in die Bremsen getreten hättest – wäret ihr in den Unfall verwickelt gewesen. Wenn der gute Engel, der dir erschien, dich in Zukunft immer bei Gefahr rechtzeitig warnt, dann ist das doch ein Segen, oder nicht?«

Ja tatsächlich, Ralfs Erklärung klang plötzlich sehr logisch. Ja, vielleicht wurde sie gewarnt. Franziska wiegte mit dem Kopf, denn ein Zweifel lag immer noch in der Luft und den nahm Ralf ganz sensibel wahr. Es gab da nämlich eine gewaltige Energie, die von Franziska ausging, die für dafür empfängliche, sensible Menschen spürbar war.

Und so versuchte er es folgendermaßen zu erklären: »Man nennt solche Leute, die das haben ›Medium‹. Vermutlich warst du schon immer ein Medium, nur hattest du es nicht wahrgenommen, und der Blitz hatte deine Fähigkeit an die Oberfläche befördert. Oder, es gäbe natürlich auch die Möglichkeit, dass die Energie des Blitzes diese Fähigkeit erst ins Leben gerufen hatte. Das kann ich nicht sagen.«

Wenn es ihr zwar schon besser ging, als noch vor einer Woche, so waren Ralfs Erklärungen jetzt das letzte auflösende Fünkchen, das zu ihrer inneren Befreiung noch fehlte … er eröffnete ihr plötzlich eine ganz neue Beleuchtung dieser Thematik, die man nicht einfach von der Hand weisen konnte; an so etwas hatte Franziska bisher nämlich nie gedacht. Gut, damals, als es passierte, war sie zu jung, um solche Dinge zu erkennen und erst recht zu verstehen … da litt sie einfach, als sie diese Erscheinungen hatte. Aber heute, als Erwachsene, gab es, dank Ralf, eine ganz neue Sichtweise für sie.

Sie unterbrachen ihr Gespräch kurz, als der Kellner das Essen zu ihrem Tisch brachte, um danach gleich wieder fortzufahren.

»Vielleicht erklärt es uns mehr, wenn du mir sagst, wie du gewarnt wurdest«, begann Ralf.

»Als ich vor zur Kuppe blickte, die Sonne stand tief und es blendete, man sah fast nichts – alles wirkte schemenhaft – dann saß plötzlich diese blonde Frau neben mir. Es war eine schöne Frau, sehr jung noch … ich schätze, dass sie mein Alter hatte. Sie schien mich zu kennen, denn in meinem Kopf hörte ich meinen Namen als die Warnung kam: ›*Achtung Franziska … Unfall!*‹. Es war nicht viel, was ich wahrnahm, und ob ich es überhaupt gehört habe, weiß ich auch nicht; aber es war da und es klang sehr eindringlich, so dass ich abrupt auf die Bremse trat. Ich weiß nicht einmal, ob es diese junge Frau war, die gesprochen hatte, denn ihre Lippen, so glaube ich zumindest, bewegten sich nicht. Vielleicht war die Stimme einfach nur in meinem Kopf … und dann war da dieser Name, Klara.«

»Aha!!«, kam es spontan aus Ralf.

»Was aha?«

»Nun, das ist etwas ganz anderes. Also eine andere Schilderung, als ich sie bisher zu hören bekam.«

»Wer hat denn darüber gesprochen? Meine Eltern? Ich hatte mich nämlich gewundert, warum du mich gerade jetzt zum Essen ausführst.«

»Ich hatte in der Zeitung vom Unfall gelesen, und es gab darin auch eine kurze Schilderung, dass eine junge Unfallzeugin, den Unfall vorhergesehen habe. Logisch, dass ich dabei gleich an dich dachte, du hattest dieses Unglück ja erlebt. Und ja, ich rief dann deine Eltern an. Ich wollte es schließlich wissen. Deine Eltern bestätigten meine Vermutung nur, und das war's denn auch schon.«

»Okay, verstehe. Aber, was meintest du, mit ›etwas ganz anderes‹?«, wollte Franziska mehr über Ralfs begonnene Feststellung erfahren. Die analytische Verarbeitung interessierte sie nämlich. Ralfs angedeutete Sichtweise hatte sie so richtig neugierig gemacht.

»Anders in dem Sinne, dass du den Unfall nicht vorher gesehen hattest, sondern dass du von einer Stimme gewarnt wurdest, sagen wir jetzt halt mal von dieser jungen blonden Frau, wer immer sie auch gewesen sein mochte … vielleicht Klara. Erst danach geschah dieser schlimme Unfall.«

»Aber, ich spürte doch das Sterben … ich wusste,

dass der Radfahrer sterben würde ... ich wusste, dass der Autofahrer tot war. Also, ich wusste es nicht nur, sondern, ich spürte es tatsächlich körperlich«, erklärte Franziska, der Ralfs Worte, sie sei gewarnt worden, schon sehr logisch erschienen.

Ralf überlegte einen Moment und meinte dann: »Das ist vielleicht der springende Punkt, Franziska. Du musst lernen, dich abzugrenzen, das heißt, Abstand zu gewinnen. Nur so kannst du von dieser Fähigkeit einen Nutzen ziehen, ohne selbst dabei zugrunde zu gehen.«

Franziska nickte ... es klang alles plötzlich so, wie soll man es nennen, so einfach und logisch.

»Sag mal, Franziska, wie hattest du denn damals von dem Carportbrand erfahren? Hatte dich da auch eine Stimme gewarnt?«, wollte Ralf wissen.

»Nein, von dem Brand wusste ich erst, als der Carport in Flammen stand. Zuvor sah ich nur zündelnde Kinderhände.«

Franziska überlegte einen Moment und fuhr dann weiter: »Aber diese Frau, ich nenne sie jetzt mal Klara, die sah ich immer wieder. Und immer handelte es sich bei den Bildern um Tod.«

»Also, immer wieder dieselbe Frau?«

Franziska nickte, »ja klar, sagte ich doch ... ich bin mir fast schon sicher, dass sie tatsächlich Klara hieß.«

»Weißt du, was ich glaube? Ich denke, dass diese Klara dir eine Botschaft übermitteln will, sonst würde sie dir doch nicht so hartnäckig immer wieder erscheinen«, fand Ralf logisch kombinierend.

»Ja schön, aber könnte sie nicht persönlich kommen und den Menschen, die es angeht, ihre Botschaft Face-to-Face übermitteln. Muss sie denn unbedingt mir erscheinen und mich erschrecken?« Franziskas Antwort klang eher wie ein Vorwurf, denn wie eine Frage.

»Weil sie tot ist«, war kurz und bündig Ralfs Antwort.

Franziska schluckte hörbar. ›TOT‹ ... dieses Wort hing plötzlich wie das Damoklesschwert über ihr, natürlich in einem anderen Sinn, als die Sage erzählt. *TOT.* Plötzlich ging ihr ein Licht auf: »Ja, natürlich, diese Frau sah immer gleich aus ... damals vor sieben Jahren, als sie mir zum ersten Mal begegnete, und kürzlich bei dem schweren Unfall. An ihrem Aussehen hatte sich seither nichts verändert, d.h. sie ist nicht älter geworden, was wiederum heißt, dass sie tot gewesen sein musste ... damals wie heute.«

Wenn auch diese Erkenntnisse äußerst ungewöhnlich waren, so leuchtete plötzlich doch so vieles ein. Und genau in diesem Zusammenhang fiel ihr auch noch etwas ganz anderes ein.

»Als die Polizei zum Unglücksort kam und der Polizeihauptmeister Oliver befragte und schließlich zu mir kam, schien er plötzlich verwirrt zu sein, als er mich ansah. Er sagte nur einen Namen: ›Klara‹. Ja, da war er wieder dieser Name, den ich hörte ... der Name, der in meinem Kopf existierte, und zwar ganz deutlich ›Klara‹. Ich weiß nicht, wie der Polizist darauf kam. Ich hatte ihm ja noch nichts erzählt.«

Franziskas Forscherdrang war immer mehr angestachelt und ebenso der von Ralf. »Fassen wir also zusammen«, sagte er, »eine Frau erschien dir, um dich zu warnen. Diese Frau ist eine schöne Frau, genauso schön wie du: jung und blond und etwa in deinem

Alter. Der Polizist nannte den Namen, den du irgendwann im Zusammenhang mit der Erscheinung auch gehört hattest. Fällt dir da irgendetwas auf?«

»Ähm, also … zuerst mal danke Ralf«, sagte sie als Antwort auf das ›genau so schön wie du‹, und dann: »ja, mir fällt etwas auf.«

Er lächelte. »Na, und *was* fällt dir auf?«

»a) ich muss dieser Frau ähnlich sehen, und b) diese Frau hat etwas mit diesem Polizisten zu tun«, folgerte Franziska und fügte hinzu: »und als Konsequenz dieser Erkenntnis, müssen wir als dritten Punkt c) nur noch wissen, was diese Frau mit ihm zu tun hatte, das sie unbedingt *mir* als Fremde mitteilen wollte.«

»Exakt, Franziska, so ist es. Wer weiß, vielleicht war diese Frau seine Tochter, die auf tragische Weise umkam.«

»Und was ist dann meine Rolle bei dieser Geschichte? Wenn sie tot ist, bringt es doch nichts mehr.«

»Ich sagte ja, ›auf tragische Weise umgekommen‹. Vielleicht wurde sie ermordet.«

»Und ich soll den Mord nun aufklären, oder was?«, fragte Franziska skeptisch, während sie ihre Stirn kraus zog.

»Ja … zum Beispiel … warum nicht?«

»Du bist ja putzig«, sagte sie belustigt, aber dennoch von einer solchen Aussicht nicht gerade begeistert, »du beförderst mich mal eben allen Ernstes zur Kommissarin wider Willen!«

»Na ja, nicht ganz so, nur Helferin. Aber du musst doch zugeben, dass die Geschichte erst jetzt so richtig spannend wird, oder nicht?«, fragte Ralf schelmisch, »und dir geht es jetzt viel besser als vorher. Und vor allen Dingen, haben wir mit diesem Märchen über den Fluch endlich aufgeräumt.«

»Ja, Fluch klingt schon etwas verrückt. Ich kannte so etwas bisher tatsächlich nur aus Märchen. Unterstützt du mich bei der Recherche, Ralf?«

»Ich weiß nicht, ob das gut ist. Du hast doch einen Freund. Der würde es sicher nicht gerne sehen, wenn wir beide uns da zusammenspannen. Vielleicht würde er eifersüchtig werden, weil er diese Forschungsarbeit gerne mit dir teilen würde«, räumte Ralf seine Bedenken ein.

»Quatsch. Oliver hatte bis jetzt ja nichts damit zu tun gehabt ... nicht so wie du, der du ja von Anfang an mit den Geschehnissen, die immerhin deine Schwester so schwer geschädigt haben, eng verbunden bist. Er weiß auch gar nichts von der Sache. Ich habe ihm ja nie etwas davon erzählt. Er wird bestimmt nichts dagegen haben. Außerdem ist er als Außendienstfachmann viel unterwegs und kann mich gar nicht unterstützen ... also, bist du dabei?«

Ralf zögerte einen Moment, bis er schließlich zusagte, unter dem Vorbehalt, dass Oliver tatsächlich nichts dagegen haben würde.

Als Franziska gegen 22 Uhr nach Hause kam, war Iris Schnyder über die positive Ausstrahlung ihrer Tochter überrascht und gleichzeitig sehr erfreut. Sah sie sich doch in ihrer Entscheidung, Ralf hinzuzuziehen, jetzt erst recht bestätigt.

Dass es jetzt erst richtig losging konnte sie nicht ahnen.

Kapitel 4

»Danke, dass Sie jetzt doch noch den Weg zu mir gefunden haben«, richtete Bruno Zimmermann erfreut die Worte an Franziska und Ralf, die ihm gegenüber am Schreibtisch saßen. Ja, er glaubte nicht mehr daran, dass jetzt, vier Wochen nach dem Unfall, dessen Aufnahme längst abgeschlossen war, doch noch die Chance bestand, mit dieser jungen Frau Schnyder über diese Angelegenheit, die ihn seither nicht mehr losließ, zu sprechen. Immerhin kam ihm der Vorfall höchst merkwürdig vor. Dass Ralf Mertens, seines Zeichens Psychoanalytiker, dabei war, verstand er zu gut und er war dankbar darüber, zumal diese Begleitumstände des Unfalls diese junge Frau damals psychisch herabgezogen hatten.

»Geht es Ihnen jetzt wieder besser?«, fragte er dennoch, um Franziska sein Mitgefühl zu zeigen.

Franziska nickte lächelnd. Sie war fast nicht wiederzuerkennen. Denn das letzte Mal, als er sie sah, war sie in sich zusammengefallen – ein Schatten ihrer selbst.

Als erstes richtete Ralf die Worte an sein Gegenüber: »Wer ist Klara, Herr Zimmermann?«, um sich dann aber gleich zu korrigieren: »... oder wer war Klara«, denn dass es diese Klara nicht mehr gab, war für ihn nach allen Schilderungen offensichtlich, »und schließlich, wie ist Klara gestorben?«, beendete Ralf die erste Fragerunde.

Bei der Nennung von Klaras Namen zuckte Zimmermann erst einmal sichtlich zusammen … sein Blick wanderte augenblicklich zu Franziska und wieder zurück zu Ralf.

»Ihre Frage nach Klara überrascht mich. Sie haben doch keinen Bezug zu Klara. Wie kommen Sie zu der Frage nach ihr?«

Jetzt war es Franziska, die antwortete: »Sie selbst nannten den Namen, als Sie am Unfallort waren.«

»Hab ich das?«, fragte Zimmermann erstaunt, denn offensichtlich hatte er es vergessen.

»Ja, haben Sie!«

Nach kurzer Überlegung sagte er: »Stimmt ja, ich erinnere mich … ich hatte da wohl laut gedacht …«

»So ist es«, bestätigte Franziska, »und zwar sagten Sie den Namen in dem Moment, als Sie mich gesehen hatten.«

»Jaaa, stimmt ... jetzt erinnere ich mich richtig; ich erinnere mich sogar wieder an Ihre Reaktion, als ich den Namen nannte. Ihr Blick wirkte so … wie soll ich sagen? … Sie waren plötzlich wieder da … bis dahin waren Sie nämlich apathisch, wie abwesend.«

Franziska nickte zustimmend. »Könnten Sie die Fragen von Herrn Mertens nun bitte beantworten?«, bat Franziska sehr bestimmt.

Dies war für Zimmermann heute eine ganz neue, ungewöhnliche Situation. Bisher kannte er die Rollenverteilung bei der Polizei eher so, dass die Polizei Fragen stellte und andere Leute antworteten. Nun war es gerade umgekehrt und er konnte sich bei dieser Gelegenheit richtig gut vorstellen, wie die Befragten sich dabei fühlen mussten ... irgendwie unangenehm, auch wenn man sich 100%ig keiner Schuld bewusst war.

»Gut ... ähm ...«, Zimmermann überlegte einen Moment, um sich die Fragestellung geistig zu vergegenwärtigen, »... Sie fragten, nach Klara, wer sie war und wie sie starb. Also zuerst mal zur Beantwortung des letzten Teils Ihrer Fragen. Klara kam bei einem Verkehrsunfall ums Leben, und zwar genau an derselben Stelle, wo der Unfall vor vier Wochen passierte«, erklärte Zimmermann.

Franziska, machte ein überraschtes Gesicht. Was? Genau dort, wo der Unfall passierte, soll auch Klara gestorben sein? Unglaublich.

Danach umriss Zimmermann kurz Klaras Schicksal. Er sprach über ihre Kindheit, die teilweise traurig war, und schließlich von ihrem traurigen Ende, vor 25 Jahren, eine Woche vor ihrer Hochzeit mit ihm.

Franziska fühlte bei dieser Geschichte tiefe Traurigkeit.

Jetzt interessierte sie sich nur noch brennend für die Beantwortung ihrer nächsten Frage: »Hatte Ihre Verlobte vielleicht Ähnlichkeit mit mir ... ähm ... natürlich umgekehrt, sehe ich Ihrer damaligen Verlobten ähnlich?«

»Ja, ja, Sie sagen es ... es besteht eine extreme Ähnlichkeit. Als ich Sie sah, an diesem Ort, kam mir das schlimme Ereignis von damals gleich wieder in den Sinn. Denn, nicht nur ist genau an dieser Stelle meine Klara gestorben, was nach so vielen Jahren nachträglich schmerzte, sondern auch Ihr Anblick hatte mich qualvoll in die Vergangenheit zurückkatapultiert ...

eben wegen Ihrer Ähnlichkeit mit Klara. Als ich dann erfuhr, dass Sie den Unfall vorausgesehen haben, hatte mich das ziemlich durcheinander gebracht. Immerhin ...«

»Ich muss da etwas korrigieren«, unterbrach Franziska den Polizeihauptmeister an dieser Stelle, »ich habe den Unfall nicht vorausgesehen, sondern ich habe gewusst, dass er passieren würde ... darauf aufmerksam gemacht wurde ich durch Klara.«

Zimmermann riss die Augen auf. »Waaaaaaas?«

Es wurde immer verrückter ... was sollte er von der ganzen Sache halten. Jetzt 25 Jahre nach Klaras Tod plötzlich all diese seltsamen Begebenheiten. Das kann doch kein Zufall sein. Zufälle, so sagt man doch immer, gab es nicht. Das würde jeder behaupten, der sich mit nicht alltäglichen Dingen befasste.

»Dann hatte Klara Sie wohl gewarnt, weil sie selbst hier starb, damit Ihnen nichts Ähnliches passieren sollte?«, kombinierte Zimmermann, »dann können wir ja froh sein, dass sie Ihnen just im richtigen Moment erschien ... Aber, gibt das einen Sinn? Ich meine, ist das denn überhaupt möglich?«

»Ich habe so etwas tatsächlich schon mal gehört, ja«, warf Ralf ein, »es gab schon Fälle, dass Verstorbene wie Beschützer auftraten.«

Für Zimmermann ergab das alles aber trotzdem noch keine schlüssige Logik ... warum warnte Klara gerade diese junge Frau? Sie kannte Franziska doch überhaupt nicht, denn die war zu Klaras Lebzeiten noch gar nicht geboren. Und wenn Verstorbene Lebenden begegnen, um sie zu beschützen, dann sind das doch wohl eher Nahestehende, also Angehörige.

Oder fühlte sie sich wegen der Ähnlichkeit mit dieser Frau verbunden.

»Sie denken jetzt sicher, wie wir auch dachten, nämlich indem Sie sich nach dem ›Warum gerade Franziska‹ fragen, nicht wahr?«, meldete Ralf sich wieder zu Wort.

Zimmermann nickte. »Ja, richtig.«

»Bevor wir uns in diese Frage vertiefen, sollten Sie vielleicht auch Franziskas Geschichte kennenlernen. Vielleicht erschließt sich uns dann so manches«, schlug Ralf vor.

In den nächsten 20 Minuten erfuhr Zimmermann detailliert, was damals vor sieben Jahren passierte. Immer wieder schüttelte er den Kopf. Wie seltsam das alles klang … für ihn war das Ganze fast ein bisschen unheimlich.

Nachdem Ralf und Franziska die Erzählung beendet hatten war erst einmal Totenstille. Zimmermann war zu sehr betroffen und brauchte eine Weile, bis er wieder sprechen konnte: »Dann war wohl dieser Blitzschlag der Auslöser für diese … nennen wir es mal Fähigkeiten … mediale Fähigkeiten? Und die Ähnlichkeit zwischen Ihnen und Klara ist wirklich nur reiner Zufall.«

»Es sei denn, Klara hatte Franziska schon immer im Visier, nur waren die Fähigkeiten noch unentdeckt, tief im Innern verborgen«, beleuchtete Ralf eine andere Sicht der Dinge. »Was mich aufhorchen ließ, das ist die Bemerkung, dass Klara nicht gerade das hatte, was man eine glückliche Kindheit nennt.«

»Nun, das wäre nicht fair, es so zu nennen … ich würde Klaras Großeltern damit Unrecht tun. Die hatten alles, was in ihrer Macht stand, für Klara getan, damit sie glücklich würde … das Unglückliche an ihrer Kindheit war Klaras Mutter, Susanne. Die bekam das Kind mit 16 … niemand weiß, wer der Vater war, ihre Eltern vermuteten aber, dass es damals ein Schüler des Hans-Thoma-Gymnasiums war … sie ist immer mal mit den älteren Jungs des Gymnasiums losgezogen …die Gleichaltrigen hatte sie wohl als ›noch nicht ganz fertig‹ angesehen … sie selbst soll ja ein hübsches, frühreifes Mädchen gewesen sein, mit der Figur einer ausgewachsenen Frau. Das zog die Jungs natürlich an, wie das Licht die Motten. Die Eltern hatten mit ihr geschimpft und sie ein Flittchen genannt. Aber das hatte sie nicht interessiert. Bevor man etwas von der Schwangerschaft sehen konnte, zogen die Eltern weg von Hauingen, nach Freiburg. Sie suchten die Anonymität einer Stadt, denn sie wollten vermeiden, dass neugierige Nachbarn zu viel wussten oder Fragen stellten, oder dass es zu wilden Spekulationen kam. Außerdem war es keine große Sache, denn der Vater, ein Buch- und Antiquariat-Händler, hatte ein Geschäft nicht nur in Lörrach, sondern auch in Freiburg. Susanne bekam das Kind und ging danach in Freiburg weiter zur Schule. Das Kind überließ sie ihren Eltern. Die waren damals ja erst in den Vierzig, also immer noch jung genug, ein Kind großzuziehen. Susanne lebte zwar noch zu Hause, aber sie wollte von dem Kind nichts wissen, im Gegenteil, sie war ziemlich gehässig zu ihr. Lange dachte Klara, dass Susanne ihre Schwester sei, und dass die Schwester einfach nur böse war. Die Großeltern ließen sie auch in dem Glauben, sie habe eine große Schwester. Dann, Susanne war … hm … ich glaube, sie war 22 Jahre alt … ja, sie war 22, da hatte sie ganz plötzlich Geld … und mit ihrem damaligen neuen Freund wanderte sie nach Fuerteventura aus. Die Eltern vermuteten, dass sie einen Kredit aufgenommen hatte, um ein neues Leben zu beginnen. Sie warnten ihre Tochter, dass sie nicht einspringen würden, wenn Susanne den Kredit nicht zurückbezahlen könne. Aber nie wurden sie um Geld angegangen. Wahrscheinlich gründeten Susanne und ihr Neuer auf Fuerteventura eine Familie; Genaues jedoch wusste niemand, und am wenigsten ich, als nicht Familienangehöriger. Vermutlich hatte der Lover gar nichts davon gewusst, dass Susanne eine Tochter hatte, weil sie ja immer als Geschwister galten. Erst als Klara dann so ungefähr acht Jahre alt war, erfuhr sie per Zufall, dass ihre Schwester gar nicht ihre Schwester, sondern ihre Mutter war … sie hatte also eine Mutter, mit der sie kurze Zeit zusammen aufwuchs wie Geschwister, und plötzlich war die Schwester weg und mit ihr auch gleichzeitig die Mutter, die sie offensichtlich nicht haben wollte. Diese Tatsache, so erklärte Klara es mir damals, dass die Mutter nichts von ihr wissen wollte, sie sogar verleugnete tat ihr weh. Sie litt schwer darunter. Die Großeltern konnten nichts dagegen tun, dass das Kind plötzlich so unglücklich wirkte, obwohl es doch alles hatte. Aber Klara war halt sehr sensibel, verkraftete es nicht. Als sie nach ihrem Vater fragte, stieß sie nur auf Achselzucken … ›*keine Ahnung, wir wissen es nicht*‹, bekam sie zu hören. Und das war für ihre Psyche schwer zu ertragen. Sie hatte eine Mutter und sie hatte einen Vater und beide wollten von ihr nichts wissen, beide verleugneten sie … sie fühlte sich wie ein lästiges, unnützes Anhängsel. Später wollte sie auf die Suche nach ihrem Vater gehen, sie war ziemlich hartnäckig … als sie dann achtzehn Jahre alt war, sie lebte da schon alleine in Weil am Rhein zur Untermiete, lernten wir uns kennen und sie sagte mir damals, dass sie eine Spur habe, aber dass sie noch nicht 100%ig sicher sei. Es fehlte noch die letzte Bestätigung. Doch sie war davon überzeugt, dass sie diese bald erhalten würde.«

»Und, hatte sie es herausgefunden?«, fragte Ralf.

»Ich weiß es nicht … sie musste nah dran gewesen sein … so sagte sie zumindest … wie nah? Keine Ahnung. Sie starb ja, bevor sie mir etwas hätte erzählen können«, antwortete Zimmermann.

»Schon verrückt, oder?«, kommentierte Franziska Klaras Lebensgeschichte, »aber bringt es uns weiter? Ich sehe es noch nicht.«

»Vielleicht will sie, dass du ihren Vater findest«, schlussfolgerte Ralf.

»Ach, ja? Und, was hat sie dann davon? Also, ich weiß nicht. Ich kann es mir nicht vorstellen. Sie war ja schon nah dran, oder hatte ihn vielleicht sogar schon gefunden, wofür sie aber noch nicht den letzten Beweis hatte, und zweitens, hätte es ihr nur etwas gebracht, wenn sie noch leben würde. Dann hätte sie wenigstens Unterstützung fordern können. Aber sie ist tot. Sie braucht keinen Vater mehr.« Franziskas Argument klang ebenso logisch.

»Ja, du hast recht … «, stimmte Ralf zu.

»Aber etwas scheint sie doch zu wollen«, warf Zimmermann ein, »sonst gibt doch alles keinen Sinn.«

»Es sei denn, dass sie Franziska tatsächlich nur retten wollte, mehr nicht«, kam Ralf wieder zur ursprünglichen Variante zurück.

»Nein«, sagte Franziska, »ich glaube es war mehr. Zum Beispiel, warum kam sie denn schon vor sieben Jahren zu mir? Da musste sie mich nicht retten. Sie hatte mich vor keinem Unfall gewarnt ... sie war einfach nur da ... damals. Ich habe das Gefühl, dass es da mehr gibt ... und ich muss herausfinden, was es ist.«

»Sie sehen Klara nicht nur sehr ähnlich ... sie sind wie Klara ... genau so hartnäckig«, schmunzelte Zimmermann. Ihm gefiel diese Franziska.

Franziska lächelte. Sie hätte nie gedacht, dass sich aus dieser unglücklichen Geschichte mit dem Blitzschlag im Nachhinein noch eine so interessante Fragestellung entwickeln würde.

Augenblicklich wurde die Geschichte um Klara auch ihre Geschichte. Franziska war nachdenklich. Plötzlich, in diese Stille hinein, empfing sie wieder eine Nachricht. Klara! ... Klara zeigte sich und sie lächelte ... alles fand in Franziskas Kopf statt, und sie fragte gedanklich ›soll ich weitermachen?‹ und Klara lächelte.

Franziska hatte lange gebraucht, bis sie begriff, aber jetzt war für sie klar: sie wollte weitermachen, Klara wollte es und sie fühlte sich mit Klara verbunden. Nicht nur, weil Klara ihr vermutlich das Leben rettete, sondern weil sie das Gefühl hatte, dass Klara sie jetzt auch brauchte. Sie musste jetzt nur noch herausfinden in welcher Form eine Tote ihre Hilfe benötigte.

»Leben die Großeltern von Klara eigentlich noch?«, begann Franziska abrupt, sich selbst aus ihren Gedanken herausholend.

»Oh, das weiß ich nicht«, da war Zimmermann tatsächlich überfragt. »Zuletzt wohnten sie in Freiburg. Also wenn sie noch leben, dann müssen sie sehr alt sein.«

»Und wie finde ich sie, wenn sie noch leben?«

»Sie wollen die Großeltern aufsuchen?«, fragte Zimmermann ein bisschen ungläubig und gleichzeitig überrascht über den erwachten Forschungsdrang dieser jungen Frau.

Franziska nickte leicht amüsiert, denn sie spürte Zimmermanns Überraschung, »ja, warum nicht?«, antwortete sie ziemlich cool … und Ralf schaute sie nur erstaunt an.

»Also, sie heißen Weber, Karl und Emma Weber«, erklärte Zimmermann, »aber ich weiß nicht, was die beiden dazu noch beitragen könnten. Es ist doch schon so lange her. Die können sich sicher nicht mehr an alles erinnern. Aber … ja, warum eigentlich nicht? Versuchen könnten Sie es. Man sollte einen Misserfolg nicht schon vorwegnehmen. Wir können dabei schließlich nichts verlieren.«

Kapitel 5

Franziska kam in eine ungeahnte Geschäftigkeit, und Oliver war ziemlich enttäuscht. Er beklagte sich: »Zuerst warst du nicht erreichbar, hast dich in deinem Zimmer eingeschlossen, wolltest weder jemanden sehen noch sprechen, und jetzt übertreibst du es mit deiner Rastlosigkeit.«

»Ich bin nicht rastlos. Ich will doch nur Antworten. Kannst du das denn nicht verstehen? Ich bekomme Botschaften, und die kann ich doch nicht einfach ignorieren«, protestierte Franziska.

»Quatsch, Botschaften … Hirngespinste sind das«, versuchte Oliver Franziskas Überzeugung zu widerlegen.

»Also, dass ich auf die Bremse trat, weil weiter vorne in den nächsten Sekunden ein schwerer Unfall passieren würde, alles Hirngespinste, oder was?«

»Nein, das nicht. Das ist ja passiert, das bestreite ich ja gar nicht. Schließlich war ich es, den es von den Rücksitzen unsanft nach vorne geschleudert hatte, dass ich sogar blaue Flecken davontrug. Aber, dass du jetzt das Gefühl hast, eine Verstorbene – Klara, oder wie auch immer sie heißen mag – brauche deine Hilfe, ist doch irrwitzig. Dass du immer übertreiben musst.«

»Was heißt hier immer? Das Wort ›immer‹ ist immer gelogen … es ist der schlimmste Feind einer sachlichen Streitkultur.«

»Du mit Deinem Lehrbuchwissen … Pseudowissenschaften … verschone mich doch bitte damit«, nörgelte Oliver an Franziska herum. Er schüttelte nur den Kopf und wiederholte mit spöttischer Stimme Franziskas letztes Wort: »Streitkultur.«

»Wenn du streiten willst, lieber Oli, dann lass mich jetzt bitte alleine. Ich habe keine Lust mit dir über Dinge zu debattieren, von denen du keine Ahnung hast. Die Sache mit Klara kannst du mir sowieso nicht ausreden.«

»Ach Franziska, ich will ja nicht streiten. Ich will doch nur, dass du die Dinge realistisch betrachtest … dass du lernst Film-Geschichten vom wahren Leben zu unterscheiden. Das mit dem Auftrag aus dem Jenseits, gibt es nur im Film. ›Ghost – Nachricht von Sam‹ war eine schöne Geschichte, muss ich zugeben ja … aber es war Fantasie, mehr nicht«, versuchte es Oliver im Guten, hatte dafür aber nicht gerade die besten Worte gewählt. Es kränkte Franziska, dass er sie behandelte wie ein Kind: ›du musst lernen, Filmgeschichten vom wahren Leben zu unterscheiden‹. Als bräuchte sie diese Schulmeisterbelehrung. Es machte sie wütend, aber sie beschloss, weil sie das Gespräch endlich einigermaßen friedlich zu Ende bringen wollte, entgegenkommend zu regieren.

»Vielleicht hast du recht, Oli«, räumte sie deswegen ein, und Oliver atmete auf.

»Aber vielleicht hast du auch nicht recht, und das will ich herausfinden«, zerstörte Franziska im nächsten Moment Olivers Hoffnungsschimmer.

»Ich will wissen«, fuhr sie fort, »was Klaras Botschaft ist. Ich sag's noch einmal. Klara hat mich nicht

zufällig ausgesucht. Und ich will und kann es nur herausfinden, wenn ich intensive Recherche betreibe.
Und, wenn du schon von ›realistisch bleiben‹ sprichst,
dann bedenke bitte, dass du es ebenso warst, der bereitwillig an einen Fluch glaubte. Ist das vielleicht kein
Humbug? Ist das realistisch? Erst Ralf hatte mir diesen
Blödsinn, den du und Mama mir eingeredet habt, wieder ausgeredet.«

Oliver gab sich geschlagen, er merkte, dass Franziska mit sachlichen Argumenten nicht beizukommen
war. Dabei war er sich sicher, dass das Ganze nur Ko-
kolores war. »Ich sehe es nicht gerne, dass du mit Ralf
so eng unterwegs bist.«

»Aha, daher also weht der Wind. Dir geht es um
Ralf. Du bist eifersüchtig, was? Also Oli, darüber mach
dir bitte keine Sorgen. Ralf und ich sind einfach gute
Freunde. Ich kenne ihn schon von klein auf, als du in
meinem Leben noch gar keine Rolle gespielt hattest.
Und jetzt, in dieser Sache sind wir gute Kollegen. Er
unterstützt mich, er glaubt an mich, und das Wichtigste, er tut meine Erscheinungen nicht einfach nur als
Nonsens ab. Und das ist ein gutes Gefühl. Klaro?«,
versuchte sie Oliver zu beruhigen, »und außerdem ist
Ralf zwölf Jahre älter als ich. Ich muss in seinen Augen
ja noch ein Kind sein.«

»Aber ein verdammt schönes Kind in einem fantas-
tischen Frauenkörper«, beendete er sarkastisch.

›Danke für die Blumen‹, lag es Franziska auf der
Zunge, aber sie sagte nichts. Sie wollte nichts heraus-
fordern. ›Halte dich im richtigen Moment zurück, verkneife
einfach mal beabsichtigte Worte, wenn sie nicht zu einer
Lösung beitrugen, sondern schlimmstenfalls nur eine Lunte

zum Feuer darstellen würden‹. Mit diesem Motto fuhr sie immer recht gut. Und es wirkte auch diesmal.

*

Nach hartnäckigem Suchen – einige Telefonate und auch ein Besuch in Freiburg bei der ehemaligen Wohndresse der Webers, waren notwendig – war ihre Suche nach dem Ehepaar Emma und Karl Weber erfolgreich. Die heutigen Bewohner der früheren Wohnadresse konnten ihr den treffenden Hinweis geben. Das Ehepaar lebte tatsächlich noch, und zwar beide, Mann und Frau. Sie wohnten im Augustinum, eine schön gelegene Seniorenresidenz in Freiburg am Weierweg. Franziska wollte sie zusammen mit Ralf aufsuchen. Sie war ziemlich aufgeregt. Was sollte sie die alten Leutchen fragen? Waren sie geistig überhaupt noch so weit fit, dass eine Unterhaltung mit Ausflug in die Vergangenheit möglich war?

Ja, in der Tat ... das Ehepaar Weber, Emma war 89 und Karl 90 Jahre alt, war noch recht fit und geistig rege. Nur körperlich ging es nicht mehr so, wie sie gerne gehabt hätten. Sie saßen in der wunderschönen Anlage der Residenz, Karl im Rollstuhl, Emma auf der Bank ... daneben stand ihr Rollator.

Emma Weber lächelte, als sie die hübsche blonde Frau, mit den schönen Augen sah. Ihre Stimme klang brüchig, als sie Franziska über die Wange strich und sagte, »Klara ... unsere geliebte Klara.«

Franziska war gerührt über diese Geste der Zuneigung. Sie sagte, »ja, Frau Weber, wegen Klara sind wir beide hier.«

»Klara ist tot«, Emma wischte sich mit dem Handrücken eine Träne von der Wange, »sie ging viel zu früh von uns. Aber Sie Franziska, Sie sehen ihr sehr ähnlich«

»Ja, Frau Weber, ich weiß. Wir haben mit Bruno Zimmermann gesprochen. Er sagte genau dasselbe.«

»Ach ja, der Bruno«, seufzte die alte Dame, »er war ein so lieber Kerl. Oh, wie waren wir damals so betrübt, als es passierte. Bruno litt wie wir, denn er liebte Klara über alles, und mein Mann kam fast nicht darüber hinweg. Ihm hatte es das Herz gebrochen«, und mit Blick zu ihrem Mann, sagte sie, als wollte sie von ihm die Bestätigung einholen, »gell Karl?«

Dann richtete sie ihre Worte wieder an Franziska, »Sie müssen wissen, Klara war wie unsere Tochter, mehr als unsere Tochter selbst. Susanne – so hieß unsere Tochter – war ein durchtriebenes Früchtchen, ein Flittchen. Gott hatte sie zu frühreif gemacht. Sie trieb sich gerne rum, sie brauchte das genüssliche Leben … ›Fete ist angesagt‹, so nannte sie ihre Ausschweifungen.« Karl Weber nickte immer nur dazu.

Franziska hatte das Gefühl, dass der alte Mann nicht darüber sprechen konnte. Einerseits wegen der Enttäuschung über Susanne und zweitens wegen Klaras Schicksal; das schien ihm tatsächlich das Herz gebrochen zu haben.

»Aber, warum kommen Sie zu uns? Warum wollen Sie über Klara sprechen? In uns reißt das doch nur alte Wunden wieder auf«, wollte Emma wissen.

Dann erzählte Franziska kurz ihre Geschichte, und dass sie glaubte, Klara wolle ihr eine Botschaft übermitteln. Emma war von der Geschichte ziemlich betroffen.

»Gibt's das überhaupt, dass Tote wieder zurückkommen?«, fragte sie skeptisch.

»Ich habe schon von solchen Geschichten gehört, Frau Weber«, das war jetzt wieder Ralfs Spezialgebiet; so mischte er sich ins Gespräch ein, wie zuvor bei Bruno Zimmermann.

Emma schüttele nur den Kopf … »nein, nein, nein, sowas gibt es nicht.«

»Glauben Sie mir, Frau Weber, wenn ich Ihnen sage, dass ich Klara gesehen habe? Wenn ich sage, dass sie mich vor einer schlimmen Gefahr warnte? Und ich habe Klara nie kennengelernt, denn sie starb vor meiner Geburt, und doch sah ich sie. Dass sie es war, bin ich mir 100%ig sicher, denn Bruno Zimmermann zeigte mir ein altes Foto von Klara. Es was diese Frau, die ich sah, und ja, sie sah mir verdammt ähnlich.«

»Na ja, wenn Sie schon so flehen, und wirklich glauben, Klara gesehen zu haben … dann fragen Sie halt mal. Ich werde versuchen, Ihre Fragen zu beantworten, soweit mein Gedächtnis mich nicht im Stich lässt«, forderte Emma sie nun auf.

»Ich weiß, dass Klara auf der Suche nach ihrem Vater war. Wissen Sie, ob sie bei ihrer Suche erfolgreich war?«, fragte Franziska.

»Das glaube ich nicht. Ich weiß noch, wie sehr sie litt, nicht zu wissen wer ihr Vater war … aber noch schlimmer litt sie unter der Tatsache, dass weder Mama noch Papa Interesse an ihr hatten. Obwohl wir ihr doch alle Liebe gaben, wie sie Eltern ihrem Kind nur geben konnten, wozu brauchte es denn dann die leiblichen Eltern, die sich einen Dreck um das Kind scherten. Nein, nein, sie hatte den Vater nicht gefunden.

Und, wir selbst wussten nicht, wer es war. Gottseidank wussten wir es nicht, mit einem solchen Dreckskerl, der eine Minderjährige geschwängert hatte, wollten wir nämlich nichts zu tun haben. Klara entwickelte sich bei uns gut, sie war ein kluges Mädchen, und dazu auch noch sehr schön.«

»Stimmt es, dass Ihre Tochter ausgewandert ist? Ausgewandert nach Fuerteventura?«, fragte Franziska.

»Ja, 1965 ist sie mit ihrem Neuen abgehauen. Er wollte im Norden der Insel in einem Hotel arbeiten … ähm die Stadt hieß irgendwas mit Rosa … Rosa … ja, Rosario glaube ich … und später wollte er wohl selbst eines aufmachen. Er kam ja aus der Hotelbranche; es war das Wenige, was Susanne uns erklärt hatte, denn viel erzählte sie nicht. Ob es stimmte, wussten wir nicht. Sie sagte uns ja nie die Wahrheit, so wie sie uns den Vater ihres Kindes verschwiegen hatte. Was wir aber wussten, das ist, dass Susanne für das Unternehmen Fuerteventura extra einen Kredit aufgenommen hatte. Wir warnten sie zwar, dass wir für ihre Schulden nicht aufkommen würden, wenn sie nicht mehr in der Lage sei, den Kredit zurückzubezahlen. Aber das interessierte Susanne nicht. Ja, und die Klara war damals gerade sechs Jahre alt, als Susanne abgehauen ist«, bestätigte Emma.

»Und der Neue … wissen Sie, wie der hieß«, fragte Ralf.

Emma, die sich nicht mehr erinnerte, zuckte nur mit den Schultern, »oder weißt du noch Karl, wie der Typ hieß?«

Karl räusperte sich, bevor er mit krächzender Stimme zu sprechen begann: »Ähm … Peter hieß er …

ja Peter ... und mit Nachnamen ...«, er überlegte einen Moment, »... also im Nachnamen war ein Edelmetall enthalten. Edelmetall kombiniert mit einem anderen Metall...«

Ralf wusste im Moment nicht, ob der alte Herr nur scherzte, oder ob das Namensrätsel tatsächlich ernst gemeint war, denn der Senior schmunzelte verdächtig ... irgendwie spitzbübisch.

›Dann spiele ich halt mit‹, dachte Ralf und überlegte die ihm bekannten Edelmetalle durch: »Gold – Silber – Platin – Rhodium – Osmium – Iridium«

Der alte Herr musste lachen »Halt, halt, Sie sind schon viel zu weit. Silber war's ... Silber kombiniert mit ... mit ... Eisen ... es ist ja schon so lange her.«

»Silbereisen?«, reagierte Ralf spontan.

Jetzt mussten sie alle lachen. Es war aber auch urkomisch, dieses Namenrätsel ... jeder verstand, dass der alte Herr wohl immer noch zu Späßchen aufgelegt war.

Ralf kehrte aber gleich wieder zum Ernst der Befragung zurück: »Wie kamen die beiden denn ausgerechnet auf Fuerteventura, um dort ein Hotel aufzumachen? Diese Insel war damals touristisch doch noch gar nicht richtig erschlossen. Es war eine öde einsame Insel. Es gab kaum Straßen und das Leben war sehr einfach?«

»Ja, dieser Silbertyp hatte wohl ein gutes Näschen. Wenn etwas bereits touristisch erschlossen ist, ist man wahrscheinlich schon zu spät dran ... dann sind die Preise schon explodiert«. Ja, der alte Herr erwachte förmlich zum Leben. So ruhig er zuvor war, so gesprächig wurde er jetzt, und man konnte bei seiner Rede gleich seine frühere Rolle als Geschäftsmann erahnen.

»Sind Sie mal dort gewesen«, fragte Franziska.

»Nein, Gott behüte. Wir hatten mit unserer Tochter abgeschlossen ... außerdem hatten wir ja Klara. Sollte Susanne doch auf ihre Art glücklich werden«, winkte Emma abfällig ab.

Nun, das war ja schon mal eine ganze Menge, was sie von Klaras Großeltern erfuhren.

Ralf ahnte schon, was Franziskas nächster Schritt wohl sein würde.

Die beiden verabschiedeten sich dankend vom Ehepaar Weber und machten sich auf den Weg nach Hause, Richtung Lörrach. Sie lächelten beide vor sich hin.

Im Auto fing Franziska an, ihrem Recherche-Partner ihr Vorhaben zu unterbreiten.

»Dann nix wie hin ... nach Fuerteventura.«

Ralf musste bei Franziskas Worten schmunzeln, weil er seine Vermutung bestätigt sah.

»Was ist los? Warum grinst du?«, fragte sie.

»Nun, ich bin nicht überrascht. Ich habe deine Pläne schon vorausgeahnt.«

»So, so, vorausgeahnt ... fängst du jetzt auch damit an, Dinge vorherzusehen?«, schäkerte sie

Ralf antwortete mit Schmunzeln: »Und wie sieht es aus mit Arbeiten? Solltest du nicht auch mal wieder ins Labor?«, fragte er mal ganz vorsichtig.

»Ja, ja, ich arbeite ja ... Fuerteventura werde ich, hm ... sagen wir mal im Januar oder Februar einen Besuch abstatten. Bis dahin kann ich ja ein schönes Hotel ausfindig machen, in dem der Geschäftsführer vielleicht Silbereisen heißt«, schlug sie vor. Es klang ein bisschen verschwörerisch.

*

Franziska hatte genug Zeit für ihre Recherche. Zuerst rief sie einige Hotels in Puerto del Rosario an, um sich zu erkundigen, ob ein Peter Silbereisen früher einmal hier gearbeitet hatte. Vergebens ... es war wie die Suche nach der Nadel im Heuhaufen

Franziska war klar, dass diese planlose Suche zu nichts führen konnte. Sie musste nach einem alten Hotel suchen, ein Hotel, von dem sie sicher sein konnte, dass es 1965 schon existierte.

Also forschte sie im Internet. Und wahrhaftig; im November wurde sie dann fündig. Sie entdeckte ein altes Hotel ... es war das Hotel Fuerteventura, das in den Jahren 1944 bis 1946 in Puerto de Cabras – so hieß die Stadt nämlich, bevor sie 1957 zu Puerto del Rosario wurde – errichtet wurde.

Sie rief an, und um auch Auskunft zu erhalten, gab sie familiäre Gründe für ihre Suche an. Und tatsächlich! Hier arbeitete früher ein Peter Silbereisen.

Auf Englisch erklärte man ihr, dass der schon vor mehreren Jahren ein eigenes kleines Hotel, oder besser gesagt ein kleines Guesthouse mit mehreren Appartements in Costa Calma eröffnet habe.

Dieses Guesthouse herauszufinden, war dann kein Kunststück mehr. Sie buchte gleich für sich ein kleines Appartement für zehn Tage. Jetzt war sie nur noch gespannt, was sie wohl erwarten würde. Würde dieser Besuch sie weiterbringen? Sie hoffte es.

Kapitel 6

2005

Im Januar brachte Oliver Franziska zum Flughafen nach Basel. »Willst du wirklich alleine hin?«, fragte er etwas besorgt.

»Was ist denn daran so ungewöhnlich? Oder denkst du, dass es für mich zu gefährlich ist?« Sie fand Olivers Besorgnis rührend.

»Was erwartest du denn, dort zu finden?«, fragte er mit dem Unterton, dass das doch sinnlos sei.

»Weiß nicht«, sagte sie nur schulterzuckend.

Bevor sie weiterreden konnte, meinte Oliver: »Du würdest deinen Urlaub gescheiter aufbewahren für einen gemeinsamen Urlaub mit mir ... du und ich, wir beide.«

»Den nächsten dann. Ich habe noch einen Auftrag. Okay?«, schlug Franziska vor.

»Du hast keinen Auftrag. Du hast aus nichts einen Auftrag gemacht, das ist die Realität und nichts anderes«, widersprach Oliver.

»Meinetwegen, dann halt so, wenn's dir so besser gefällt«, Franziska fühlte sich genervt. Warum war Oli nur so negativ in der letzten Zeit. Auch wenn er nicht an diese Sache glaubte, so sollte er doch zumindest akzeptieren und respektieren, dass sie selbst etwas verspürte, das sie zum Handeln antrieb. Es war doch nicht nichts. Stattdessen versuchte er laufend, sie überzeugen zu wollen, dass das alles nur Hirngespinste seien.

Indem er alles ins Lächerliche zog, würde er sie nie überzeugen können. Das Gegenteil würde eintreten, nämlich dass er Franziska, die er doch liebte, von sich wegstieß. Am Flughafen beim Abschied startete sie nochmals einen Versuch der zärtlichen Annäherung. Sie streichelte seine Wange, gab ihm ein Küsschen und sagte mit warmer Stimme: »Oli, sei mir bitte nicht böse. Ich muss es tun. Irgendetwas treibt mich an. Bitte versteh' mich.«

Olis Antwort kam wie eine Ernüchterung: »wenigstens reist du alleine und nicht mit Ralf.« Wieder traf es sie wie ein Schlag ins Gesicht. Er konnte es einfach nicht lassen.

*

Franziska stieg am Flughafen in Fuerteventura in einen Hotelbus. Während der Fahrt Richtung Süden war sie überrascht und fasziniert zugleich, welcher Charme von dieser kargen, steinigen Insel ausging. ›Die Insel hat Atmosphäre, eine Ausdruckskraft‹, versuchte sie ihre Empfindung gedanklich in Worte zu fassen, ›ich kann es nicht beschreiben, was es ist. Aber was ich spüre das ist, dass sie eine energetische Ausstrahlung besitzt‹.

Es fiel ihr schwer ihren Gefühlen einen Namen zu geben, sie wusste nur, dass dieser Ort hier ein besonders hohes Schwingungsniveau aufwies, ein so genannter Kraftort, und dass sie ziemlich sicher zehn wundervolle Tage haben würde … und zwar ganz alleine ohne Oliver. Wann war sie schon mal alleine im Urlaub unterwegs. Früher mit den Eltern, dann mit Oliver. Plötzlich begann sie die Freiheit, die sie mit einem Schlag verspürte, zu genießen. Im Moment wollte sie gar nicht an ihre selbst auferlegte Aufgabe denken. Das hatte Zeit. Jetzt galt es erst einmal, die Stimmung, die diese Insel ausstrahlte auf sich wirken zu lassen. Sie seufzte bei diesen Gedanken; was für ein wunderbares Gefühl. Sie lehnte sich in ihrem Sitz zurück … betrachtete den Himmel, dessen Bläue nur durch ein paar weiße Wolken unterbrochen war. Dann schloss sie die Augen und schlummerte sanft ein. Sie bekam nicht mit, wie der Bus jedes Hotel auf der Strecke nach Süden anfuhr. Kurz vor Costa Calma schreckte sie plötzlich auf. Was war das? … Sie blickte auf und sah Klara; ganz deutlich konnte sie sie sehen. Sie begann eine innere Kommunikation. Doch es waren nur ihre eigenen Gedanken; ›*Hast du mich geweckt, dass ich meinen Ausstieg nicht verpasse?*‹ Klara lächelte. ›*Es ist gut … es ist gut, dass ich das mache, nicht wahr, Klara?*‹, dachte Franziska, denn sie fühlte dass sie auf dem richtigen Weg war … dass es die richtige Entscheidung war, die sie getroffen hatte.

Es war ein schmuckes Guesthouse, eine hübsche kleine Anlage. Sie bezog ihr Appartement. Es war nicht sehr groß, aber liebevoll eingerichtet. Hier konnte man sich wohlfühlen. Sie schaute sich die Broschüre genauer an und entdeckte, dass der Chef hier tatsächlich Peter Silbereisen hieß. Doch dann blieb sie an einem Satz hängen: ›*Das Ehepaar Peter und Elena Silbereisen & Nachkommen freuen sich, Ihren Urlaub so gemütlich wie möglich zu gestalten*‹ Das Foto zeigte das Ehepaar und ihre drei Kinder. Der Silbereisen wirkte sehr sympathisch, seine Haare und der gestutzte Bart waren grau. Franziska schätzte ihn so in den Sechzigern.

Aber Elena, dieser Name verwirrte sie.

›Elena?‹, fragte sich Franziska, während sie aufblickte. Ist das Ehepaar Silbereisen vielleicht geschieden? Lebt Susanne womöglich gar nicht mehr hier auf der Insel? Hatte sie inzwischen einen anderen Partner? Na ja, ihr wurde ja schließlich so etwas Ähnliches wie Mannstollheit nachgesagt. Wieso sollte sich das auf der Insel geändert haben?

Franziska widmete sich weiter der Lektüre. Da war die Erwähnung von den jungen Silbereisen. So, wie es aussah, war es ein reiner Familienbetrieb. Es wurden Carlota, Raúl und Javier Silbereisen als künftige Geschäftsführer vorgestellt. Carlota war zuständig für die Betreuung der Gäste und für die Organisation von Ausflügen. Vermutlich würde sie diese Carlota als erstes zu Gesicht bekommen, da die am ehesten mit den Gästen in Kontakt kam. Aber, wo war Susanne? War Franziska vergebens nach Fuerteventura gereist?

›Nein, vergebens ist nie etwas‹, dachte sie zufrieden, nach ihren ersten Eindrücken, die sie gewonnen hatte, ›schon gar nicht der Aufenthalt auf dieser wunderbaren Insel‹, die sie von nun an ›mein Kraftort‹ nannte.

Am nächsten Tag stand Franziska im Foyer des Haupthauses bei der Anzeigetafel, um sich zu informieren. Es ging nicht lange, bis eine sympathische Stimme mit einem leichten spanischen Akzent sie von hinten ansprach. »Kann ich Ihnen behilflich sein? Wir bieten interessante Touren für unsere Gäste an.«

Franziska drehte sich um und blickte in ein Gesicht, das genauso sympathisch wirkte wie die Stimme. Die Dame stellte sich vor, »ich bin Carlota Silbereisen und betreue die Gäste unseres Hauses.«

»Sind Sie die Tochter von Peter Silbereisen?«, fragte Franziska.

»Ja ... kennen Sie meinen Vater?«, fragte Carlota erstaunt.

»Nein, nicht direkt.«

»Indirekt vielleicht?«, lachte Carlota.

Franziska stimmte in das Lachen mit ein, und nickte, »ja, indirekt ... sehr indirekt ... Raúl und Javier, sind das auch Kinder ... ähm ... also Söhne von Peter Silbereisen«, fragte sie, statt einer Antwort darauf, wie indirekt sie den Vater Silbereisen kannte.

Carlota lachte wieder, »Sie sind ja sehr neugierig Frau ...«

»Schnyder, Franziska Schnyder«, füllte Franziska diese kleine Wissenslücke, ihres Gegenübers.

»Frau Schnyder«, sagte Carlota um ihre begonnene Feststellung zu beenden. Dann fügte sie hinzu, »Raúl und Javier sind meine Brüder, ja. Sie sind Zwillinge. Raúl ist unser Finanzexperte und daher für die Verwaltung und Javier für die Versorgung und das Technische zuständig. Die Eltern sind gerade dabei, uns das Haus zu übereignen«, erklärte Carlota, wunderte sich dann aber darüber, warum dieses Wissen für eine Urlauberin von Interesse sein könnte. »Können Sie mir nun sagen, warum diese Auskünfte so wichtig für Sie sind, Frau Schnyder? Ich weiß immer noch nicht, wie indirekt Sie meinen Vater kennen.«

»Ja, natürlich, Entschuldigung. Ich stieß auf den Namen Silbereisen über ein bekanntes Ehepaar aus Freiburg, eine Stadt in Süddeutschland. Das Ehepaar heißt Weber.«

»Weber?«, Carlota stutzte, »Weber! ... das war doch

der ledige Namen unserer Mutter.«

›oh‹, schoss es Franziska durch den Kopf, ›... *also doch an der richtigen Adresse*‹: »Ähm ... also wir sprechen beide von Susanne?«, fragte sie ganz direkt und zeigte dabei den überraschten Gesichtsausdruck, der durch das ›oh‹ mental schon ausgedrückt wurde. Carlota war ebenso überrascht, wie selbstverständlich Franziska den Namen Susanne nannte. Es schien doch mehr zu sein, als nur ›*zufällig*‹, und der Name Elena war vermutlich verwirrend für diese fremde, neugierige Frau, denn vermutlich hatte sie längst schon die Broschüre studiert, nahm Carlota an.

»Lassen Sie sich nicht irritieren durch den Namen *Elena*«, sagte Carlota, der jetzt klar war, dass die Frau mit einer ganz bestimmten Absicht hier herkam, und was das war, das interessierte *sie* jetzt. »Elena ist die zweite Frau meines Vaters, nachdem unsere Mutter ... also Susanne ... vor ... lassen Sie mich überlegen ... also, vor genau zehn Jahren starb. Sie hatte Krebs, sie war erst 52 Jahre alt.« Nun war Carlota richtig gespannt, was jetzt folgen würde.

»Hatte Ihre Mutter eigentlich je einmal etwas erzählt von einer Tochter, die sie in Deutschland hatte? Oder anders gefragt, waren Sie denn nie bei den Großeltern in Deutschland, die davon gesprochen hatten?«, die letzte Frage stellte sie nur als faule Ausflucht, denn sie wusste ja von den Großeltern, dass nie ein Kontakt nach Fuerteventura bestand. Die wussten nicht einmal, dass sie noch weitere Enkel hatten, und dass ihre Tochter längst nicht mehr lebte. Sie fragte sich, ob es sie wohl schmerzhaft berühren würde, wenn sie es erfuhren.

»Eine Tochter in Deutschland?«, wiederholte Carlota ungläubig, »nein, hatte sie nie. Ich kann es mir auch gar nicht vorstellen. Sie kam doch nach Fuerteventura, als sie noch sehr jung war, da konnte sie ja noch kein Kind gehabt haben. Und, wenn sie ein Kind gehabt hätte, wäre sie ohne es nie weggegangen. Sie war uns immer eine gute Mutter. Sie würde nie ein Kind verlassen. Zu Ihrer Frage nach den Großeltern: nein, bei ihnen waren wir nie … wir kannten sie gar nicht. Es kam eigentlich nie dazu. Aber, wenn ich es mir recht überlege, ich hätte sie schon gerne kennengelernt … sie sind ja schließlich unsere Wurzeln. Papas Eltern leben längst nicht mehr. Sie starben, da war ich ein Baby. Leben Mamas Eltern eigentlich noch?«

»Ja klar, sie leben noch. Deswegen konnte ich sie ja auch sprechen. Sie sind in den Neunzig.«

»Ach, das bekannte Ehepaar Weber aus Freiburg, mit dem Sie gesprochen hatten, sind meine Großeltern? Aha! Und was haben Sie selbst mit der Familie zu tun? Sie sehen zwar irgendwie meiner Mutter, als sie noch jung war, ähnlich … na ja … ein bisschen nur. aber Sie sind einfach zu jung, um etwas mit ihr zu tun gehabt zu haben. Meine Mutter wäre ja jetzt 62 Jahre alt, wenn sie noch lebte. Wie alt sind Sie?«

»Ich werde dieses Jahr 22, und Sie?«

»Ich bin 38 und meine Brüder 36. Aber bitte, erklären Sie mir nochmal, wie Sie darauf kommen, dass meine Mutter eine Tochter in Deutschland hat.«

»Hatte«

»Hatte?«

»Ja, denn diese Tochter – sie hieß Klara – ist auch tot. Sie starb vor 26 Jahren bei einem Autounfall … sie war damals gerade zwanzig Jahre alt … ich erfuhr davon von Ihren Großeltern und von Klaras Verlobten.«

»Da müsste meine Mama doch furchtbar traurig gewesen sein, als sie erfuhr, dass ihr Kind starb. Sie hatte aber nie etwas gesagt. Es klingt alles irgendwie so seltsam. Ich begreife es nicht.«

»Deswegen bin ich hier, Frau Silbereisen.«

»Kommen Sie bitte, wir sprechen in meinem Büro weiter«, schlug Carlota vor, der das Thema zu delikat erschien, um es im Foyer zu erörtern.

Dort fragte Sie Franziska, warum das ganze denn jetzt eine solche Bedeutung habe, nach so langer Zeit.

In diesem Moment öffnete sich die Tür, ein älterer gepflegter Herr erschien und mit einer angenehmen tiefen Stimme sagte er auf Spanisch: »Ach da bist du Carlota … ich hatte dich im Foyer sprechen gehört, wollte zu dir kommen und plötzlich warst du nicht mehr da.« Es war Peter Silbereisen.

Carlota antwortete auf Deutsch: »Hola Papá, schau mal, das ist Franziska Schnyder und sie kennt meine Großeltern.«

»Aha«, sagte er, »und?«

»Na ja, ihr Anliegen, das sie brachte, war sehr interessant. Ich konnte zwar nicht helfen, weil ich nie in Deutschland war, aber vielleicht du.«

»Ich?«

»Ja Sie Herr Silbereisen«, sagte Franziska, die aufstand, um ihm die Hand zu reichen. »Es geht um Ihre Frau.«

»Elena?«

»Nein, nein, Susanne«, klärte Franziska ihn auf.

»Susanne ist seit zehn Jahren tot«, sagte Silbereisen.

»Susannes Eltern leben noch«, erklärte Franziska.

»Die leben noch? Die müssen ja uralt sein.«

»Ja Papá, Frau Schnyder sagte mir, dass beide in den Neunzigern sind. Und sie hat mir dabei eine Frage gestellt, nämlich nach einer Tochter, die Mama in Deutschland hatte. Weißt du etwas davon?«

»Quatsch, das ist doch Nonsens. Sie sind doch zu jung, um die Tochter zu sein, die sie gehabt haben soll, bevor wir zusammen kamen … und danach war sie nie mehr in Deutschland. Nein, nein, schminken Sie sich das ab, hier nach Ihren Wurzeln zu suchen. Zugegeben, Sie haben eine gewisse Ähnlichkeit mit meiner Frau, als sie noch jung war, aber …«

Er konnte nicht weiterreden, weil Franziska ihn unterbrach. »Es geht nicht um mich, Herr Silbereisen. Ja ich weiß, dass es zufällig eine Ähnlichkeit gibt, zwischen mir und der inzwischen auch verstorbenen Tochter Ihrer ebenfalls verstorbenen Ehefrau. Dass ich gleichzeitig mit Ihrer Frau gewisse Ähnlichkeit habe, erfuhr ich aber eben erst von Ihrer Tochter Carlota.«

»Moment, stopp, stopp, stopp«, warf Carlota ein. Bevor du hereinkamst, Papa, hatte ich Frau Schnyder gefragt, warum das ganze jetzt nach so langer Zeit – also diese angebliche Tochter ist ja auch schon seit 26 Jahren tot – eine solche Bedeutung hat?«

Doch Franziska konnte diese Frage wieder nicht beantworten, weil Peter Silbereisen dazwischen fuhr:

»Susanne hat oder hatte keine weitere Tochter. Das hätte sie mir doch nicht vorenthalten. Sie war 22 Jahre alt, als sie mit mir Deutschland verließ, das heißt also, dass sie damals noch sehr jung war … unmöglich.«

»Doch, hatte sie«, widersprach Franziska. »Hatte

Sie Ihnen damals vielleicht erzählt, dass sie eine kleine Schwester hat?«

»Ja, das hatte sie, ich hatte die Kleine sogar mal von weitem gesehen. Aber Frau Schnyder, das ...«

»Bitte nennen Sie mich Franziska!«

Silbereisen lächelte freundlich und fuhr mit seiner begonnenen Rede fort, »Franziska, Sie verwirren mich. Warum sollte sie das verschwiegen haben?«

»Susanne hatte sich nie zu ihrem Kind bekannt, sie wollte die kleine Klara nicht. Sie wollte ja mit Ihnen ein neues Leben beginnen. Das Glück sollte nicht getrübt sein durch eine unerwünschte Tochter, die aus einer kurzen Affäre entsprang ... und zwar einer Affäre lange vor Ihrer Zeit ... sprich in der Schulzeit.«

»Das kann ich mir nicht vorstellen. Da wäre sie ja selbst noch ein Kind gewesen. Nein, nein, Susanne und ich, wir führten eine gute Ehe, auf gegenseitigem Vertrauen aufgebaut. Ich lasse Ihren Ruf nicht postum verschmutzen.«

»Zu Ihrer ersten Feststellung: ja, sie war fast noch ein Kind, aber mit einem frühreifen Körper, sozusagen Kindfrau. Sie war sechzehn, als sie Klara zur Welt brachte. Zu Ihrem zweiten Anliegen: Es geht mir nicht um nachträgliche Rufschädigung, Herr Silbereisen.«

Silbereisen schüttelte ungläubig den Kopf. Sechzehn Jahre alt und schon Mutter? Nein, nein, unmöglich. »Aber sagen Sie mir, Franziska, worum es denn dann geht, wenn nicht um Rufschädigung? ... das alles nützt doch niemandem mehr, außer dass der Ruf meiner verstorbenen, guten Ehefrau und gleichzeitig sehr liebevollen Mutter unserer drei Kinder besudelt wird.«

»Ich habe einen Auftrag … um hier jetzt auf Ihre Frage einzugehen Carlota. Ich wurde genau an der Stelle, an der Klara starb letztes Jahr vor einem Unfall, der noch nicht stattfand, gewarnt. Und zufällig war der damalige Verlobte von Klara, genau der Polizist, der voriges Jahr zum Unfallort kam. Diese Sache verwirrte ihn, und er wollte wissen, was das Ganze mit seiner Verlobten zu tun hatte. Offensichtlich stand da eine Verbindung zwischen Klara und mir.«

»Eh … entschuldigen Sie bitte, Franziska … diesen Mist sollen wir glauben?«, fragte Silbereisen mit leichtem Spott in der Stimme.

»Sie brauchen sich nicht zu entschuldigen, Herr Silbereisen, ich habe zu Hause auch so einen ungläubigen Thomas … nämlich mein Verlobter …«, sagte Franziska lächelnd, um jeder aggressiven Konfrontation aus dem Wege zu gehen, »… aber, ich selbst kann nur aus meiner Warte sprechen, was ich erlebt habe, und das ist genau das, was ich Ihnen erklärte.«

»Papaaa!!!«, empörte sich Carlota über diese respektlose Reaktion ihres Vaters, »ich finde diese Sache höchst interessant; außerdem hatte Franziska aus diesem Grund ja auch mit meinen Großeltern gesprochen … und die sind schließlich real.«

»Herr Silbereisen«, versuchte Franziska es erneut, »als sie damals auswanderten, hatten sie sich ja eine neue Existenz aufgebaut, nicht wahr? Hatten Sie denn etwas Kapital gespart, das Ihnen den Anfang erleichtert hatte?«

»Ich weiß zwar nicht, was Sie das anginge … aber okay … Susannes Eltern, gaben ihr ein Startkapital von 30'000 Mark für den Neuanfang und ich hatte auch etwas auf der hohen Kante, nicht viel, aber für den Anfang hatte alles zusammen gut gereicht. Und außerdem arbeiteten wir ja noch ein paar Jahre im Hotel in Puerto del Rosario, bevor wir das hier aufbauten.«

»Susannes Eltern haben ihrer Tochter nie Geld gegeben. Sie erzählten, dass Susanne vermutlich einen Kredit aufgenommen habe, und dass sie ihre Tochter gewarnt hatten, dass sie, sollte alles schief gehen mit dem Neuanfang, für den Kredit nicht geradestehen würden. Das war also die zweite Lüge zu Beginn Ihrer Beziehung ... So viel also zum Thema einer auf Vertrauen aufgebauten Beziehung«, stellte Franziska lakonisch fest, »dennoch, wie gesagt, liegt es mir fern, Ihre Frau schlecht zu machen, sondern ich will aufklären, weil ich einen Auftrag habe. Ich habe jetzt schon ein viel besseres Bild von Ihrer Frau erhalten, als das, was die Eltern selbst von der eigenen Tochter hatten.«

»Jetzt bin ich platt«, staunte Silbereisen, »und von Ihrer Geschichte ist also nichts erfunden?«

»Sie können mit Ihren Schwiegereltern Kontakt aufnehmen und mit Ihnen sprechen. Sie würden Ihnen erklären, dass sie ihre Enkelin großgezogen hatten. Ja, vielleicht wäre diese Kontaktaufnahme wirklich mal an der Zeit, denn diese alten Leute wissen noch nicht einmal, dass ihre Tochter auch verstorben ist, so wie ihre geliebte Enkelin. Und Ihre Frau, die Susanne, hatte ebenfalls nichts vom Tod ihrer Tochter Klara gewusst. Eigentlich traurig, finden Sie nicht auch?«

Das alles war allerdings harter Tobak ... Silbereisen saß zwischen zwei Stühlen, nämlich die namens Wahrheit und Lüge. Er wusste nicht, was er glauben sollte.

Kapitel 7

Franziska verbrachte noch schöne Tage auf Fuerteventura, sie hatte sogar so etwas wie Familienanschluss bei den Silbereisen. Carlotas Brüder, Raúl und Javier, auch ganz wohl geratene nette Männer, hatten sie ebenfalls mit Fragen gelöchert und wollten mehr von dem Geheimnis um ihre Mutter und Stiefschwester erfahren. Es war ein ganz neues Gefühl für die Jungmannschaft der Familie Silbereisen, eine zusätzliche Schwester gehabt zu haben, die sie leider nie kennenlernen durften. Franziska überließ ihnen das Foto von Klara, das sie von Bruno Zimmermann extra zu diesem Zweck erhielt. Sie sollte etwas haben, das sie der Familie als eventuellen Beweis vorzeigen konnte. Und tatsächlich, die Ähnlichkeit zwischen Mutter und Tochter war frappierend. Die erwachsenen Kinder schwärmten gar von der Schönheit ihrer fremden Schwester. Tja, und dann kam noch die Ähnlichkeit einer Familienfremden, nämlich Franziskas, hinzu. Keines der anderen Kinder kam so sehr auf Susanne raus, wie Klara. Die Zwillinge hatten die blonden Haare der Mutter, vielleicht auch ein bisschen die Gesichtszüge, na ja, es waren halt Jungs, die sehen immer ein bisschen anders aus. Carlota jedoch ging ganz nach ihrem Papa.

Und schließlich lernte Franziska noch Elena kennen. Mit ihr war eine direkte Unterhaltung natürlich nicht möglich, denn sie sprach nur Spanisch. Doch die Familie übersetzte alles, wenn sie bei Gesprächen dabei war, und sie wirkte ebenso überrascht von den alten Neuigkeiten, die Franziska aus Deutschland auf die Insel brachte.

Peter Silbereisen brauchte eine Weile, bis er verdaut hatte, dass seine Beziehung mit Susanne auf einer Lüge aufgebaut war. Dass Klara nicht die Schwester seiner Frau war, glaubte er inzwischen, denn Franziska sprach ja mit den Eltern und die sagten, dass sie nur eine Tochter hatten, dafür aber eine Enkelin. Er selbst lernte die Eltern nur ganz kurz kennen. Er spürte damals ihre ablehnende Zurückhaltung und hatte dann keinen weiteren Bedarf mehr gehabt. Auch wenn er später sehr dankbar war für das Geld, das die Eltern ihrer Tochter zum Start gaben. Vielleicht waren sie gar nicht so ablehnend, sondern konnten nur schlecht Gefühle zeigen, so hatte er es später zu erklären versucht. Worüber er sich aber vor allem wunderte, das war, woher das Geld denn nun kam, wenn nicht von Susannes Eltern. Sie hatten nie einen Kredit von 30'000 Mark an eine Bank zurückbezahlt. Und natürlich kam es ihm auch seltsam vor, dass Susanne nicht wollte, dass er sich bei den Schwiegereltern für diese großzügige Geste bedankte. Sie erklärte es so, dass die Eltern sie endlich loshaben wollten und ihr deshalb das Geld gaben. Sie sollte aus deren Leben verschwinden. Er fand es zwar großzügig, auf der anderen Seite aber sehr seltsam, dass Eltern wollten, die eigene Tochter solle aus deren Gesichtskreis verschwinden. Diesen unmenschlichen Eindruck hatte er nicht gehabt, als er die Eltern damals sah, auch wenn sie sehr zurückhaltend, vielleicht auch abweisend wirkten. Es war ja nur eine einmalige Begegnung zwischen Tür und Angel. Vielleicht konnte er es damals nicht so richtig beurteilen. Er war ja auch noch jung, gerade mal 26 Jahre alt.

Er wunderte sich aber ebenso, dass seine Frau, die für ihre drei Kinder eine liebevolle Mutter war und alles für sie gab, dann ein anderes eigenes Kind im Stich ließ. Auch wenn das Kind bei seinen Großeltern liebevoll aufwuchs, so musste es doch darunter gelitten haben, zu wissen, dass es eine Mutter und einen Vater hatte und von beiden abgelehnt wurde. Wie konnte Susanne so herzlos sein. Das wollte nicht in seinen Kopf. Er weiß zwar nicht, wie er reagiert hätte, wenn er erfahren hätte, dass seine Frau mit 16 schon ein Kind hatte. Immerhin hatte es ihr, nach Franziskas Schilderung, bei ihren eigenen Eltern das nicht gerade rühmliche Image eines Flittchens eingebracht. Vermutlich war das wohl der springende Punkt. Sie könnte Angst gehabt haben, dass er sie deswegen verurteilen würde. Dies wiederum konnte er natürlich verstehen.

Aber sie war schön, eine Augenweide und er liebte sie. Vermutlich wäre er enttäuscht gewesen, hätte es ihr aber im Verlaufe der Zeit trotzdem nicht nachgetragen ... na ja, es war ja vor seiner Zeit, da vergibt sich's leichter, außerdem sei er ja von Natur aus nicht nachtragend ... ob er aber das Kind hätte mitnehmen wollen? ... hm ... das Kind mitzunehmen wäre vermutlich nicht in Frage gekommen, denn einen väterlichen Bezug zu einem nicht eigenen Kind aufzubauen, wäre für ihn sicher unvorstellbar gewesen ... es war ja schließlich gut versorgt, also kein Problem, wozu also daran etwas ändern. Zumindest wäre dann aber der Kontakt zwischen Mutter und Kind da gewesen.

Er konnte es drehen und wenden wie er wollte, er hatte keine Verhaltenserklärung parat, nach dem Motto ›*was wäre gewesen, wenn*?‹. Er wusste nur, dass er und Susanne eine vorbildliche Ehe geführt hatten, dass er sie über alles liebte … wie fühlte er sich damals so verlassen, als sie so früh starb, und es fiel ihm schwer, jetzt im Nachhinein den Stab über ihr zu brechen. Er wollte das gute Andenken nicht gestört wissen.

Seine Gedanken folgten einem Auf und Ab der Gefühle. Ach, er wusste nicht recht, was er von der ganzen Sache halten sollte. Wieso sollte er sich jetzt den Kopf zerbrechen über längst Vergangenes … er war jetzt 66, also verdient konnte er sich nun in den sorglosen Ruhestand zurückziehen, ohne sich zu zermartern und er hatte eine neue, liebe Frau gefunden.

*

Am Flughafen in Basel wurde Franziska von Ralf erwartet. Oliver war als Außendienstler geschäftlich unterwegs und da hatte Franziskas Mutter Ralf gebeten, die Tochter beim Flughafen abzuholen.

Ralf staunte, wie schön braun ihr Gesicht war … der Teint wirkte nicht verbrannt, sondern es war eine schöne beigebraune Farbe, und sie strahlte so wunderschön. Ralf war ganz verzückt.

Natürlich konnte er es nicht erwarten, zu erfahren, was Franziska während ihres Aufenthalts auf Fuerteventura herausbekommen hatte. Im Auto nach Haltingen, hörte er gespannt Franziskas Geschichte an. All das, was sie selbst so in Erstaunen versetzte, bewirkte dasselbe Gefühl jetzt bei Ralf.

»Es ist zwar ganz schön viel, was du da über die Familie Silbereisen herausbekommen hast, aber wirklich weiterbringen tut es dich nicht«, stellte er fast ein bisschen enttäuscht fest.

»Nun, wir wissen es nicht … noch nicht. Wir werden sehen. Interessant zum Beispiel wäre es, zu erfahren, woher Susanne damals so viel Geld hatte, wenn sie keinen Kredit aufgenommen hatte und auch von den Eltern nichts bekam, wie sie ihrem Mann weismachte …«, Franziska schmunzelte, »… ich versuche mir gerade vorzustellen, wie sich mein Besuch gestaltet hätte, wenn sie noch gelebt hätte … ich denke, dass unsere Unterhaltungen nicht so harmonisch verlaufen wären. Ihr Lügengebäude wäre mit einem Mal eingestürzt, sie hätte nach Erklärungen suchen müssen und mich hätte sie zum Teufel gewünscht, weil ich dafür gesorgt hätte, dass ihre Vergangenheit sie nach so langer Zeit wieder eingeholt und womöglich ihre Idylle zerstört hätte.«

Am nächsten Tag rief Franziska von Basel aus Bruno Zimmermann an.

»Oh, Franziska, sind Sie zurück? Wie war es in Fuerteventura? Haben Sie etwas herausbekommen?«

»Hallo Herr Zimmermann … ja, seit gestern bin ich zurück. Und ja, ich habe auch sehr viel in Erfahrung bringen können. Dennoch nicht genug, um damit, zumindest zum jetzigen Zeitpunkt, wirklich etwas anfangen zu können. Ich kann jetzt aber nicht zu lange sprechen, ich rufe aus Basel von meiner Arbeitsstelle an. Ich hätte nur eine Bitte. Sie haben doch Zugang zu den Akten über den Unfall von vor 25 Jahren ... ähm ... inzwischen sind es ja 26 Jahre.«

»Ja natürlich.«

»Könnten sie diese mal heraussuchen und zweitens, dürfte ich als Nicht-Polizistin einen Blick hineinwerfen?«, kam Franziska gleich zur Sache.

»Selbstverständlich, das ist kein Problem. Für mich wäre es auch mal interessant den Fall zu studieren. Ich hatte die Akte nämlich noch nie gesehen ... ich war damals ja noch nicht bei der Polizei. Wann wollen Sie denn vorbeikommen?«

»Wenn's Ihnen passen würde, gleich heute Abend nach der Arbeit ... es sei denn, sie hätten keine Zeit, die Akte so schnell herauszusuchen.«

»Ich werde Sie erwarten.«

Gleich, nachdem er das Telefon aufgelegt hatte, hieß er einen Mitarbeiter, die Akte ›Clemens Lilienthal‹ aus dem Jahre 1979 herauszusuchen. Eine halbe Stunde später war er in den Fall vertieft. ›Oh, mein Gott, das hatte ich nicht gewusst‹, ging es ihm durch den Kopf. Clemens Lilienthal, der Unfallverursacher, hatte immer seine Unschuld beteuert. Klara soll ihm leblos vors Auto gefallen sein, samt Fahrrad. Natürlich hatte er etwas getrunken, aber so klar sei er immer noch gewesen, dass er beurteilen konnte, wie sich alles zugetragen hatte. Er hatte erklärt, dass die junge Frau wie ein schlaffer, lebloser Körper vors Auto gefallen sei. Er hatte das Gefühl, dass sie betäubt oder schon tot war.

Natürlich kannte man das, dass Unfallverursacher sich mit allen möglichen Ausflüchten und erfundenen Geschichten herausreden wollen. Das erlebte man zu genüge. Dennoch hatte man Klaras Leiche untersucht, und es gab keinerlei Hinweise dafür, dass sie schon vor dem Aufprall tot war. Sie hatte weder Betäubungsmittel noch Gift oder irgendwelche Verletzungen, die auf etwas anderes, als den Unfall schließen ließen. Was Zimmermann aber am meisten schockte, war, dass dieser Lilienthal sich selbst umgebracht hatte.

Auch da waren sich wohl alle einig, dass er mit dieser schweren Schuld einfach nicht mehr leben konnte. Seine Schwester, Sabine, hatte sich beklagt, dass man ihren Bruder nicht ernst nahm … sie sagte, dass man ihn in den Tod getrieben habe und verurteilte somit die Behörde als die wirklich Schuldigen. Zimmermann lehnte sich zurück und verschränkte seine Hände im Nacken. Das gab ihm zu denken. Er überlegte ›*wenn das alles wahr ist, dann … nicht auszudenken!*‹ … Er beruhigte sich mit dem Gedanken, dass man Klaras Leiche ja untersucht hatte. Dennoch, es blieb immer noch der Zweifel, der alles offen ließ, und dieser Zweifel hinterließ einen schalen Beigeschmack … ›*wenn das wahr ist … oh mein Gott … es war doch alles schon vorbei, ich hatte mich damit doch schon längst arrangiert … niemals dachte ich, dass es nach so vielen Jahren noch so viel Wirbel und vor allem Unklarheiten geben würde. Warum machen wir das alles? Jetzt 26 Jahre nach dem Unfall*‹. Er starrte an die Decke seines Büros und versuchte seine Gedanken zu ordnen … er hatte das Gefühl, dass ein Wirbelsturm in seinem Kopf brauste. Ein kurzer Anruf riss ihn aus seinen Gedanken. Die Pforte kündigte ihm einen Besuch einer jungen Frau namens Franziska Schnyder an. Sein Herz begann plötzlich zu rasen. Fast wie in Trance verließ er sein Büro um Franziska an der Pforte der Polizeidirektion Lörrach abzuholen.

Als er diese junge strahlende Frau sah, überkam ihn wieder schmerzhaft die Erinnerung an Klaras Schicksal.

»Geht es Ihnen nicht gut, Herr Zimmermann«, fragte Franziska, die ein Gespür für anderer Leute Gefühle hatte. Zimmermanns innere Aufregung nahm sie fast körperlich wahr. Doch, auch wenn sie nicht diese sensiblen Wahrnehmungen gehabt hätte, es wäre auch so deutlich sichtbar gewesen ... und zwar für jeden. Zimmermann wirkte blass, Schweißperlen standen ihm auf der Stirn.

»Kommen Sie mit Franziska, ich zeige Ihnen etwas«, sagte er nur.

Kurz später saß auch sie über der Akte und studierte sie aufmerksam, machte dabei immer wieder Notizen. Sie fühlte, wie sich ihr Pulsschlag beschleunigte. War es das, was Klara wollte, als sie ihr früher immer und beim Unfall im letzten Jahr erschien? Wollte sie, dass dieser Fall wieder neu aufgerollt und geklärt wird? Franziska war schwindlig.

»Aber Herr Zimmermann, dann müssen Sie den Fall doch jetzt wieder aufnehmen«, drängte Franziska.

»Und mit welcher Begründung?«, fragte Zimmermann. Er wirkte frustriert. »Was meinen Sie Franziska, was die Kollegen hier sagen würden, wenn ich wieder einen Fall aufnähme, der vor fast 26 Jahren abgeschlossen war? Die würden mich für verrückt erklären.«

»Aber die Akte sagt doch alles. Es liegt doch auf der Hand, oder nicht?«, widersprach Franziska.

»Nein eben nicht. Nichts liegt auf der Hand. Ich kann doch nicht erzählen, dass es da noch Ungereimtheiten gebe, weil meine damalige Verlobte aus dem Jenseits einer jungen Frau begegnete und diese den Verdacht hegt, dass Klara ihr erschien, weil sie eine Botschaft für sie hatte. Oder, dass Klara wollte, wir sollten den Fall nochmals in die Hände nehmen. Und, wie Sie ja gelesen haben, wurde Klaras Leiche genau unter die Lupe genommen. Das geht heute, nach 26 Jahren nicht mehr. Ich bin überzeugt, dass es garantiert einen Grund hatte, dass Klara Ihnen begegnete und nicht mir. Vermutlich war ihr klar, dass ich als Polizist da nichts mehr ausrichten kann. Und Ihnen begegnete sie auch nicht nur, weil Sie ihr so ähnlich sehen, sondern weil Sie vom Blitz getroffen wurden. Ja, und ich denke, dass dieser Blitzschlag vor acht Jahren Fügung des Schicksals war. Es hieß doch, dass er wieder zurückkam, als das Gewitter schon abgezogen war. Es sollte wohl so sein. Sie wurden dann auf mysteriöse Weise zugänglich für die Welt im Jenseits.«

»Es sollte also wohl so sein, dass meine Trainerin nach dem Blitzschlag – sie wurde nämlich getroffen, nicht ich – hirngeschädigt ist, nur deshalb, damit ich für die jenseitige Welt zugänglich werden konnte und einen Auftrag erhalten sollte, einen längst abgeschlossenen Fall neu aufzurollen? Ja, ja ich weiß schon … bei der Polizei nennt man so etwas Kollateralschaden.«

»Entschuldigen Sie, Franziska, das war dumm von mir«, bedauerte Zimmermann seine Rede. »Das mit dem Blitz war ein schreckliches Unglück und nur für Sie wurde er Fügung des Schicksals.«

»Schon gut«, lenkte sie ein. »Wahrscheinlich haben Sie recht, Herr Zimmermann. Sie können tatsächlich nichts unternehmen, ohne dass man Sie für verrückt erklären würde, sogar mein Verlobter hält das ganze schlichtweg für Humbug.«

»Nennen Sie mich Bruno«, sagte Zimmermann, weil er fand, dass sie zu viel miteinander zu tun hatten um sich immer noch förmlich mit Herr und Frau anzusprechen. Er war dankbar, dass Franziska seine Situation verstand. Er sagte ihr aber jegliche private Unterstützung zu, sofern sie sie benötigte, ohne das Amt einschalten zu müssen.

Als Franziska nach Hause fuhr konnte sie an nichts anderes denken. Was, wenn dieser Lilienthal unschuldig war? Sie rief Ralf an, um ihm von dieser Sache, zumindest in aller Schnelle, zu berichten, wie sie sagte, denn Autofahren mit dem Handy am Ohr sei ja schließlich verboten.

»Das sind allerdings interessante Neuigkeiten. Warum hatte denn dieser Zimmermann damals nicht schon reagiert?«, wunderte sich Ralf.

»Ganz einfach, weil er erstens damals noch nicht bei der Polizei war – er besuchte erst später die Polizeischule – zweitens, weil er eine Wut über einen Trunkenbold hatte und drittens, weil er in so tiefer Trauer steckte und er endlich vergessen wollte. Ich könnte auch noch als viertens anfügen: er war erst zwanzig Jahre alt. Sein Glück war zerstört. Du hättest ihn heute sehen sollen. Schweißperlen standen auf seiner Stirn, so hatte ihn das Ganze mitgenommen. Was meinst du Ralf? Wie sollen wir jetzt weiter verfahren?«, fragte sie, als hätte sie ihre Vorsicht ›kein Handy *am Steuer‹* schon wieder vergessen. Ralf jedoch holte sie wieder zurück, was sie zum Schmunzeln brachte.

»Kein Handy am Steuer!«, lachte er, »komm erst mal nach Haltingen, dann kannst du mir alle Details berichten und wir können über das weitere Vorgehen diskutieren. Kommst du gleich bei mir vorbei? Es ist ja erst sieben Uhr, und wir könnten dann noch ins Da Roberto gehen, ist das okay für dich?«

Natürlich war es okay. Sie war ja schon auf dem Weg von Lörrach nach Haltingen, also konnte sie auch gleich, bevor sie nach Hause ging, bei Ralf vorbeifahren. Vor allen Dingen war Franziskas Neugierde zu sehr angestachelt, als dass sie Ruhe gefunden hätte, ohne mit Ralf zuvor diskutiert zu haben. Mit Oliver wäre eine Diskussion nicht möglich gewesen. Sie aber wollte endlich wissen, welches Geheimnis Klara umgab. Es wurde immer mysteriöser.

Sie hatte in Lörrach schon die Grenze nach Riehen passiert, als sie an einer roten Ampel anhalten musste, und plötzlich Klara wieder neben sich auf dem Beifahrersitz sitzen sah. »Aber bitte Klara, nicht schon wieder ein Unfall, ja?«, sagte Franziska laut und deutlich, und blickte ganz schnell um sich, um zu sehen, ob ihr jemand, der neben ihrem Auto an der Ampel anhielt, vielleicht den Vogel zeigte, weil sie Selbstgespräche führte. Was sollten die Leute denken, wenn sie sahen, dass sie am Steuer mit jemandem sprach, der nicht da war. Aber alles war normal, niemand zeigte ihr einen Vogel. Sie blickte wieder nach rechts zum Beifahrersitz. Doch niemand saß da. ›*Werde ich jetzt verrückt?*‹, fragte sie sich, ›*Werde ich jetzt wirklich verrückt? Träume ich schon am helllichten Tag? Quatsch, es war ja Abend und nicht helllichter Tag. Ja, ich glaube ich bin schon verrückt‹.*

Punkt sieben stand Franziska vor Ralfs Türe, um ihn abzuholen. Er war schon parat zum Gehen, und wie besprochen führte er sie wieder ins ›Da Roberto‹ aus. Sie wollten diesmal nichts Großes essen, sondern nur bei ein paar kleinen Häppchen und einem Gläschen Wein ungestört diskutieren. Ralf kannte Roberto gut, man konnte sagen, dass sie befreundet waren. Der hatte demnach nichts dagegen, dass Ralf zur Hauptbetriebszeit den Platz beanspruchte, ohne ausgiebig essen zu wollen.

Franziska berichtete Ralf von ihren heutigen neuen Errungenschaften bis ins Detail, zeigte ihm ihre Notizen, und Ralf staunte. Franziskas Betriebsamkeit gefiel ihm.

»Ich würde sagen, als erstes müssen wir, oder du alleine – ich überlasse es dir – die Schwester von diesem Lilienthal ausfindig machen und mit ihr reden«, schlug er vor.

»Meinst du, sie würde mit mir reden wollen?«, Franziska zweifelte.

»Aber sicher. Sie würde bestimmt wollen, dass die Sache wieder aufgerollt würde, vor allem, weil dann vielleicht bewiesen werden könnte, dass es stimmte, was ihr Bruder behauptete. Auch wenn es ihm nichts mehr nutzte, so wäre er dann wenigstens rehabilitiert … wenn's denn tatsächlich so wäre, dass wir etwas beweisen könnten. Diese Frage bleibt so lange einfach offen, und wir dürfen weiterhin gespannt sein«, erklärte Ralf, der im tiefsten Innern schon eigentlich überzeugt war.

Kapitel 8

›Wenn alles so einfach wäre, wie das Auffinden von Sabine Lilienthal, können wir froh sein‹, dachte Franziska, zufrieden mit ihrem Erfolg.

Ja, es brauchte tatsächlich nicht viel dazu. Sie hatte ja die Adresse, wo sie damals wohnte, und die neuen Bewohner waren gut mit der inzwischen verheirateten Sabine befreundet – immerhin kamen sie über dieses ›Vitamin B‹ zu ihrer Wohnung. Sie gaben Franziska Gottlob bereitwillig die Adresse. Es hatte wohl gewirkt, dass Franziska erklärte, dass ihre Forschungsarbeit mit deren Bruder zusammenhing. Sabine hieß jetzt Lilienthal-Kuhn und lebte in Rheinfelden.

Noch gleichentags rief sie in Rheinfelden an.

»Frau Lilienthal-Kuhn, dürfte ich Sie besuchen? Ich spreche gleich offen. Es geht um Ihren Bruder Clemens«

»Clemens ist tot«, wurde sie unterbrochen.

»Ich weiß, Frau Lilienthal-Kuhn, ich weiß. Und es tut mir auch unendlich leid. Es sind jetzt aber Dinge aufgetaucht, die Ihren Bruder entlasten könnten, zumindest glauben wir fest daran. Ich weiß zwar, dass es Ihrem Bruder nichts mehr nutzen wird, wir machen ihn damit nicht wieder lebendig, aber immerhin könnte er dann, wenn es sich bestätigt, rehabilitiert sein, amtlich rehabilitiert.«

»Und warum kommen Sie jetzt erst fragte die 52jährige Sabine?«

Franziska war leicht geschockt bei dieser Frage. ›Habe ich eine so alte Stimme?‹, fragte sie sich gedanklich. Laut sagte sie:»Ich war damals noch nicht geboren, ich werde dieses Jahr erst 22 Jahre alt.«

So euphorisch wie Franziska über den schnellen Erfolg bei der Suche nach dieser Frau war, so desillusioniert wurde sie bei deren ablehnenden Haltung, die sie mit ihrer nächsten Frage demonstrierte: »Und warum interessieren Sie sich dann für diesen Fall, wenn sie noch gar nicht gelebt haben? Sind Sie verwandt mit dem damaligen Opfer oder gar die Tochter des damaligen Verlobten?«

»Weder noch, dennoch muss ich die Umstände von damals klären … ich betrachte es als meinen Auftrag«, versuchte Franziska es zu begründen, ohne auf die Hintergründe des Auftrags einzugehen. Sie wollte nicht, dass man sie schon von vornherein als ›nicht-ganz-dicht‹ abtat und sie dann endgültig abblockte … raus aus der Diskussion … Ende. Nein, nein, nein, so nicht. ›Vorsicht Franziska, gehe es ganz vorsichtig an‹, motivierte sie sich in Gedanken. »Bitte Frau Lilienthal-Kuhn, geben Sie mir die Chance mit Ihnen zu sprechen.« Es klang wie ein Flehen.

Es kam nicht gleich eine Antwort. Ihre Gesprächspartnerin schien zu überlegen und sie brauchte eine ganze Weile; für Franziska schien es unendlich lang … eine Ewigkeit. Vermutlich kämpfte die Frau mit sich selbst. Es lag doch alles so weit zurück, die Wunden waren vermutlich längst verheilt … wieso sollte sie jemandem Wildfremden erlauben, diese Wunden jetzt wieder aufzureißen. Auf der anderen Seite … diese Frau, die da anrief … für sie schien es unendlich wichtig zu sein … sie hatte gar gefleht … was mochte dahinter stecken?

Zu Franziskas Glück gab es bei den Menschen noch den natürlichen Aspekt der Neugierde. Wenn Neugierde und Zweifel in Widerstreit geraten, gewinnt meist erstere, darauf konnte sie sich in der Regel verlassen.

Und schon vernahm sie Frau Lilienthals Stimme: »Gut …«, sagte diese nach der Überlegungspause, ob sie nun soll oder nicht, »… kommen Sie vorbei … ich bin Morgen den ganzen Tag zu Hause«,

Franziskas Gesicht strahlte. Sie vereinbarte den Termin auf sechs Uhr am Abend und bedankte sich herzlich. ›Uff, das war ein ganz schönes Stück Arbeit‹, dachte sie, nachdem sie aufgelegt hatte. Nun sah sie dem Morgen mit Ungeduld entgegen, konnte es nicht erwarten, dass es Abend wurde.

Frau Lilienthal-Kuhn, eine etwas rundliche Dame in den 50ern schaute Franziska erwartungsvoll an. Mein Gott, wie sah diese junge Frau doch der damals verunglückten Klara ähnlich. Sie konnte das Gesicht nie mehr vergessen. War es diese Ähnlichkeit, die diese junge Frau so antrieb? Aber nein, wenn sie doch in keinerlei Beziehung zur Verunglückten stand, vor allem, da sie damals ja noch gar nicht geboren war, wie konnte denn dann das Interesse für den Fall geweckt worden sein? Franziska spürte, wie es in dieser Frau arbeitete.

»Kommen Sie Frau Schnyder, treten Sie ein«, forderte Frau Lilienthal-Kuhn Franziska auf.

Franziska trat ein und nahm auf dem ihr zugewiesenen Stuhl am Tisch Platz. Die Gastgeberin hatte Kaffee gekocht, und Kekse auf den Tisch gestellt. Das war schon mal ein gutes Zeichen. Es lockerte die Atmosphäre gleich mal auf.

»Nennen Sie mich Franziska, das ist einfacher für unsere Unterhaltung.«

»Gut, dann bin ich Sabine. Mein Doppelname ist ja schon ein bisschen umständlich«, erwiderte Sabine, der das Angebot der vertraulichen Ansprache entgegenkam.

»Ich habe gespürt, Sabine, wie Ihre Gedanken arbeiteten, als Sie mich sahen … besonders wegen der Ähnlichkeit mit Klara, stimmt's?«, begann Franziska und erklärte dann gleich auch noch weitere aufgenommene Bruchstücke von Sabines Gedanken. Damit wollte sie ihr demonstrieren, dass sie durchaus in der Lage war, andere Menschen zu spüren, zu erfahren, was sie dachten. Das würde ihr den Einstieg ins Gespräch über nicht alltägliche Phänomene erleichtern. Wenn sie nämlich Gedanken erriet, tat man sie auch nicht als verrückt ab, wenn sie mit ihrer ungewöhnlichen Geschichte auftrat. Und ja, es hatte gewirkt. Sie hatte nun freie Fahrt für ihren Bericht über ihre Erlebnisse.

Franziska begann ihre Erzählung natürlich bei Adam und Eva, das heißt also beim Blitzschlag und ihren Erfahrungen und den schrecklichen Erlebnissen danach bis hin zum vergangenen Jahr, als sie an derselben Stelle, wo Sabines Bruder den Unfall hatte, durch Klara vor einem erneuten Unfall gewarnt wurde. Sabine lauschte interessiert Franziskas Worten. Sie unterbrach sie nie, war einfach nur gefesselt. Frauen schienen solchen Phänomenen offener gegenüber zu stehen als Männer. Franziska nahm es mit Genugtuung wahr.

Als sie geendet hatte, war Sabine an der Reihe. Sie holte zuerst ein Foto von damals, das sie mit ihrem Bruder zeigte. Franziska schaute das Bild lange an.

Was für ein sympathischer junger Mann! Er hatte dunkle Locken, die bis zu den Schultern reichten, und seine braunen Augen schauten sie freundlich an. Dann begann Sabine mit ihrer Erzählung. Sie war um eine minutiöse Schilderung über die Geschehnisse, die ihr Bruder damals erlebte, bemüht.

»Ja, Clemens hatte etwas getrunken, das stimmt. Er kam von einer Geburtstagsfeier. Es war aber nicht viel, das er getrunken hatte, was ich mir von den Freunden bestätigen ließ. Sie sagten alle, dass Clemens immer betonte, dass er noch Auto fahren müsse und deswegen nicht allzu viel trinken wolle, und sie sagten auch, dass er noch ganz klar war, als er sich auf den Heimweg machte. Zuvor diskutierten sie nämlich noch hochtrabende Themen, bei denen man wirklich noch klar denken können musste, um sich daran zu beteiligen. Clemens war damals 24 Jahre alt und er war kein Draufgängertyp. Er war ein vernünftiger junger Mann. Er war auch nie ein Herdentier, das jeden Scheiß des Rudels mitmachte. Er hatte studiert, hatte einen guten Job und hätte nie etwas leichtsinnig aufs Spiel gesetzt. Für die Polizei war das alles nicht maßgebend. Es interessierte sie nicht, ob er wenig oder viel getrunken hatte; man fand Alkohol im Blut und das genügte schon, ihn anzuklagen, auch wenn der Pegel nicht sehr hoch war. Mir war natürlich klar, dass man meinen Aussagen kein Gehör schenken würde ... ich war ja nur die Schwester, und Schwestern beschreiben ihre jüngeren Brüder in den schillerndsten Farben. Die haben meine Aussagen nur belächelt, ›wir verstehen ja, dass Sie Ihren Bruder beschützen wollen; aber die Leiche wurde ja genau untersucht, und es gab keinerlei Hinweise auf eine Betäubung oder gar einen Tod vor dem Aufprall‹. Mit dieser Begründung hatte man mich abgespeist. Außerdem habe man keinen Hinweis für eine mögliche Strangulierung oder sonstige Verletzungen erhalten, die nicht vom Unfall herrührten. Und ebenso habe es auch keine Hinweise gegeben, dass die junge Frau Feinde gehabt hätte, die ein Motiv gehabt hätten, sie umzubringen.

Meinen Bruder aber hatte es zerstört. Er kam nicht darüber hinweg ... er beschrieb mir das schreckliche Gefühl, das man hat, wenn man spürt, wie das eigene Auto über einen leblosen Körper fuhr. Seine Psyche hatte es nicht verkraftet, bis er den Freitod wählte.

Den Unfall selbst beschrieb er so: Es war schon ziemlich dunkel zu der Jahreszeit. Er erinnerte sich, dass er unterwegs mal eine Fahrradfahrerin überholt hatte, bevor er zur Tankstelle fuhr um aufzutanken und nochmals auszutreten, bevor er weiterfuhr. Ob die Fahrradfahrerin diese Frau war, die ihm vors Auto fiel, konnte er nicht mehr sagen, so genau hatte er sie ja beim Überholen nicht angeschaut. Nach dem Tanken fuhr er innerhalb der erlaubten Geschwindigkeit – das konnte anhand der Bremsspur nachgewiesen werden – weiter in Richtung dieser Kuppe. Sie kennen die Kuppe dort oben mit den Büschen. Ich weiß nicht, ob es diese Büsche heute noch gibt, aber damals waren sie da. Auf der Straße fuhr niemand, es war keine Fahrradfahrerin auszumachen. Er hatte es beschwört, dass niemand auf der Straße war. Die Fahrradfahrerin, die er zuvor überholt hatte, war vermutlich längst schon zu Hause. Was er aber sah, das war ein Schatten … er kam plötzlich aus dem Dunkeln des Gebüsches heraus. Es ging alles sehr schnell. Zuerst stürzte eine Frau und fast gleichzeitig flog ein Fahrrad hinterher auf die Fahrbahn, direkt vor sein Auto. Er erschrak, trat natürlich gleich auf die Bremse, aber bis das Auto zum Stehen kam, schleifte er die Frau und das Fahrrad noch circa 100 Meter weiter. Er stieg sofort aus, er war verzweifelt. Er hatte noch nie zuvor einen Toten gesehen und so viel Blut. Er blickte zurück, wo er glaubte, noch weitere Schatten gesehen zu haben, aber es war niemand da … alles war still und dunkel. Er zitterte am ganzen Körper. Kurz später hielt ein Auto an – ein teurer, weißer Mercedes – und darin saßen drei oder vier Typen mittleren Alters, genau konnte er es nicht sagen, weil einer auf der Rückbank ziemlich klein war, so als habe er sich geduckt. Er meinte, dass es auch ein Gegenstand hätte gewesen sein können, zum Beispiel ein Rucksack oder ähnliches. Die Männer müssten so zwischen 35 und 40 Jahre alt gewesen sein, meinte Clemens. Der Beifahrer drehte das Fenster runter und fragte, ob er und seine Freunde helfen könnten und Clemens bat, dass sie bitte ins nächste Dorf fahren sollten, um den Notruf und die Polizei zu alarmieren. Die sollen dann noch gefragt haben, ob die Person, die er überfahren hatte tot sei. Clemens sagte, dass er nur mit den Schultern zuckte, weil er es nicht genau wusste. Er hatte ja nicht nach dem Puls gefühlt. Dann stieg der

Typ aus und vergewisserte sich selbst. Er rief dann den anderen zu ›*die is hin*‹. Dann stieg er wieder ein, und sagte, dass sie jetzt weiterfahren und die Polizei rufen würden. Clemens war geschockt über diese total flapsige Feststellung ›*die is hin*‹. Es klang so respektlos, als würde sie der Tod eines jungen Menschen überhaupt nicht berühren, während er, Clemens, total durch den Wind war ... er hatte Angst und ihm war übel. Und dann, wie er merkte, dass man ihm nicht glaubte ... dass man seine Beobachtung als typische Ausreden des Schuldigen abtat ... egal was er sagte ... es wurde nur die Leiche untersucht, aber sonst hatte man nichts überprüft ... man ignorierte einfach alles, was er sagte, Personenbeschreibungen hatte man nicht hören wollen ... das alles hatte er nicht verkraftet und anschließend hatte er sich erhängt. Ich wusste, dass er die Wahrheit sagte. Ich kannte meinen Bruder. Er ist ja dort geblieben, hatte auf die Polizei gewartet, nachdem er die jungen Typen gebeten hatte, die Polizei zu alarmieren. Er hätte ja genauso gut auch abhauen können. Er blieb aber da, stellte sich der Polizei, in der Gewissheit, dass er unschuldig war. Dass ihm jemand direkt vors Auto fiel und eine rettende Reaktion gar nicht mehr möglich war. Die Polizei betrachtete seine Erklärungen nur als *seine* unhaltbare Version.«

Sabines Erzählung erschütterte Franziska zutiefst. Sie war unendlich traurig und Tränen liefen über ihre Wangen, so dass Sabine das Bedürfnis hatte ihre Hand zu streicheln, um sie zu trösten. Sie selbst war ebenso total aufgewühlt. Eigentlich hatte sie genau das befürchtet, bevor sie begann diese Erinnerungen an die Oberfläche zu befördern. Plötzlich tat es wieder genau so weh wie damals vor 26 Jahren. Es fühlte sich an, als wäre alles erst gestern passiert.

Nachdem Franziska sich wieder in der Gewalt hatte, das heißt, als sie ihre Stimme wieder fand, sagte sie: »Wissen Sie Sabine, was mir während Ihrer Erzählung durch den Kopf ging?«

»Erzählen Sie es mir!«

»Ich werde das Gefühl nicht los, dass diese Typen im Mercedes etwas damit zu tun gehabt hatten«, mutmaßte Franziska.

»Sehen Sie, genau so erging es mir, genau so. Und genau so erging es meinem Bruder. Nachdem er nächtelang herumgegrübelt hatte, hatte er nämlich auch den Verdacht, dass die Typen in dem Auto etwas damit zu tun hatten, wegen dieser flapsigen Bemerkung. Die kamen ja auch wie aus dem Nichts. Plötzlich stand das Auto neben seinem. Ich konnte nicht verstehen, warum die Polizei nicht weiter auf diese Beobachtung von Clemens einging. Er konnte doch das Auto, den Auto-Typ und die Farbe sowie den einen Kerl, der ausstieg, genau beschreiben. Nur die Autonummer, die konnte er nicht mehr sehen, weil die dann so schnell wieder weg waren, und wie gesagt es war dunkel. Der eine Typ, den er genau sah, hatte ein ganz besonderes Erkennungsmerkmal. Doch die Polizei interessierte sich nicht dafür. Sie haben gar nicht zugehört. Ich *hatte* Clemens zugehört, als er mir den Typ, der ausgestiegen war, um festzustellen, dass die junge Frau tot war, genau beschrieben hatte. Er soll einem Künstler ähnlich gesehen haben, also ein Musiker, namens Hans-Jürgen Dohrenkamp … damals in seiner Gruppe Bla Bla Blattschuss … bekannt mit dem Hit

Kreuzberger Nächte; heute ist er allerdings bekannter als Fernsehmoderator/Entertainer/Schauspieler, unter dem Künstlernamen ›Jürgen von der Lippe‹ und diesem ›von der Lippe‹ sah er wohl sehr ähnlich, ›nur halt, dass der Typ härtere Gesichtszüge, als Dohrenkamp hatte‹, so zumindest sagte Clemens. Er meinte, der hätte der Zwillingsbruder von dem Musiker gewesen sein können. Wenn man schon eine so gute Beschreibung hatte, hätte man den Kerl doch bestimmt ausfindig machen können. Aber sie hatten ja einen Unfallfahrer mit Alkohol im Blut, wieso sollte man sich dann noch die Mühe machen, irgendjemanden Unbekannten zu suchen.«

Franziska bedankte sich bei Sabine und die beiden umarmten sich zum Abschied. Franziskas Herz war schwer. Sie setzte sich ins Auto und Klara war bei ihr.

Auf dem Weg nach Hause, weinte Franziska unaufhörlich, und Klara blieb die ganze Zeit neben ihr sitzen. Franziska konnte nicht sagen, ob sie sie wirklich sehen konnte, oder ob sie sie einfach nur spürte, oder ob sie nur in ihrem Kopf existierte. Klara war da, und das war maßgebend! Wie genau Franziska sie wahrnahm, war unwichtig. Es ging etwas in ihr vor, das zu erklären sie nicht in der Lage gewesen wäre, und Erklärungen über ihre Erfahrungen würden von niemandem verstanden werden.

Kapitel 9

»Was ist denn mit dir los?« fragte Oliver, der sie bei ihren Eltern erwartete, als er Franziskas verweinte Augen sah, »du hast ja geheult. Was ist denn passiert?«.

»Du, es war so schrecklich, so ergreifend. Mein Gott …«, sie schniefte, konnte nicht weiterreden.

»Was denn? Erzähl doch!«, fragte Oliver ungeduldig.

»Dieser junge Mann … damals als es passierte … also wie Klara vor sein Auto flog und mitgeschleift wurde ... mein Gott, wie hatte er gelitten«, sprudelte es unzusammenhängend aus Franziska.

Oliver schüttelte verständnislos den Kopf. »Ich verstehe dich nicht, Franziska. Warum tust du dir das nur an? Du musst das doch nicht. Du hast doch keine Verpflichtung. Wenn die ganze Geschichte bei dir so viel an Emotionen auslöst, gehst du doch selbst daran vor die Hunde. Du vergisst vor lauter Recherche zu leben … lebe Franzi … einfach nur … lebe! Bitte! Lass die Sache ruhen. Sie liegt doch schon so lange zurück … es ist eine Ewigkeit her, und wem soll es denn jetzt noch etwas bringen, wenn du darin rumstöberst? Hätte der Unfallverursacher nicht zu viel gesoffen, hätte er die Radfahrerin gesehen und wäre ausgewichen. Er hatte doch selbst schuld. Auch wenn er danach gelitten hatte, mein Gott – man überfährt ja schließlich nicht jeden

Tag einen Menschen – aber Klaras Angehörige haben ebenso gelitten und die tun mir sehr viel mehr leid. Der Typ selbst ist wahrscheinlich schon längst drüber hinweggekommen, während bei den Angehörigen womöglich tiefe Wunden gerissen wurden ... und jetzt kommst du und stocherst in allem wieder herum, reißt damit alte Narben wieder auf ... und du weinst, weil der Unfallfahrer damals angeblich so leiden musste. Und wofür? Wofür, Franzi?«

Franziska sprach sehr leise, als sie sagte: »Er lebt nicht mehr, er hat sich selbst umgebracht, weil er es nicht verkraftet hatte, dass man ihm nicht glaubte, dass ihm die junge Frau vors Auto stürzte ... oder womöglich gestoßen wurde, denn er hatte Schatten gesehen.«

Jetzt hatte Franziska sich in Wut geredet und wurde aggressiv lauter: »Die Polizei hatte sich an seinen 0,6 Promille festgebissen. Man überlege sich das mal: 0,6 Promille! Das ist, gelinde gesagt, ein Pappenstiel ... der Mann war noch ganz klar im Kopf.«

»Ach, der Typ ist tot? Das wusste ich nicht. Sorry. Du hast mir ja in letzter Zeit nie viel erzählt, woher sollte ich das denn auch wissen. Was ich aber weiß, das ist, dass Schuldige immer Ausreden erfinden, um zu versuchen den Kopf aus der Schlinge zu ziehen.«

Bei der Formulierung ›Kopf aus der Schlinge ziehen‹ zuckte sie zusammen, zumal Clemens sich erhängte.

»Versprich mir Franzi, dass du aufhörst damit, ja? Es tut dir nicht gut und mir erst recht nicht«, bat Oliver nochmals eindringlich.

»Das kann ich nicht, Oli. Ich habe einen Auftrag

und ich werde diesen Auftrag zu Ende bringen«, erklärte Franziska genauso eindringlich.

»Und ich? Bin ich dir egal?«, fragte Oliver enttäuscht.

»Ich kann keine Rücksicht auf dich nehmen, Oli, tut mir leid. Danach, wenn ich weiß, was Klara von mir will, wenn ich weiß, was damals passierte, dann bin ich wieder frei … frei im Kopf, frei in mir selbst … frei für dich.«

Oliver schluckte hörbar. All das Gesagte befremdete ihn. Er konnte absolut nichts damit anfangen. Er betrachtete sich als Realist, der mit beiden Füßen im Leben stand, und da hatten solche nicht erklärbaren Dinge keinen Platz.

Franziska ergänzte ihre vorige Rede, »und um deine Frage zu beantworten: du bist mir nicht egal Oli; denke nicht so etwas; aber bitte verstehe mich!«

Ja, und das, war genau das, was er nicht konnte. Er konnte und wollte es nicht verstehen.

Im weiteren Verlauf des Abends kam keine richtige Stimmung mehr auf. Oliver wollte Franziska noch ins Kino ausführen, aber sie hatte keine Muße dazu. Spät am Abend verließ er Franziskas Elternhaus, traurig, desillusioniert. Er wollte doch, dass sie demnächst zusammen in eine eigene Wohnung zogen. Doch mit der im Moment herrschenden Stimmung konnte er es sich nicht so richtig vorstellen. Blieb ihm nur zu hoffen, dass Franziskas Suche bald ein Ende haben und sie wieder ganz normal sein würde.

Franziska brauchte jetzt erst einmal Ruhe. Ihr aufgerütteltes Gemüt brauchte Abstand. Sie rief am nächsten Tag zwar Ralf noch an und berichtete kurz, was sie von Sabine Lilienthal erfuhr, sagte aber, dass sie ein paar Tage Zeit brauche, um wieder zu sich zu finden und vor allem, sie musste ihre Energie sammeln, denn sie hatte ja noch einen Job und den wollte sie nicht aufs Spiel setzen. Ralf verstand, denn er spürte, wie aufgewühlt Franziska wirkte.

»Nächste Woche rufe ich dich an, ja? Dann können wir das weitere Vorgehen besprechen«, schlug Ralf vor.

»Nein, nächste Woche ist zu früh. Aber es ist lieb von dir Ralf. Ich werde dich anrufen, wenn ich wieder so weit bin. Bis dahin werde ich mir für unser nächstes Gespräch dann mal Gedanken machen, welche möglichen Schritte ich in Angriff nehmen könnte ... ach ja, was ich noch sagen wollte, Ralf ... danke ... danke, dass du an mich glaubst und mich nicht als durchgeknallt hältst.«

»Hej, Mädel, was ist los? Das eben klang so resigniert. Und überhaupt, deine Stimme hat einen traurigen Unterton. Wo ist er geblieben, dein Unternehmensgeist?«, versuchte Ralf Franziska aufzubauen.

»Es ist nicht einfach, Ralf. Oli steht nicht so richtig hinter mir, will nicht, dass ich weitermache ... vermutlich denkt er, dass ich ein bisschen ballaballa bin«, sagte sie traurig.

»Denke nicht so etwas, Liebes. Ich glaube es ist nicht einfach für ihn. Er kann vermutlich damit nicht umgehen, ist total überfordert mit der Situation. Wenige Menschen können damit umgehen, glaube mir. Da brauchst du einfach Geduld, viel Geduld«, versuchte Ralf Oliver zu entschuldigen und gleichzeitig Franziska aufzubauen.

Franziska nahm sich genug Zeit. Vierzehn Tage konzentrierte sie sich auf ihre Arbeit im Labor, widmete sich ihrer Familie. Sie entspannte sich zusehends, und vor allem verstand sie sich auch mit Oliver wieder bestens. Der war äußerst zufrieden, dass Franziska wieder ›normal‹ war. Dass es in ihrem Unterbewusstsein unaufhörlich arbeitete, dass dieses Unterbewusstsein über die nächsten Schritte nachdachte, konnte er nicht ahnen. »Ich bin so froh, Franzi, dass du wieder zum normalen Leben zurückgefunden hast, dass du mit den Nachforschungen um diese Klara aufgehört hast«, meinte er zufrieden.

»Oli, ich habe nicht aufgehört, ich habe nur pausiert. Morgen geht es weiter. Ich brauchte die Zeit, um nachzudenken. Ich wusste einfach nicht, wo ich weitermachen sollte, welche weiteren Schritte ich in Angriff nehmen sollte. Ja, und jetzt glaube ich eine Richtung zu haben«, zerstörte Franziska Olivers Illusion.

»Sag jetzt aber bitte nicht, dass Klara dir erschien, um dir zu sagen, was zu tun sei.« sagte Oliver schroff. Es war schroffer, als er es eigentlich wollte.

»Nein, hatte sie nicht, mein nächster Schritt basiert auf meinen Erkenntnissen der vergangenen Wochen … ich habe alles aufgezeichnet, analysiert und weiß jetzt, wo ich weitermachen muss, zumindest ungefähr. Ich werde mich weiter mit Ralf besprechen. Wir werden das weitere Vorgehen zusammen erarbeiten.«

Franziska sah die Enttäuschung in Olivers Gesicht, aber sie musste es einfach ignorieren, zumindest vorläufig, und ihren vorgezeichneten Weg gehen. Sie konnte nicht anders. Sie folgte einem inneren Zwang.

Kapitel 10

»Schön, Franziska, dass du anrufst«, freute sich Ralf, »na, geht es wieder weiter?«

»Ja, ich habe mir viele Gedanken gemacht; kann ich heute Abend bei dir vorbeikommen?«

Sie verabredeten sich auf den Abend, nach der Arbeit.

Franziska saß auf der Couch; vor ihr auf dem niedrigen Tischchen standen ein Kännchen Tee, für jeden eine Teetasse und daneben eine Schale mit Kokosmakronen. Ralf wusste nämlich, dass sie die Makronen besonders gerne mochte. Er saß ihr gegenüber und schenkte beiden Tee ein. Dann lauschte er gespannt Franziskas Ausführungen.

»Also, zuerst einmal die Fakten ... was wissen wir?«, begann Franziska ihre Rede, »wir wissen, wer Klaras Mutter war, nämlich Susanne. Wir wissen, dass Susannes Familie in Fuerteventura nichts von ihrem Geheimnis wusste; außerdem hatte sie Geld, von dem niemand wusste, woher es kam; nach Susannes Aussage, stammte es angeblich von ihren Eltern, als eine Art Startgeld für ihr neues Leben; die Befragung der Eltern ergab, dass ihre Tochter nie Geld von ihnen bekam, weil sie das Flittchen nicht unterstützen wollten; der Ehemann von Susanne war sich sicher, dass es kein Kredit war, denn ein Kredit wurde nie zurückbezahlt; der Fahrer des damaligen Unfallautos, also Clemens, beteuerte bis zum Schluss, dass Klara ihm vom Schatten der Büsche vors Auto stürzte oder eher vors Auto gestoßen wurde, und dass fast gleichzeitig, ihr Fahrrad ebenfalls auf die Fahrbahn fiel; er sah Schatten am Straßenrand. Kurz nach dem Unfall näherte sich ein Mercedes mit drei respektive vier Männern, genau konnte Clemens es nicht sagen; einer stieg aus, um sich zu vergewissern, ob Klara tot war; seine Reaktion war respektlos, gar abfällig; diese Typen fuhren dann weiter. Sie riefen die Polizei an und erklärten, dass an der Kuppe ein Unfall passiert sei; Diese Typen verhielten sich also ziemlich schoflig. Normale Menschen sind aufgeregt, wenn sie zu einem Unfall kommen und äußern sich angesichts des Todes nicht respektlos. Also stimmte mit denen irgendetwas nicht … verdächtig. Clemens litt sehr, vor allem natürlich, weil die Polizei, die schon ein Urteil gefällt hatte, seinen Beobachtungen keine Aufmerksamkeit mehr schenkte, nachdem sie weitere Untersuchungen an der Leiche veranlasst hatte; Clemens wollte den einen Mann, der ausstieg, sogar noch beschreiben, wie er aussah, er sah nämlich einem bekannten Fernsehmoderator ähnlich, doch das interessierte die Polizei nicht mehr. Sie hatte ja schon einen Schuldigen; man hielt ihm sogar vor, dass er wohl so sehr beschwipst gewesen sein müsse, dass er nicht einmal habe erkennen können, wie viele Personen im Auto saßen. Dabei konnte Clemens doch erklären dass im Fond einer groß war und einer ziemlich klein, so dass er nicht habe ausmachen können, ob der kleinere eine Person oder ein Rucksack oder sonst was gewesen sei. Aus Verzweiflung, weil man nichts von seinen Angaben ernst nahm, beendete er sein Leben durch Erhängen. Alle diese Fakten zeigen mir deutlich, dass Klara keinem Unfall zum Opfer fiel, sondern dass sie gezielt ermordet wurde. Und Klara erschien mir, weil sie den Mord an ihr aufgeklärt haben möchte.« Franziska nahm einen Schluck aus ihrer Tasse, nahm eine Makrone und knabberte nachdenklich daran. »Na?«, überließ sie nun den Part Ralf, der ihr aufmerksam zuschaute, »du bist dran.«

Ralf lächelte ob dieser nüchternen Aufforderung, und folgte ihr natürlich: »Ich kann mir so ungefähr vorstellen, in welche Richtung dein Verdacht zielt.«

»Na sprich!«, forderte Franziska ihn lächelnd auf.

»Wenn du von Mord ausgehst, dann könnte nach deiner Meinung einer der Typen aus dem Mercedes der Schatten gewesen sein, der Klara auf die Straße warf … vermutlich waren es zwei … der eine schleuderte Klara, die sie zuvor zusammengeschlagen oder gleich umgebracht hatten, dass sie nicht schreien konnte, auf die Straße und der andere das Fahrrad sofort hinterher, fast zeitgleich. Die zwei anderen, wenn es denn vier insgesamt waren, warteten weiter hinten im Mercedes und holten die anderen beiden dann oben an der Kuppe ab. Clemens hatte von all dem aber nichts mitbekommen, denn er stand unter Schock, weil er soeben einen Menschen überfahren und über den Asphalt geschleift hatte; er war zu aufgeregt, um etwas zu bemerken. Er zitterte am ganzen Körper und wusste sich nicht zu helfen. Das konnten die Typen für sich ausnutzen.«

»In etwa so … ja«, bestätigte Franziska, dass das genau ihr Gedankengang war. »Nur, zwei Haken hat das Ganze. Man fand keine Mordspuren, und warum tut jemand so etwas? Es braucht doch ein Motiv. Hatte Klara vielleicht Ärger? Eventuell mit einem der Männer? Aber das passt auch nicht, sie war ja schon fest mit Bruno liiert; sie hatte sicher nichts mit anderen Männern zu tun. Unvorstellbar. Oder aber …«, Franziska machte eine kleine Denkpause, »… oder aber, sie könnte natürlich mal einem der Kerle auf die Füße getreten sein. Vielleicht wusste sie etwas, das den Mann, oder die Männer, in irgendeiner Weise belastete und gefährlich für ihn oder sie werden konnte. Es muss dabei gar nicht mal um Erpressung gehandelt haben – an so etwas denkt man nämlich in solchen Fällen immer gleich – sondern alleine das Wissen darüber verursacht schon Panik bei Nicht-Saubermännern.« Franziska machte wieder eine kurze Pause, bevor sie seufzend weiterfuhr: »das Ganze liegt jetzt 26 Jahre zurück; wie sollen wir herausfinden, welchen Ärger sie mit wem hatte? Wir können sie doch nicht mehr fragen. Auf der anderen Seite, denke ich, muss es etwas ganz Plausibles, Nachvollziehbares sein, sonst würde sie doch nicht mit dieser Aufgabe zu mir kommen. Sie würde nichts Unmögliches von mir erwarten … es muss etwas Lösbares sein.«

»Genau«, bestätigte Ralf, »deshalb, bedenke … du hast noch weitere Fakten genannt, zum Beispiel, die Sache mit dem Geld, das Klaras Mutter hatte … da könnte ich mir auch gut vorstellen, dass das etwas mit Klara zu tun hatte. Vielleicht war es Schweigegeld. Susanne hatte doch nie verraten, wer der Vater ihres Kindes war.«

»Aber welcher Pennäler hat schon so viel Geld?«, warf Franziska ein, »denn ein Schüler muss es gewesen sein; so hatten die Eltern es zumindest vermutet; schließlich war Susanne erst sechzehn, als sie das Baby bekam.«

»Vielleicht handelte es sich um eine renommierte Familie, die mit dem Schweigegeld einen Skandal um den eigenen Sohn vermeiden wollte. Susannes Eltern sind ja auch weggezogen, weil sie Angst vor Klatsch hatten. Alle waren sie bemüht, etwas zu verstecken«, folgerte Ralf.

»Oder vielleicht ein Lehrer?«, warf Franziska ein, »Susanne war frühreif, kokettierte, spielte mit ihren Reizen. Wie viele Lehrer in der Vergangenheit gibt es wohl, die dem weiblichen Reiz einer Schülerin verfielen ... es wäre zwar ein bisschen ein beknackter Lehrer, wenn er sich mit einem Mädchen, das bekannt war, sie treibe es mit allen Jungs, eingelassen hätte. Ein Lehrer müsste da doch immer mit der Angst leben, dass sein Verhältnis zu einer 15jährigen Schülerin auffliegen könnte ... und das wäre aufgeflogen, darauf würde ich wetten, bei dem schlechten Ruf den Susanne umgab.« Franziska überlegte kurz, und setzte dann die inzwischen vermutlich überholte Theorie über Susannes schlechten Ruf in Zweifel: »Obwohl, an dieser Geschichte stimmt auch etwas nicht. Wenn Susanne es mit vielen Jungs getrieben hätte, wie konnte sie dann mit Bestimmtheit sagen, wer von denen der Vater war? Vielleicht war sie gar nicht so ein Flittchen, wie alle annahmen, und der Vater des Ungeborenen hatte genau gewusst, dass er der Vater war. Wie schnell ist ein Ruf zerstört ... besonders bei den Mädchen. Jungs können ihre Triebe ausleben bis zum Exzess. Keiner würde da etwas sagen, von wegen Sexgeilheit, leichter Junge. Aber Mädchen, die nur halb so stark veranlagt wären, würden genau von diesen Jungs als leichte Mädchen abgestempelt werden. Mädchen, über die man nur kurz drüber rutschte … aber bestimmt nichts für eine feste Beziehung. Ja, es ist schon eine verdrehte Welt: großzügig bei Jungs und kleinlich bei Mädchen.«

»Du hast recht, Franziska, ich verstehe deinen Unmut. Aber lass uns weitermachen mit der Analyse, denn bis jetzt haben wir uns nur mit der Mutter befasst. Das erklärt aber noch lange nicht, warum dann ausgerechnet Klara hätte umgebracht werden sollen. Wir wissen ja, dass die Männer, die zum Unfallort kamen, mit 35 bis 40 Jahren, noch relativ jung waren. Ein Lehrer wäre nicht mehr so jung, knapp 21 Jahre nach der Affäre. Aber, weißt du was? Wir haben bei all den Ausführungen etwas anderes Wichtiges vergessen, nämlich die Aussagen von Bruno Zimmermann.«

»Welche?«, fragte Franziska.

»Erinnerst du dich, wie er sagte, dass Klara auf der Suche nach ihrem Vater war, und dass sie sagte, sie habe eine Spur, zwar noch vage, aber dass sie erwarte, bald die Bestätigung zu erhalten?«

»Stimmt«, erinnerte sich Franziska, »ihre Großeltern konnten es sich zwar nicht vorstellen, dass Klara eine Spur hatte, aber wissen konnten sie gar nichts. Da könnten wir einen Anhaltspunkt haben. Vielleicht hatte sie den Vater tatsächlich ausfindig gemacht. Aber, ist das dann noch ein Grund für Mord nach so langer Zeit? Ich kann es mir nicht vorstellen, dass ein Vater seine bildhübsche Tochter umbringt, nur weil sie ihn aufgespürt hatte. Er war ja inzwischen ein reifer Mann und hatte nichts mehr zu befürchten. Wenn, dann müsste es mehr sein, das sie herausgefunden hatte, wie ich vorhin ja schon sagte ›*vielleicht wusste sie etwas, das den Mann, oder die Männer, sagen wir mal, in irgendeiner Weise belastet hätte*‹.«

»Tja, das hört sich sehr plausibel an. Und, wie wollen wir jetzt weiter vorgehen?«, fragte Ralf, »die Vermutung selbst führt noch zu nichts.«

»Wir werden Bruno über unsere Erkenntnisse informieren und ihn darum bitten, uns zu unterstützen. Wir bräuchten nämlich Namen der Schüler der Jahrgänge, sagen wir mal, 1940 bis 1943, vielleicht sogar noch älter. Und diese Auskünfte könnte man aus dem Archiv des Hans-Thoma-Gymnasiums erhalten. Uns als Privatpersonen wird man sicher keine Auskünfte geben, aber vielleicht Bruno«, schlug Franziska vor.

»Kluges Mädchen. Aber, wie kommst du gerade auf diese Jahrgänge?«, fragte Ralf. Doch kaum, dass er diese Frage gestellt hatte, schlug er sich mit der flachen Hand gegen die Stirn, »ach ich Blödmann. Natürlich, ist doch ganz klar. Susanne war bei der Geburt von Klara, die 1959 auf die Welt kam, 16 Jahre alt, also war sie Jahrgang 1943. Da sie sich nur mit älteren Jungs abgab, suchen wir Jungs mit Jahrgängen zwischen 1940 und 1942 oder älter. Obwohl, wenn wir davon ausgehen, dass die Typen zwischen 35 und 40 Jahre alt waren, sofern sich Clemens nicht verschätzte, dann müssen wir nicht nach älteren suchen. Wir brauchen natürlich vom Jahrgang 1943 besonders die Schüler und Schülerinnen, die mit Susanne in dieselbe Klasse gingen, damit wir sie befragen können.«

»Bingo! Nur ich würde mich beim 43er Jahrgang lieber auf Mädchen beschränken. Die sind für eine Befragung eher geeignet. Mädchen vertrauen sich mit höherer Wahrscheinlichkeit einander an, und dann gibt's halt noch die Neiderinnen. Die haben meist auch etwas zu erzählen«, lachte Franziska. »Kommst du wieder mit mir mit, wenn ich zu Bruno gehe?

»Klar bin ich dabei. Hätte nie gedacht, dass mir Detektiv-Arbeit so viel Spaß machen würde. Aber ich werde dennoch im Hintergrund bleiben. Ich springe nur ein, falls dir etwas nicht einfallen sollte, sofern es mir einfällt, oder wenn mir plötzlich etwas in den Sinn kommt, das wir bisher noch nicht in Erwägung gezogen haben«, zeigte Ralf sich über die weitere geplante Zusammenarbeit begeistert.

Franziska war zufrieden … und sie war überzeugt, dass auch Klara zufrieden war.

*

Nachdem Bruno Zimmermann nun eine ganze Weile nichts mehr von Franziska zum Stand der Dinge hörte, war er freudig überrascht, als sie sich bei ihm meldete.

»Sie haben da ganz tolle Arbeit geleistet, liebe Franziska, und ich könnte mir vorstellen, dass Sie und Ralf mit Ihrer Vermutung richtig liegen könntet; es klingt plausibel«, leitete Bruno seine Rede ein, und fuhr mit einer Frage fort: »wissen Sie, dass Ihre Gabe für die Polizei sehr hilfreich sein könnte? Hatten Sie denn inzwischen keine Vorahnungen mehr gehabt? Vorahnungen, die zum Beispiel zur Vermeidung von Straftaten herangezogen werden könnten? Diese Gabe wäre ein Segen für die Gesellschaft, und die Polizei; gerade der Kriminalpolizei, würde es die Arbeit erleichtern.«

»Ja Bruno, das hört sich verlockend an, aber die meisten Leute haben keine Vorstellung von dem, was in diesen Menschen, die Dinge sehen, vorgeht. Ich erklärte Ihnen ja, dass ich den Unfall selbst nicht vorhersah, ich wusste nur, dass etwas passieren würde, weil Klara mich warnte. Ich will damit sagen, dass die Dinge, bei denen ich gewarnt werde, erstens gerade im Gange sind, zum Beispiel die brennenden Streichhölzer in den Kinderhänden, die ich sah. Sie zeigten mir nicht, welche Folgen sie haben würden. Ich sah es erst, als der Carport in meiner Nachbarschaft brannte. Das war zu spät, um es zu verhindern, oder, dass zweitens die Vorfälle schon zurückliegen, wie zum Beispiel der Unfall von Klara. Und da sehen Sie, dass ich für die Klärung auf die Suche gehen muss. Stück für Stück muss ich mich heranarbeiten, so wie die Polizei auch«, erklärte Franziska.

»Und damit wir weiterkommen können …«, mischte Ralf sich nun ins Gespräch ein, weil er fand, dass jetzt nicht die Zeit war, über künftige Kriminalfälle zu diskutieren und wie Franziska bei der Klärung behilflich sein könnte, »… brauchen wir Ihre Hilfe, Bruno.«

Bruno erfuhr nun vom Vorhaben, im Hans-Thoma-Gymnasium in Lörrach Nachforschungen anzustellen.

»Hm, das ist nicht so einfach. Ich probiere es mal bei der Kriminalpolizei. Ich habe dort einen guten Freund, Björn Albrecht. Vielleicht könnte die Kriminalpolizei oder vielleicht sogar ich über ihn eine amtlich abgesegnete Rechercheaktion bekommen.«

»Könnten Sie das vielleicht gleich in Erfahrung bringen?«, fragte Franziska ungeduldig.

»Okay, ich probiere es. Es ist ja auch von besonderem Interesse für mich, dass die Umstände von Klaras Tod, aufgedeckt werden. Ich rufe gleich an«, schlug er vor, wählte, und kurz danach hatte er schon Björn Albrecht am anderen Ende der Leitung.

Bruno erklärte alles ziemlich sachlich, ohne große Emotionen zu zeigen, jedoch mit einer Betonung die stark genug war, um die Wichtigkeit seines Anliegens herauszustellen. Er erklärte, dass jemand eine Spur aufgenommen habe, die zweifelsfrei belege, dass es sich vor 26 Jahren nicht um einen tödlichen Unfall, sondern um Mord gehandelt habe und dazu bräuchte es Nachforschungen und zwar im Hans-Thoma-Gymnasium. Da ginge es um das Organisieren von Schülerlisten der Jahrgänge 40 bis 43. Er verheimlichte auch nicht, dass es sich bei dem Mordverdacht um seine Verlobte Klara Weber handelte, während er bedauerte, dass man damals nicht auf die Beteuerungen des Unfallfahrers eingegangen sei. Natürlich erzählte er nichts, von Franziskas Erscheinungen … nichts davon, dass es ein Auftrag aus dem Jenseits war, der ihn veranlasste, jetzt, nach so vielen Jahren, mit dieser Bitte aufzutauchen. Das würde nur ein Belächeln oder gar Spott nach sich ziehen, auch wenn Björn und er gute Freunde waren.

»Könnte jemand von der Kriminalpolizei vielleicht vor Ort mit der Recherche beginnen? Dein jüngerer Kollege vielleicht, der Klaus Reiff?«

»Nein, Bruno, das geht nicht. Ich kann nicht meine

Leute zum Einsatz bringen für eine Sache, die nur sehr vage formuliert wurde, bloß auf persönlich-subjektivem Verdacht fußend, ohne konkrete Hinweise. Eine Sache, die 26 Jahre zurückliegt. Das geht nicht. Und vor allen Dingen, warum glaubst du, dass es jemand von der Schule sein müsste, nach dem du suchst?«

Brunos Blick spiegelte seine Enttäuschung wider, als er antwortete: »Nun, es liegt der Verdacht nahe, dass wegen einer Sache Schmiergeld bezahlt wurde. Und diese Sache könnte eben ein Grund für Mord sein. Und es könnte sich dabei eben um frühere Schüler des Gymnasiums gehandelt haben. Es weist einfach manches darauf hin.«

Wofür das Schmiergeld gewesen sein sollte, verriet er nicht, das war ihm zu peinlich. Niemand würde ihn noch ernst nehmen. Das wollte er nicht riskieren.

»Aha, und wie willst du das jetzt nach so vielen Jahren herausbekommen, worum es bei dem Schmiergeld ging? Keiner würde doch jetzt noch etwas zugeben, was irgendwann einmal war. Und außerdem, die junge Frau, die vor 26 Jahren starb oder angeblich ermordet wurde, war doch zu jung, um da irgendetwas aufgedeckt zu haben, was früher vor ihrer Zeit mal war, so dass man sie dafür umbringen müsste. Bei aller Liebe, Bruno, das ist Irrsinn, tut mir leid.«

»Also, dann kann ich nicht mit deiner Hilfe rechnen?« In Brunos Stimme schwang Enttäuschung mit.

Doch dann machte Albrecht einen Vorschlag: »Ich mache dir aber ein Angebot. Du könntest, mit meinem Segen, diese Recherche selbst veranlassen. Auch wenn du nicht bei der Kriminalpolizei, sondern bei der Verkehrssicherheit bist, kannst du routinemäßig doch nachträglich recherchieren. Immerhin handelt es sich um einen Verkehrsunfall, der nachträglich noch Fragen aufwirft. Das rechtfertigt auch den Einsatz der Verkehrssicherheit.«

Das klang ja schon mal gut, denn in diese Richtung ging Brunos Absicht. Er bedankte sich bei Björn und hängte auf. Franziska und Ralf konnten das Gespräch mitverfolgen, da Bruno den Lautsprecher auf ›*laut*‹ stellte. Soweit konnten sie jetzt alle zufrieden sein. Die Suche konnte also weitergehen.

»Ich schicke morgen jemanden mit konkretem Auftrag zum Gymnasium«, schlug Bruno vor, »sobald ich Details habe, melde ich mich bei Ihnen. Haben Sie eine E-Mail-Adresse? Ich könnte Ihnen die Liste schicken, aber mit dem Vorbehalt, dass Sie sie vertraulich behandeln.«

»Versteht sich von selbst. Alles, was wir aufgrund Ihrer Recherche herausfinden, landet am Ende wieder auf Ihrem Tisch, respektive bei der Kriminalpolizei, wenn es für die von Interesse sein könnte«, versprach Franziska.

»Wir hoffen, dass diese Aktion nicht umsonst ist, vor allem, dass sie sich nicht in eine unangenehme Situation begeben müssen«, sagte Ralf, »aber, sie wissen ja, jede Recherche beginnt nun mal mit einem ersten Schritt. Manches scheint vielleicht zu Beginn unsinnig, weit weg von der Realität, und dennoch führen solche Dinge eben doch zuweilen zum Ziel. Ganz kleine, unwichtig wirkende Details haben schon zu manchem Erfolg geführt.«

»Ihr Wort in Gottes Ohr«, sagte Bruno und lächelte dabei. Es war ein Lächeln das Unsicherheit verriet.

Kapitel 11

Eine Woche später kam die Schülerliste in Franziskas E-Mail-Postfach an. Die Liste enthielt die Namen der Schüler und Schülerinnen der Jahrgänge 1940 bis 1943 plus die dazugehörenden damaligen Wohnadressen. Natürlich durfte sie bei der Bearbeitung der Daten auf die Mithilfe von Ralf zählen.

Der schwierigste Part bei der Listenabarbeitung war, dass die Mädchen, die verheiratet waren, meist andere Namen trugen. Ganz speziell interessierte sich Franziska natürlich für die beste Freundin von Susanne. Von der könnte sie die meisten Informationen über Susanne erhalten. Aber wie kam sie an die beste Freundin? Sie stöhnte, angesichts der Sisyphusarbeit, die sie erwartete.

Ralf und sie forschten im Internet, gingen viele Namen durch, schrieben auch solche Namen heraus, bei denen der Nachname nicht übereinstimmte, aber die Vermutung nahelag, dass es sich um eine Schülerin von damals handeln könnte. Viel Zeit ging drauf bei der Vorarbeit und vermutlich würde noch mehr Zeit draufgehen, beim Abtelefonieren der einzelnen Adressen. In welcher Form sollte man sich den Angerufenen nähern?

Welche Fragen waren zu stellen? Welche Gründe

sollte Franziska für ihren Anruf nennen? Die ersten fünfzehn Nummern, die sie der alphabetischen Reihe nach wählte, waren erfolglos. Einige der männlichen und weiblichen Schüler lebten nicht mehr in der Region. Andere, die ebenfalls nicht aufzufinden waren, waren schon verstorben. Mittlerweile war es März und sie hatte noch nichts, womit sie etwas hätte anfangen können. Sie zweifelte mittlerweile daran, dass diese Recherche je einmal etwas bringen sollte. Bis sie plötzlich einen ersten Erfolg verzeichnen konnte. Eine Brigitte Heberle, geborene Frey, wohnhaft in Binzen, konnte sich noch gut an Susanne erinnern. Sie gestattete auch, dass Franziska sie aufsuchte, um Fragen zu stellen.

Frau Heberle, eine noch sehr jung wirkende 62-jährige Frau – ihre Haare waren noch dunkel ohne graue Strähnen – blickte an die Zimmerdecke, während sie die Erinnerungen vor ihrem geistigen Auge vorbeiziehen ließ.

»Ja, die Susanne war ein heißer Feger. Bildhübsch und ziemlich weit entwickelt im Vergleich zu den anderen Mädchen, die dagegen noch richtig kindlich waren. Die Jungs in unserer Klasse waren alle hinter ihr her. Aber Susanne wollte sich nicht mit Kindern abgeben, wie sie gesagt hatte«, Frau Heberle kicherte, »Ja, sie betrachtete ihre Klassenkameraden als dumme kleine Pickelgesichter mit Oberlippenflaum. Sie gab sich eher mit den älteren ab. Das waren dann die Jungs der Oberstufe.«

»Könnte es sein, dass auch ein Lehrer unter den Anwärtern war?«, fragte Franziska gerade heraus.

»Neiiiin.« Es war ein sehr langgezogenes Nein, das Frau Heberle als Antwort gab. Sie wollte damit die Unmöglichkeit eines solchen Verdachts herausstreichen, »nein, nein. Susanne war zu klug, als dass sie es auf einen Lehrer abgesehen hätte.« Sie schüttelte wieder energisch den Kopf, weil es einfach unmöglich war, und wiederholte: »nein, das war nicht Susanne, das nicht. Wie geht es ihr überhaupt und wo lebt sie?«

»Susanne hieß verheiratet Silbereisen, lebte auf Fuerteventura und hatte dort drei Kinder. Sie ist vor elf Jahren gestorben.«

Frau Heberle schlug eine Hand vor den Mund, und sagte betroffen. »Oh nein. Das tut mir leid. Wie ist sie gestorben?«

»Sie hatte Krebs ... aber gehen wir wieder zurück in die Schulzeit«, wollte Franziska auf ihr Anliegen zurückkommen.

»Ja klar ...«, sagte Frau Heberle und fuhr dann weiter: »was mich und natürlich uns alle damals gewundert hatte, war, dass Susanne ganz plötzlich die Schule verließ. Mitten im Schuljahr war sie plötzlich weg. Es gab natürlich wilde Spekulationen. Aber Regina, Susannes beste Freundin, räumte gleich auf mit den Gerüchten. ›Susanne ist weggezogen‹, sagte sie nur, ohne weitere Erklärungen. Das setzte dann allen Spekulationen ein Ende. Und tatsächlich, die Familie lebte nicht mehr in Hauingen, das war feststellbar. Tja, und dann war Ruhe; kein Anreiz mehr für die Gerüchteküche ... Ende.«

Bei der Erwähnung der besten Freundin wurde Franziska natürlich gleich mal hellhörig. Es durchzuckte sie förmlich: »Wie heißt die beste Freundin von

Susanne nochmal?«, fragte Franziska.

»Regina Gräber, heißt sie heute. Früher hieß sie …«

»… Kaufmann«, ergänzte Franziska, denn sie erinnerte sich plötzlich an die Liste und dieser Name stach ihr förmlich ins Auge. Sie konnte nicht erklären, warum ausgerechnet diese Schülerin ihr Interesse erregte, nur dass die Buchstaben sie förmlich ansprangen, als würden sie leuchten. Aber woher hatte sie diese Information? Es war nicht Klara, das wusste sie, denn Klara spürte sie mittlerweile sehr bewusst. Deren Präsenz erkannte Franziska sofort … es war dann immer wie eine interne gefühlte Kommunikation; sie sprach nicht mit ihr, sie spürte sie.

Das mit dem Namen machte sie nachdenklich. ›Woher habe ich diese Information?‹, fragte sie sich in Gedanken. Plötzlich dachte sie ganz stark an Susanne. Es durchzuckte sie: ›Susanne … ja, Susanne … sie möchte ebenso eine Aufklärung. Wahrscheinlich war sie gar nicht so schlecht, wie sie geredet wurde. Vielleicht wollte sie nachträglich ihren Ruf korrigiert wissen.‹

Frau Heberle schaute Franziska verwundert an, einerseits, weil sie so spontan den Namen Kaufmann wusste und andererseits, weil sie danach so abrupt still wurde und wie weggetreten wirkte. »Frau Schnyder?«, versuchte sie Franziska aus dieser Starre herauszuholen.

Franziska zuckte zusammen, als wäre sie vom Blitz getroffen worden. Ihr Blick wirkte verwirrt. Und im nächsten Moment fuhr sie mit der Befragung weiter, so als hätte es diese Unterbrechung gar nicht gegeben.

»Wissen Sie wo sie wohnt?«, fragte sie.

»Ähm … wer? Meinen Sie Regina Gräber?«. Auch

Frau Heberle war jetzt leicht verwirrt, weil diese Frage so übergangslos aus dem Nichts heraus kam. Sie hatte das Gefühl, als wäre der Raum, in dem sie sich befanden während der Pause von einer extremen Energie durchströmt worden ... es war wie ein warmer Wind. Sie konnte es deutlich spüren; es war ein ganz eigenartiges, unbekanntes Gefühl. Dafür empfängliche Menschen spüren solche Energien.

Franziska nickte.

»Sie wohnt in Müllheim. Sie war die Jüngste von uns Mädchen ... also fast ein Jahr jünger, weil sie wegen des Einschulungs-Stichtags früher eingeschult wurde. Sie und Susanne waren ganz dicke Freundinnen.«

Franziska sah in Gedanken einen weiteren Namen, der wie von selbst leuchtete.

»Und wer ist Johanna? Johanna Schillinger?«

»Sie war die dritte im Bunde. Sie kam gleich nach Regina«, erklärte Frau Heberle, die sich wunderte, dass Franziska so prompt auf Namen kam, die immer genau passten.

»Und wie heißt sie heute?«. Franziska sprach wie ein Roboter.

Frau Heberle fürchtete sich plötzlich. Es wurde ihr unangenehm. Mit unsicherer Stimme sagte sie: »Johanna hatte nach ihrer Scheidung ihren Mädchennamen wieder angenommen. Sie wohnt in Eimeldingen.«

»Danke Frau Heberle«, jetzt klang Franziskas Stimme wieder sanft, wie am Anfang der Unterhaltung.

Jetzt traute sich Frau Heberle auch wieder, ihre Frage zu stellen, die sie schon lange beschäftigte:

»Wozu brauchen Sie das denn alles?«

Franziska hatte ihr, als sie sie kontaktierte, nichts Konkretes gesagt. Sie hatte nur vages Interesse gezeigt, so dass jeder annehmen musste, es ginge bei der ganzen Sache einzig um Susanne. »Ich arbeite an einem ungeklärten Fall«, begründete sie ihr Interesse, »es geschah vor 26 Jahren. Und dieser Fall führte mich zu den Schülern des Hans-Thoma-Gymnasiums.« Franziska spürte plötzlich eine bisher fast vergessene Ruhe und Gelassenheit. Sie war zufrieden.

*

»Wieso hast du denn nicht nach den Jungs gefragt, mit denen Susanne verkehrte?«, wunderte sich Ralf, nachdem Franziska ihren Bericht beendet hatte.

»Weil ich nicht erwartete, dass Frau Heberle darüber etwas hätte sagen können. Immerhin hatte bis heute ja niemand etwas über spezielle Jungs gewusst, also konnte nicht die ganze Klasse Bescheid gewusst haben. Ich hatte mich kurzfristig entschieden, dass ich die beste Freundin herausfinden wollte – jedes Mädchen hat doch eine beste Freundin, der es sich anvertrauen konnte – damit sie mir mehr erzählen könnte, deshalb. Ja, und diese beste Freundin, die habe ich im Gespräch mit Frau Heberle gefunden«

Das leuchtete ein. Ralf nickte. Er bewunderte Franziska, wie sie alles so cool und gekonnt logisch anpackte.

»Weißt du was, Ralf? Wir gehen mal die ganzen Jungs der älteren Jahrgänge durch. Vielleicht sticht mir mal wieder ein Name ins Auge«, Franziska grinste schelmisch. Sie vertraute mehr denn je ihren Eingebungen.

»Klar machen wir. Das wird immer spannender, je weiter wir uns vorwagen«, sagte Ralf, stand auf und holte die Listen vom Schreibtisch. Franziska ließ die Sachen nämlich alle bei Ralf. Zu Hause sollte niemand drin rumstöbern können, und schon gar nicht Oliver, der ja immer wieder zu ihr nach Hause kam. Es war der Moment heute, in dem sie beschloss, sich demnächst endlich ihr eigenes Heim zu suchen. Sie war 22 und fand, dass es höchste Zeit würde, das Elternaus zu verlassen. Nur, mit Oliver zusammenzuziehen, war sie einfach noch nicht bereit. Sie waren sich im Moment zu uneinig. Er war ihr plötzlich so fremd und vor allem, seine negativen Energien störten die Ihren.

Ralf kam mit den Listen zurück und im nächsten Moment waren sie ganz interessiert über die Unterlagen gebeugt.

»Schau mal, da … dieser Name da«, sagte Franziska und deutete auf Alexander v. Burgmannshoff. Er ist ihr ebenso ins Auge gestochen, wie leuchtende Buchstaben. Das war natürlich nur für Franziska sichtbar. »Wie sagtest du bei unseren Diskussionen? ›Vielleicht handelte es sich um eine renommierte Familie, die mit dem Schweigegeld einen Skandal um den eigenen Sohn vermeiden wollte‹ und so ein Söhnchen, so ein ›von und zu Hochwohlgeboren‹ war vielleicht einer, der geschützt werden musste. Das hier könnte doch so einer sein, findest du nicht auch?«

»Richtig, Franziska, das passt. Willst Du gleich auf ihn losgehen?«, fragte Ralf.

»Nein. Ich gehe zuerst zu Susannes Freundin. Ich will einfach mehr über Susanne erfahren. Was waren ihre Geheimnisse? Beste Freundinnen vertrauen einander und ihnen erzählt man auch seine intimsten Geheimnisse.« Franziska hielt ihren Kopf schräg und lächelte Zustimmung heischend: »Verstehst du? Würde ich direkt zu diesem ›von und zu‹ gehen, würde er Gefahr wittern, denn blöd ist der sicher nicht. Der weiß auch, dass Mord nie verjährt … ähm, sofern es einen Mord in der angenommenen Konstellation überhaupt gibt. Denn Vaterschaft ist für mich immer noch kein Grund für einen Mord«

»Klar, das sehe ich auch so und ich sehe auch, dass man sich auf dein Gespür verlassen kann. Dieses hast du schließlich nicht umsonst. Und du hast es mir bei der ganzen Geschichte mehrfach bewiesen. Erinnerst du dich? Weißt du noch, wie ich zu dir sagte, als du ziemlich am Boden zerstört warst und glaubtest, du seiest von einem Fluch befallen: ›sieh es nicht als Fluch, sondern betrachte es als Chance … vielleicht sogar als Segen!‹? Auffallend ist doch auch, dass du bis jetzt immer die richtigen Leute angesprochen hast. Bei diesen vielen Namen hier auf der Schülerliste zum Beispiel, hast du gleich die richtige Person für die erste Kontaktnahme gefunden.«

Franziska lächelte. »Nun, nicht ganz. Ich hatte sie nicht sofort gefunden. Ich hatte einige telefonische Fehlversuche, bis ich auf Frau Heberle stieß. Aber dennoch, du hast recht mit der Feststellung, dass ich meine Kontakte als Chance oder gar als Segen sehen und auch nutzen sollte.« Franziska nickte beim Sprechen immer wieder, so als wolle sie die Richtigkeit von Ralfs Rede noch zusätzlich bestätigen.

»Nur zum Zeitpunkt, als du es sagtest, fand ich es erst mal befremdlich … aber dann, als du mir sagtest, dass ich ja durch diese Warnung vielleicht vor einem Unglück bewahrt wurde, da leuchtete es mir schon ein. Und heute weiß ich, dass du recht hattest, heute weiß ich ganz sicher, dass ich einen Auftrag erhalten habe und zwar von unsichtbaren Mächten. Ich finde es auch richtig toll, dass Bruno meine Wahrnehmungen nicht, wie Oliver, als Hirngespinste abtut, sondern ernst nimmt. Das ist fast wie eine Aufforderung, weiterzumachen. Ja, und morgen rufe ich Regina Gräber an. Heute ist es schon zu spät.«

Franziska rief Frau Gräber von Basel aus an, weil sie sie nach Möglichkeit gleich nach der Arbeit aufsuchen wollte.

»Ja, Frau Schnyder, Brigitte Heberle hatte mich schon informiert, dass Sie bei ihr waren und mich aufsuchen wollen. Sie hatte mir auch gesagt, dass Susanne verstorben ist. Das tut mir so leid. Ich hatte das nicht gewusst. Ich hatte ja leider keinen Kontakt mehr zu Susanne. Sie zog doch mit ihren Eltern nach Freiburg … anfänglich hatten wir noch Verbindung, aber dann war sie plötzlich abgebrochen. Das ist meist so, wenn man so weit auseinanderlebt, und man ja noch seine Familie und Freunde in der Region hatte. Abiturvorbereitungen, ließen auch nur wenig Zeit. Und so schlief der Kontakt ein. Schade! Dass Susanne dann nach Fuerteventura auswanderte, das wusste ich zum Beispiel gar nicht …«

»Vielen Dank Frau Gräber«, unterbrach Franziska den Wortschwall dieser redseligen Frau, denn sie musste ja wieder an ihre Arbeit. »Ich freue mich auf heute Abend«, sagte sie, bevor sie auflegte.

Sie war überrascht, dass Regina Gräber beim ersten telefonischen Kontakt so viel erzählte. Das war ungewöhnlich. Meist sind Menschen eher reserviert, wenn Wildfremde auf sie zukommen, um Fragen zu stellen. Sie haben Angst irgendwelche Auskünfte zu geben, von denen sie nicht wissen, was der Fragende damit bezwecken würde. Frau Heberle musste ihrer Schulfreundin, trotz des zeitweilig unbehaglichen Gefühls, das sie während des Gesprächs überkam, ein positives Bild von Franziska vermittelt haben, dass diese so vertrauensselig wurde. Umso mehr freute Franziska sich auf den Abend, denn sie war sich sicher, dass das Treffen viel an Informationen für sie bereithielt.

»Ja die Susanne, war meine beste Freundin. Ich hatte ihr viel zu verdanken. Sie war ein richtiger Schatz, hilfsbereit und verlässlich. Ich wusste, dass sie nicht gerade einen rühmlichen Ruf hatte. Sie war sehr schön und sie hatte schon sehr früh sehr weibliche Formen … gut, da spielte natürlich Neid mit hinein. Und neidische Menschen machen andere gerne mal schlecht. Aber, alleine die Tatsache, dass Susanne nicht nur auf Jungs, sondern auch auf reife Männer wie ein Magnet wirkte, machte sie noch lange nicht zu einem schlechten Menschen, oder zur Schlampe, wie einige sagten. Klar, sie kokettierte, spielte ihre Reize aus … aber das macht doch jedes Mädchen, wenn es das gewisse Etwas hat, oder nicht? Sie, Frau Schnyder, sehen doch auch sehr gut aus, haben sogar ein bisschen Ähnlichkeit mit Susanne. Sie kennen das doch sicher. Sie wissen wie das ist, wenn man als Jugendliche auf dem Weg ins Erwachsenwerden aufs andere Geschlecht anziehend wirkt, oder nicht?«

»Doch, doch, sicher … ich kenne das auch. Aber ich bin ja nicht gekommen, um … wie soll ich sagen? … um Susannes zweifelhaften Ruf bestätigt zu wissen. Denn eine schlechte Reputation wird von anderen gemacht, und dazu braucht's gar nicht viel … da reicht schon gutes Aussehen. Ich möchte bei meinen Recherchen den Menschen Susanne kennenlernen. Wie war sie wirklich, vor allen Dingen, wie wurde sie von den Nahestehenden wahrgenommen; welchen Einfluss hatte ihr Handeln auf andere. Und woher könnte ich dieses Wissen sicherer erhalten, als von der besten Freundin. Und natürlich, normalerweise auch von ihrer Familie in Fuerteventura. Dort erfuhr ich, dass sie eine liebevolle Ehefrau und für die drei Kinder eine wunderbare Mutter war. Ihr Ehemann fiel zwar aus allen Wolken, als er erfuhr, dass seine Frau Geheimnisse hatte. Aber ich hatte das Gefühl, dass er diesen bisher unbekannten Sachverhalten nicht gestattete, das positive Bild, das er von seiner Frau hatte, zerstören zu lassen. Ja, und als weitere Informationsquelle könnte man natürlich auch die Eltern von Susanne nennen. Aber die waren zu sehr von der Meinung anderer Leute beeinflusst. Sie sahen ihre Tochter auch nur als Flittchen, was natürlich durch ihren Umgang mit Jungs und …«, Franziska stockte einen kurzen Moment. Sie wollte nicht zu viel von ihrem Wissen preisgeben, und beendete dann den Satz: »… noch zusätzliche Nahrung zur Bestätigung ihrer Meinung war.«

»Ich merkte schon, an Ihrem kurzen Zögern, dass sie vermutlich wissen, dass Susanne als Jugendliche ein Baby erwartete … ja klar, als Susanne schwanger war, war das ein riesiger Schock für die Webers. Es ist für Eltern immer ein Schock, wenn die minderjährige Tochter ein Kind erwartet. Übrigens, dass Susanne eine wunderbare Mutter war, wundert mich absolut nicht. Sie war ein tolles Mädchen, und später dann sicher auch eine tolle reife Frau«, schwärmte Frau Gräber. »Ähm … apropos Eltern! Sie sprachen von Susannes Eltern … heißt das, dass die noch leben?«, fiel ihr plötzlich ein.

»Ja, sie leben noch. Ich hatte sie in Freiburg besucht. Sie hatten mit ihrer Tochter gebrochen. Leider. Aber kommen wir zurück zu Susanne. Sie sagten, sie sei schwanger gewesen?«, Franziska betonte diese Feststellung, trotz ihrer Gewissheit, wie eine Frage. Es schien ihr in diesem Stadium des Gesprächs wichtig, hoffte sie doch, vielleicht etwas über den Vater zu erfahren.

»Ja, sie war schwanger, dabei war sie doch noch keine sechzehn Jahre alt.« Regina Gräber räusperte sich: »Sie hatten vorhin doch selbst gesagt, dass sie bei Susannes Eltern waren und wenn sie mit denen sprachen, dann hatten diese es Ihnen doch sicher erzählt. Woher sollten Sie es denn sonst gewusst haben?«

Franziska fühlte sich ertappt. Sie fand, dass sie in diesem Punkt ihrer Gesprächsführung ungeschickt vorging. Mit der nächsten Antwort wollte sie sich aus der Peinlichkeit herausmanövrieren: »Doch, doch natürlich. Aber die Eltern wussten nicht, wer der Vater war. Sie glaubten, dass Susanne es selbst nicht wusste, weil sie ja mit vielen Jungs rummachte.«

»Angeblich!«

»Heißt das, es stimmte gar nicht, die Sache mit den vielen Jungs?«, fragte Franziska, hellhörig geworden.

»Genau, das heißt es ... das ist doch Quatsch ... Sie ging zwar viel mit den Jungs aus der oberen Klasse aus, die waren so um die siebzehn/achtzehn Jahre alt, sie hatte Spaß – Fete war angesagt – und da waren eine Menge anderer Jungs noch dabei, aber auch Mädchen, Klassenkameradinnen der Jungs. Aber in einen war Susanne unsterblich verliebt. Und nur mit ihm hatte sie auch ein engeres Verhältnis gehabt, also, Sie verstehen schon, was ich meine? ... vom reinen Flirt gibt's noch keine Kinder ...« Franziska musste schmunzeln. »... ja, und entsprechend war sie denn auch nur mit ihm intim. Sie war keine Lusche ... kein Flittchen, wie die Leute gerne behaupteten. Doch sie war ein Lebemädchen, aber im positiven Sinn ... sie liebte das Leben und sie genoss es auch, und das durfte sie. Sie war gescheit. Ihre Freude am Leben hatte keinen Einfluss auf ihre Leistungen in der Schule. Sie wusste beides gut zu trennen.«

»Das ist ein ganz neues Bild, danke Frau Gräber. Das hat mir sehr geholfen. Sie haben jetzt ganz andere Voraussetzungen geschaffen. Also, wenn Susanne verliebt war, dann haben Sie, als die engste Freundin, doch bestimmt gewusst, wer der Vater ihres Kindes war. War es vielleicht Alexander? Alexander von Burgmannshoff?«

Frau Gräber riss überrascht und gleichzeitig erschreckt die Augen auf, zumal sie sich von Susanne an eine Schweigepflicht binden ließ, an die sie sich über den Tod hinaus verpflichtet fühlte. Wie war das nur möglich? Wie konnte eine wildfremde Frau, die zudem noch so jung war, dies herausbekommen haben?

»Wie können Sie das wissen? Sie sind doch noch so

jung, konnten Susanne gar nicht gekannt haben. Auch Susannes Kind ist älter als Sie«, stellte sie deshalb geradeheraus fest.

»Meine Recherchen begannen natürlich nicht erst heute. Ich habe mittlerweile mit vielen Leuten, die Susanne kannten, gesprochen.«

»Von denen nicht einer auch nur einen blassen Schimmer hatte«, warf Frau Gräber ungläubig ein. Doch Franziska ging nicht darauf ein und fuhr dessen ungeachtet weiter: »Übrigens, die Tochter von Susanne lebt nicht mehr.«

»Sie auch nicht mehr? Wie das denn? Das macht mich unendlich traurig. Das sind so viele dramatische Geschichten, die Sie da auftischen.«

Franziska nickte mit gerührter Miene und ergänzte die begonnene Rede: »Die Tochter kam bei einem Verkehrsunfall ums Leben. Ein Betrunkener hatte sie überfahren«, mehr wollte Franziska dazu nicht sagen. So fuhr sie mit dem Interview weiter. »Ich liege also richtig mit diesem Namen?«

»Hmmm ja …«, sagte Frau Gräber, ein bisschen schwang schlechtes Gewissen mit, »… aber Susanne bat mich, es für mich zu behalten. Ich hatte meiner Freundin so viel zu verdanken, deshalb wäre ich ihr nie in den Rücken gefallen. Sie zog ja dann auch weg, bevor man etwas von ihrer Schwangerschaft sehen konnte … ja, und kurz nach der Geburt, sie war dann 16, ist auch unser Kontakt abgebrochen.«

»Wo wohnt dieser Alexander? Wissen Sie das?«

»Oh nein, das weiß ich nicht. Aber so einen Namen kann man doch sicher im Internet ausfindig machen. Ist ja kein alltäglicher.«

»Wissen Sie, ob der Vater von Alexander noch lebt?
»Nein, Frau Schnyder, da muss ich leider passen. Keine Ahnung. Aber Achtung, wenn Sie auf die Suche gehen. Vater und Sohn haben dieselben Vornamen. Nicht dass Sie den falschen Alexander erwischen.«

Franziska war sehr dankbar für diesen wichtigen Hinweis.

»Frau Gräber, darf ich Sie bitten, diese Sache für sich zu behalten? Also, ich meine, dass zum Beispiel ich bei Ihnen war, um diese ganzen Fragen zu stellen. Ja, und natürlich auch – und das ist besonders wichtig – dass sie den Vater von Susannes Kind kennen. Ich möchte nicht, dass sie womöglich Probleme bekommen, auch nach so vielen Jahren. Ich will damit sagen, dass es zu Ihrem und auch zu meinem Schutz wäre.«

»Frau Schnyder, um Gottes Willen, das hört sich ja gefährlich an. Nun, wieso sollte ich das jemandem erzählen? Und wem überhaupt? Ich habe doch mit kaum noch jemandem von früher Kontakt. Und, ich hatte bis heute geschwiegen, warum sollte ich jetzt plötzlich darüber sprechen? Ich gab Susanne einmal ein Ehrenwort, und daran hielt ich mich bis jetzt und werde daran auch nichts ändern, auch wenn sie tot ist. Ich weiß, Sie werden jetzt denken, dass ich Ihnen ja auch alles erzählt habe. Bei Ihnen ist das aber etwas anderes. Erstens erfuhr ich ja von Ihnen viele Details über Susanne, die ich nicht kannte; und zweitens hatte ich das Gefühl, dass Sie betreffend Vaterschaft, selbst schon etwas wussten, denn sie waren es, die den Namen Alexander ins Spiel brachten. Sie brauchten von mir doch eigentlich nur noch die Bestätigung darüber, was Sie selbst schon wussten. Und drittens, wen sollte dieser

Schnee von gestern schon interessieren? Wir sind alle über 60. Da sind solche Geschichten der Vergangenheit nicht mehr von Interesse. Machen Sie sich also bitte keine Sorgen deswegen.«

»Ja, Sie haben recht, Frau Gräber, so ist es. Ich danke Ihnen sehr, dass Sie so auskunftsbereit waren. Sie haben mir sehr weitergeholfen.«

»Darf ich Sie noch fragen, wobei weitergeholfen? Ich meine – ich sag's halt noch mal – Sie haben überhaupt keine Beziehung zur damaligen Zeit, sind weder verwandt noch verschwägert mit Überlebenden oder Verstorbenen, und zudem eine ganz andere Generation, mit Ihren 22 Jahren.«

Ja, Frau Gräber war auch nicht von schlechten Eltern. Sie dachte mit und konnte sehr gut argumentieren. Das hatte Franziska sehr bald feststellen können.

»Es wäre noch zu früh, etwas darüber zu sagen, Frau Gräber, aber wenn ich am Ziel meiner Recherchen bin, werde ich alle, die mir dabei geholfen hatten, über das Ergebnis informieren. Können Sie sich mit dieser Antwort zufrieden geben?«

»Ja klar, selbstverständlich. Ich hoffe, dass das Ergebnis ein gutes sein wird. Dann würde ich mich geehrt fühlen können, bei der ganzen Arbeit auch eine mitwirkende Rolle gespielt zu haben.« Frau Gräber lächelte.

Mit einem freundschaftlichen Händedruck verabschiedeten sich die beiden Frauen, und Franziska fuhr beschwingt von Müllheim zurück nach Haltingen.

*

Oliver saß bei ihren Eltern, als sie nach Hause kam.

»Hallo«, sagte Franziska gut gelaunt, ging zu Oliver, gab ihm ein Küsschen und entschuldigte sich kurz, denn sie wollte nur schnell Ralf Bescheid sagen.

»Ich komme gleich«, sagte sie, »muss nur eben telefonieren.«

Oliver saß wie ein begossener Pudel da ... er war total nicht auf dem Laufenden darüber, was vorging. Franziska kam in letzter Zeit nach der Arbeit nicht gleich nach Hause und er wusste nicht, wo sie ihre Zeit verbrachte. Das machte ihn misstrauisch. Er hatte es sich anders vorgestellt, als er sich vor einem Monat vom Außendienst in den Innendienst versetzen ließ, um mehr Zeit für Franziska zu haben.

Ralf nahm Franziskas Neuigkeiten freudig zur Kenntnis. Franziska begann auch ganz spannend. Als er sich meldete klang aus dem Hörer nur ein kurzes ›Bingo!‹.

»Das heißt also, dass du Erfolg hattest«, folgerte Ralf aus dem ›Bingo!‹.

»Genau! Ralf, stell dir vor, wir lagen mit unseren Spekulationen richtig. Dieser Alexander ist der Vater. Das ist definitiv. Susanne hatte nur einen Freund, und mit dem war sie intim. Sie war also gar kein Mädchen, das sich mit allen Jungs abgab, wie viele, einschließlich ihre Eltern, glaubten.«

»Und jetzt, wie willst du weiter verfahren? Wirst du morgen noch Johanna Schillinger aufsuchen?«

»Nein, das brauche ich nicht mehr. Ich würde vermutlich nur Dinge erfahren, die ich sowieso schon kenne. Ich will nur noch wissen, ob der Vater von dem Alexander noch lebt. Wenn jemand ein Schweigegeld bezahlt haben könnte, dann doch der Vater des jungen

Sprösslings«, sagte Franziska euphorisch.

»Kommst du morgen bei mir vorbei?«, fragte Ralf. Er war schon ganz ungeduldig darauf, zu erfahren, was Franziska ihm vom Besuch bei Frau Gräber mitbringen würde.

»Klar, ich komme gleich nach der Arbeit, okay?«

Zurück im Wohnzimmer bei den Schnyders, blickte sie in Olivers griesgrämiges Gesicht.

»Ist was nicht in Ordnung, Oli?«, fragte Franziska, sich keiner Schuld bewusst.

»Da fragst du noch? Jeden Tag gehst du nach der Arbeit irgendwohin … ich weiß nicht wohin, ich weiß nicht, was du treibst, ich komme mir nur wie der letzte Depp vor, während ich immer abends auf dich warte«, beklagte sich Oliver.

»Aber Oli, du willst mir damit doch nicht vorhalten, dass du keine Kontrolle über mich hast, oder?«, fragte Franziska leicht gereizt, denn Kontrolle war das Letzte, was sie von einer Beziehung erwartete.

Für diese Frage erntete sie von der Mama einen Seitenblick des Missfallens. Die Mama mochte Oliver nämlich, und sah es nicht gerne, dass Franziska ihn jetzt so behandelte. Immerhin war Oliver doch immer für sie da, als es ihr dreckig ging. Er hat sich so rührend um Franzi gekümmert. Sie schien dabei aber vergessen zu haben, dass der wichtigere Part des ›Sich-Um-Franziska-Kümmerns‹ von Ralf stammte, den sie ja selbst explizit zu diesem Zweck um Hilfe anging. Außerdem hatte sie sich darauf eingestellt, dass Oliver und Franzi bald heiraten würden.

»Es geht mir nicht um Kontrolle, Franzi. Ich will doch einfach nur, dass wir mehr Zeit füreinander haben. Eigens dafür habe ich mich doch in den Innendienst versetzen lassen, dass ich nicht mehr so viel unterwegs bin. Außerdem wollte ich doch, dass wir demnächst zusammen eine Wohnung suchen. Ich habe schon Zeitungsanzeigen nach einer geeigneten Wohnung abgesucht. Ich möchte gerne zu Immobilienmaklern gehen, und das würde ich gerne mit dir zusammen. Meinetwegen könnten wir auch vorübergehend in meinem Studio wohnen, bis wir etwas Größeres gefunden haben.«

Franziska hörte schweigend zu, und was er da gerade erklärte, gefiel ihr absolut nicht. Was sie aber nicht wollte, das war, einen Streit über Nichtigkeiten vom Zaun zu brechen. Deswegen versuchte sie es auf konziliante Weise.

»Oli, es tut mir leid, dass ich das mit der Kontrolle gesagt habe. S'ist vielleicht ein bisschen borstig rausgekommen, das wollte ich eigentlich nicht ... auch, wenn es schon so ist, dass für mich eine Verbindung von gegenseitigem Vertrauen geprägt sein sollte, das heißt, dass es nicht nötig sein sollte, dem Partner über jeden Schritt der eigenen Aktivitäten Rechenschaft ablegen zu müssen.«

Obwohl Oliver dies schon etwas anders sah als Franziska – denn eine Beziehung beinhaltete für ihn eben doch auch, dass man sich über seine Aktivitäten besprach – sagte er: »Schon vergeben. Wie sieht es morgen aus? Wollen wir morgen Abend nach der Arbeit zu einer Wohnungsbesichtigung?«, Oliver klang versöhnlich, denn auch er wollte jetzt nicht streiten, schon gar nicht vor den Eltern.

Franziska quittierte diese Frage mit einem verlegenen Lächeln. »Ähm Oli, geht leider nicht, habe morgen Abend einen Termin. Tut mir leid.«

»Aha, einen Termin! Und wo?«

»Bei Ralf. Wir müssen Morgen die Ergebnisse meiner Recherche durchgehen. Das ist wirklich sehr wichtig. Ich weiß, du hältst nichts davon, weil für dich das Ganze Humbug ist, aber für mich ist es sehr wichtig …«, erklärte Franziska und schloss bei dieser Gelegenheit gleich an, weil es ihrer Meinung nach der richtige Moment war, »… und Oli, bitte sei mir nicht böse. Ich möchte noch nicht auf Wohnungssuche gehen ... ähm … also schon, nur im Moment noch nicht zusammen.«

»Aha, also doch.«

»Was, also doch?«, Franziska war innerlich geladen, nicht weniger als Oliver.

»Du und Ralf ihr habt was miteinander.«

»Quatsch, fällt dir dazu nichts besseres ein?«, jetzt war Franziska richtig wütend, »ich habe bis heute bei meinen Eltern gelebt – in meinem Kinderzimmer – wofür ich selbstverständlich auch dankbar bin. Ich bin jetzt 22 … kannst du nicht verstehen, dass ich erst einmal alleine eine Wohnung haben möchte, so wie andere meines Alters auch. Ich mag nicht von einer Wohngemeinschaft in die nächste schlittern. Ist das denn so schwer zu begreifen?«

»Ja ist es, denn davon höre ich heute zum ersten Mal. Wir wollen irgendwann heiraten, dann ist es doch normal dass man zuvor auf Probe zusammen wohnt, um zu sehen, dass man miteinander zurechtkommt.«

»Oli, ich verstehe dein Argument. Aber bitte versteh du auch mich. Begreife, dass ich mich weiterentwickelt habe, seit wir uns kennenlernten. Ich war da gerade mal neunzehn Jahre alt. Es hatte doch auch seinen Grund, dass wir vereinbart hatten, vorläufig nicht zu heiraten. Wir wollten das Leben noch ausgiebig genießen, bevor wir uns binden. Wenn wir jetzt schon zusammenziehen, dann würden wir ja jetzt schon leben, wie in einer Ehe, und das ist mir zu früh. In der Zwischenzeit ist so viel passiert und ich habe mich verändert. Es gibt für mich noch einiges nachzuholen, und wenn ich meinen Auftrag erfüllt habe, dann können wir zusammen reisen, so wie wir es uns vorgestellt hatten. In der Zwischenzeit aber möchte ich gerne eine eigene Wohnung. Okay?«

»Ich muss es akzeptieren. Okay. Ich merke, ich kann dir keine Handschellen anlegen ... davon abgesehen, das wollte ich auch nicht. Aber jetzt hast du es mir deutlich gezeigt, was du von einer Beziehung erwartest und wie du über unser weiteres gemeinsames Leben denkst. Ich respektiere deinen Wunsch. Liebe muss auch warten können. Ich werde morgen trotzdem eine größere Wohnung anschauen, denn ich möchte auch gerne aus der Enge des Studios ausbrechen. Und wenn du dann so weit bist, kannst du dann bei mir einziehen. Gut so?«

»Gut so«, sagte Franziska, erfreut, dass sie sich gütlich einigen konnten. Oliver zeigte ihr, wie sehr er sie liebte, und das war ein gutes Gefühl. Sie endete ihre Rede mit einem Dankeschön, stand auf und umarmte Oliver herzlich. Sie waren wieder das Paar wie zuvor, und Mama Schnyder war zufrieden.

Kapitel 12

Franziska war schon um achtzehn Uhr bei Ralf, und sie hatte eine Menge Neuigkeiten. Zuerst waren da natürlich die Informationen über das Gespräch vom Vorabend mit Frau Gräber. Ralf lauschte aufmerksam, nickte immer wieder mal, wie zur Bestätigung, dass sie doch beide ein gutes Näschen hatten.

Das Wichtigste aber folgte erst. Noch am Vorabend hatte Franziska nämlich im Internet den Namen ›von Burgmannshoff‹ ausfindig gemacht. Der alte Herr ›von und zu Hochwohlgeboren‹ lebte noch und wohnte in einer alten herrschaftlichen Villa auf dem Bonzenhügel von Lörrach. Jeder kannte den Leuselhardt, gemeinhin bekannt als Bonzenhügel. Sie hatte natürlich dann am nächsten Tag vom Geschäft aus gleich angerufen, um sich schlau zu machen, um welchen Burgmannshoff es sich bei dieser Adresse handelte, denn von Susannes früherer Freundin wusste sie ja, dass beide, Vater und Sohn, denselben Vornamen trugen. Die Angestellte, die das Telefon abgenommen hatte, wollte nicht gleich Auskunft über ihre Herrschaft geben, so wie es eben für treue Bedienstete üblich ist. Franziska musste wieder einen harmlosen Vorwand finden und so sagte sie, dass sie auf Fuerteventura jemanden kennenlernte, der ein Bekannter der beiden Alexander Burgmannshoffs sei. Er habe gesagt, dass ihn und den alten Herrn von Burgmannshoff eine tiefe Freundschaft verbinde. Der

Mann sei aber mittlerweile gehbehindert, könne auch nicht mehr reisen, und könne deshalb nicht selbst zu Herrn Burgmannshoff kommen. Nun solle sie für den Senior etwas persönlich abgeben, das sehr vertraulich sei – es handle sich um ein Bündel Briefe – und dem jungen Herrn von Burgmannshoff solle sie persönlich ganz besondere Grüße ausrichten.

Ja, und diese Geschichte schien die Bedienstete gefressen zu haben. Sie bestätigte, dass es die Adresse des ehrwürdigen Herrn Alexander Senior war. Der junge Alexander habe sein Domizil in Grenzach-Whylen, besitze aber eine Zweitwohnung ebenso in Lörrach. Und sie riet Franziska, wenn sie den jungen Herrn kontaktieren wolle, es telefonisch in Grenzach-Whylen zu versuchen, weil er in Lörrach kein Festnetz habe. Die Handy-Nummer jedoch sei sie nicht befugt weiterzugeben, hatte die treue Seele gesagt.

»Wow, Franziska, du bist ja ein Satansbraten. Du gehst schon recht geschickt vor. Aber, wie willst du denn jetzt weitermachen? Schließlich hast du ja kein Bündel Briefe, das du mitnehmen könntest«, rätselte Ralf, »die Bedienstete wird dich nicht gleich zu ihrem Herrn vorlassen, sondern wird das ›Etwas‹, das du abzugeben hast, gleich an der Türe in Empfang nehmen wollen, und dann fliegst du auf.«

»Stimmt, du hast recht ...«, sagte Franziska und überlegte. Dann fiel ihr eine mögliche Lösung ein: »... ach was, nein, sie muss ja nicht wissen, dass ich die Anruferin war, die Briefe abgeben wollte. Ich werde beim direkten Besuch nichts davon sagen. Ich muss nur noch einen neuen Vorwand finden ... oder hast du eine Idee? Was schlägst du vor, wie wir vorgehen könnten, so dass wir, wegen des Wachhundes, nicht schon an der Türe abblitzen?«

»Du besuchst den alten Herrn ›*von und zu Hochwohlgeboren*‹, und zwar dann, wenn die Bedienstete frei hat?«

»Genau! Und wann ist das?«, Franziska erkannte die Schwierigkeit dieses Unternehmens, »das ist wohl der schwierigste Part. Sag doch, hast du eine Idee?«

»Morgen ist Samstag. Das Wochenende wäre für ein solches Unternehmen vielleicht nicht schlecht, denn an Wochenenden haben Bedienstete oft frei, dann fehlt schon mal der Wachhund, und zweitens könnten wir am Tag hingehen. Wir wissen ja nicht, wie lange der Herr am Abend ansprechbar ist. Abends gehen alte Leute oft sehr früh ins Bett. Ja, und wir müssten es auf jeden Fall dieses Wochenende hinter uns bringen, denn nächstes Wochenende ist Ostern, da können wir nicht stören. Falls wir morgen Pech haben, und nochmals kommen müssten, könnten wir es vielleicht doch mal an einem Abend unter der Woche versuchen, oder wir verlegen es auf ein Wochenende im April. Nach Ostern kehrt meist Ruhe ein.«

»Ein bisschen fürchte ich mich davor. Er wird mir sicher nicht so bereitwillig Rede und Antwort stehen wie die Schulfreundinnen von Susanne.«

»Du könntest doch gleich mit den bekannten Fakten ins Haus stehen«, schlug Ralf vor, »oder soll ich mitkommen?«

In der Hoffnung, nicht alleine hingehen zu müssen, sagte Franziska, als wäre es die größte Selbstverständlichkeit: »Ja bitte! Davon bin ich eigentlich ausgegangen, als du in der Wir-Form gesprochen hast.«

»Okay, dann würde ich aber vorschlagen, dass wir uns gar nicht erst vorher anmelden. Wenn du dich nämlich telefonisch anmeldest, stehst du in der Pflicht, einen plausiblen Grund zu nennen. Ich weiß zwar, dass du da ziemlich gewieft bist, aber bei diesem alten Herrn, da denke ich, ist es dann doch etwas anderes. Kann natürlich sein, dass wir beim ersten Versuch eines Kaltbesuchs vergeblich hingehen. Dann kommen wir halt anderntags wieder, so lange, bis wir drinnen sind. Was hältst du davon?«

»Ich finde es gut … Hauptsache du bist dabei. Na ja, es wird schon gut gehen«, sagte Franziska, sich selbst Mut zusprechend, denn vor diesem Unternehmen bei dem alten Herrn hatte sie ziemlichen Respekt.

*

Franziska fuhr am nächsten Tag mit gemischten Gefühlen nach Lörrach. Sie war froh, dass Ralf dabei war, und dass er fuhr. Sie war einfach zu nervös.

Der alte Herr öffnete auf ihr Klingeln selbst die Türe. Franziska war erstaunt. Das Gesicht des Herrn war sehr alt, seine Gesichtszüge hatten etwas Edles. Seine wasserblauen Augen blickten streng aber nicht unfreundlich. Eine Erhabenheit lag im Blick. Er war nicht sehr groß und seine Haltung war aufrecht. Er hielt einen Stock in der rechten Hand, der seinem gebrechlichen Körper etwas Sicherheit gab. Seine Stimme war zittrig, aber warm und freundlich.

»Was kann ich für Sie tun?«, fragte er höflich. Bei dieser vornehmen Art, fasste Franziska wieder Mut und fand zu alter selbstbewusster Gewohnheit zurück. »Mein Name ist Franziska Schnyder, und das hier …«, sie zeigte auf Ralf, »… das ist mein Freund Ralf Mertens. Wir kommen in einer persönlichen Angelegenheit, Herr von Burgmannshoff«, sagte sie sehr selbstbewusst.

»Die da wäre?«, wollte der alte Herr wissen, bevor er die Fremden bat, einzutreten. Da könnte ja jeder kommen. Alle möglichen Leute, und zwar oft auch Kriminelle könnten hier auftauchen und versuchen durch irgendeinen Vorwand Einlass in wohlhabende Häuser zu erhalten.

»Es geht um ihre Enkelin«, sagte Ralf.

»Aha, der berühmte Enkeltrick«, antwortete der alte Herr. »Auch wenn ich sehr alt bin, so bin ich doch nicht senil.«

»Herr von Burgmannshoff, es handelt sich nicht um einen Enkeltrick. Das wäre ja wirklich geistlos, wenn wir am helllichten Tag mit einem Enkeltrick bei Ihnen aufkreuzten.«

»Betrüger nehmen keine Rücksicht auf die Tageszeit. Im Gegenteil, um das Feld abzustecken, eignet sich der helllichte Tag eher, als die Nacht«, sagte der alte Herr ziemlich trocken und setzte einen Blick auf, der verriet ›ich kenne mich aus, bin ja kein Trottel‹.

»Nein, nein«, begann Franziska beherzt, »es geht tatsächlich um ihre Enkelin.«

»Aha, und um welche?«, wollte Burgmannshoff wissen, »ich habe zwei Enkelinnen.«

»Klara«, sagte Franziska und hoffte, dass Burgmannshoff vielleicht keine Ahnung von Klaras Ableben hatte. Dass dieser Mann mit Klaras Tod etwas zu tun haben könnte, konnte sie sich zwar in diesem Moment nicht vorstellen. Er war ein edler, vornehmer Herr, und irgendwie schien er ahnungslos.

»Keine meiner Enkelinnen trägt den Namen Klara«, sagte er, in der Gewissheit, doch Betrügern auf die Schliche gekommen zu sein. »Ich würde Sie jetzt bitten wieder zu gehen und mich in Zukunft nicht mehr zu behelligen, sonst muss ich die Polizei rufen. Adieu, ich habe zu tun.«

»Bitte!«, Franziska schaute ihn mit ihren schönen braunen Augen flehend an ... ihr Blick war herzerweichend. Sie legte sich ziemlich ins Zeug, koste es, was es wolle, denn sie hatte sich in den Kopf gesetzt, sich mit diesem Mann unterhalten zu wollen. »Klara heißt diese Enkeltochter, von der ich spreche, und mit Nachnamen Weber. Sie entstammt einer Liebschaft aus der Schulzeit. Der Vater des Kindes, Herr von Burgmannshoff, also Ihr Sohn Alexander, hatte sich nie zu diesem Kind bekannt.«

Das Gesicht des alten Herrn verdüsterte sich im nächsten Moment; das sonst schon blasse Gesicht verlor seine restliche Farbe. Er schluckte, als hätte er einen Kloß im Hals und zitterte noch stärker als zu Beginn.

Franziska spürte in diesem Moment ein starkes Gefühl der Zuneigung zu diesem alten Mann ... es war eher ein Gefühl von Empathie. Ja, er tat ihr ein bisschen leid; aber gerade deswegen erschien es ihr, dass jetzt der richtige Moment gekommen sei, ihn gerade heraus um Einlass zu bitten, weil sie den Eindruck hatte, dass das Eis gebrochen war: »Dürfen wir reinkommen? Es ist wirklich sehr wichtig.«

Der alte Herr hatte sich relativ schnell wieder gefangen. Das war er seinem Stand schuldig. Außerdem war er jetzt neugierig. Er nickte, trat zur Seite und wies den beiden Besuchern den Weg ins Innere seines herrschaftlichen Hauses, denn delikate Gespräche führte er nicht gerne außerhalb des Hauses. Überdies schien er erkannt zu haben, dass dieses Pärchen zumindest nichts Kriminelles im Sinn hatte, was aber nicht hieß, dass er seine Skepsis ablegte. Es könnten ja vielleicht irgendwelche Forderungen gestellt werden. Er, der Mensch mit Lebenserfahrung, wusste, dass ein Gefühl manchmal auch täuschen konnte, gerade dann, wenn Menschen harmlos und anständig wirkten. Er vertraute auf jeden Fall dem Alarmknopf, den er an verschiedenen Stellen seiner Villa installieren ließ, für Fälle, wenn er sich irgendwie bedroht oder auch aus irgendeinem Grund nicht gut fühlte. Innerhalb kürzester Frist würde dann Hilfe auftauchen.

»Meine Bedienstete hat frei heute«, sagte er ganz entspannt, »aber Ihnen einen Drink anzubieten, das schaffe ich noch.« Jetzt lächelte er und ging Richtung Bar.

»Bitte nichts Alkoholisches«, sagte Franziska, die den alten Herrn zunehmend sympathisch fand, »ein Glas Wasser reicht.«

Der Mann zuckte die Schultern. »Na ja, wenn Sie nur Wasser wünschen, auch das haben wir. Es ist ja nicht wie bei armen Leuten«, sagte er und schmunzelte wieder. Er musste dazu nicht einmal in die Küche gehen, denn auch Wasser gab es im Salon. Er schenkte zwei Gläser ein und für sich ein Glas mit wenig Whisky, »Ich bevorzuge etwas Rechtes, besonders, wenn es spannend wird … sollten Sie sich angewöhnen, dann erreichen Sie sicher auch mein biblisches Alter.« Er lächelte und reichte seinen Gästen das Wasser und hielt sein Glas prostend nach oben. Die Stimmung nach dem Zuprosten war gelöst, jegliche Spannung verschwunden.

Diesmal begann er, der Hausherr, das Gespräch. »Klara heißt sie also! Aha. Dann hat die Mutter also doch nicht dicht gehalten. Nach so langer Zeit hatte sie es ausgeplaudert! Ich kann es nicht nachvollziehen, dass sie jetzt noch damit kommt. Aber so sind sie halt die Menschen.«

»Sie irren sich, die Mutter hatte nie jemandem etwas erzählt. Sie verschwand ganz aus dem Leben ihres Sohnes, das heißt, sie lebte in Fuerteventura, hatte dort eine eigene Familie mit drei Kindern ... und ... sie ist tot, sie starb vor elf Jahren an Krebs.«

Burgmannshoff zog seine Stirn noch krauser, als sie durch sein hohes Alter schon war. Sein Blick verriet Staunen, dass diese doch sehr junge Frau hier vor ihm so viel wusste. Er war gespannt, zu erfahren, woher sie ihr Wissen nahm.

Franziska fing die Gedanken des alten Herrn auf und begann mit ihrer Erklärung, woher sie die Kenntnis hatte: »Ich bin extra nach Fuerteventura gereist, weil ich es genau wissen wollte. Dort habe ich festgestellt, dass nicht einmal ihr Ehemann von dem Töchterchen, das bei den Großeltern aufwuchs, wusste. Der dachte nämlich, dass es die kleine Schwester von Susanne war. Auch die Großeltern hatten keine Ahnung, denn ihre Tochter hatte den Namen Alexanders nie verraten«.

»Und diese Klara hatte es jetzt herausgefunden und möchte Kapital herausschlagen?«, folgerte Burgmannshoff. Seine Stimme wirkte jetzt wieder etwas fester. Und warum kommt sie zu mir und nicht zu ihrem Vater? Für Franziska war dies der Beweis, dass dieser Mann mit Klaras Tod nichts zu tun hatte. Und nicht nur das: er wusste nicht einmal etwas davon.

»Nein, Herr von Burgmannshoff, das will sie nicht«, beantwortete Franziska seine Frage.

»Lassen sie das ›von‹ doch bitte weg ... ich bin nicht eitel! Nun, junge Frau, wissen Sie, ich bin jetzt 93 Jahre alt. Ich hatte mein Leben gelebt ... ein bisschen schockiert es mich, zu hören, dass die Mutter meiner Enkelin, diese wunderschöne junge Frau so früh sterben musste. Womit habe ich es verdient, in diesem hohen Alter noch recht gut und gerne zu leben? Ich habe jeden Ärger bestens überstanden. Ja, ich hatte bei Gott Ärger, viel Ärger, aber der schlimmste Ärger war tatsächlich mein Sohn Alexander, dieser Nichtsnutz, dieser elendige ...«, bei diesen Worten schlug er mit seinem Stock kräftig auf den Tisch, »... er hatte schon sehr früh nur Frauen im Kopf. Aber nur um der Befriedigung willen, wenn Sie verstehen, was ich meine. Er hatte nie eine von ihnen je richtig geliebt, auch dieses schöne Mädchen nicht, dem er das Kind anhängte. Das Mädchen war verliebt in Alexander, er aber nicht in sie. Er wusste nie, was Liebe ist; für ihn war und ist auch heute noch alles nur ein Spiel. Diese junge Frau, die er geschwängert hatte, gefiel mir. Sie war sympathisch und sie hatte niemandem erzählt, wer der Vater ihres ungeborenen Kindes war. Das fand ich edel. Sie schützte damit den Ruf unserer Familie und ich war sehr dankbar, und gab ihr Geld dafür, damit dies so bleiben sollte. Ich könnte mich heute noch ohrfeigen, dass ich das tat, denn mein Sohn – mit dem hatte ich immer nur Probleme – hatte es nicht verdient, dass ich mich für ihn einsetzte. Ich schäme mich heute dafür. Meine Frau war eine sehr mitfühlende Frau. Sie hatte dieses Mädchen bedauert. Die Sorge um Alexander machte sie ganz krank. Gott-sei-Dank, haben wir noch einen weiteren Sohn, Maximilian, der jüngere Bruder von Alexander. Der ist ein ganz anderer. Er war uns immer eine Freude. Der hat zwei wirklich gut geratene Töchter ... wie geht es meiner ersten Enkelin?«, fragte er plötzlich, für Franziska ganz unerwartet. Sie war gerührt von der Bezeichnung ›meine Enkelin‹. Es klang irgendwie liebevoll. »Ist sie so schön wie ihre Mutter? Und wie hat sie herausbekommen, wer ihr Vater ist, wenn die Mutter doch nicht mehr lebt?«

»Klara war genauso schön wie ihre Mutter«, erklärte Franziska.

Der alte Herr wirkte wieder überrascht über die Zeitform und hakte auch gleich nach: »Was heißt hier ›war‹?«

»Ja, Herr Burgmannshoff, ›war‹ – leider. Auch Klara starb. Es war vor 26 Jahren, als sie auf ihrem Heimweg von einem leicht alkoholisierten jungen Mann überfahren wurde«, erklärte Franziska.

»Entschuldigen Sie bitte, junge Frau ... jetzt verstehe ich gar nichts mehr. Klaras Mutter starb vor ... wie sagten sie? ... vor elf Jahren. Sie hatte nie etwas von der Herkunft ihrer Tochter erzählt, nicht einmal ihren eigenen Eltern, so zumindest hatten Sie es mir erklärt. Und Sie selbst haben Klaras Mutter nie kennengelernt, weil sie ja nach Fuerteventura auswanderte, richtig? Klara starb vor 26 Jahren, also schon vor ihrer Mutter, und wenn ich Ihr Alter ungefähr richtig einschätze, sind Sie zu jung, um Klara gekannt zu haben, wenn sie schon so lange tot ist, das heißt, von ihr können Sie diese Information auch nicht erhalten haben. Woher also wissen Sie das alles, und warum interessieren Sie sich so sehr für diese ganze Geschichte, dass Sie dafür sogar nach Fuerteventura reisten?«

»Zuerst zu Ihrer Frage, Herr Burgmannshoff, woher ich die Information über Alexanders Vaterschaft habe. Ich ging auf die Suche, weil ich den Fall aufdecken wollte. Das heißt, ich sprach mit Klaras Großeltern, die wussten leider nicht sehr viel zu erzählen. Dann war ich in Fuerteventura und durfte zehn Tage bei Susannes Familie verbringen – übrigens eine sehr nette Familie, die mich sehr freundlich empfangen hatte – Susannes drei gut geratene leiblichen Kinder, gefielen mir sehr. Natürlich wusste Susanne nichts von Klaras Tod, denn sie selbst verschwand aus dem Leben aller in Deutschland lebenden Familienangehörigen. Kein Kontakt zu ihren Eltern, die Susanne für ein Flittchen hielten, was sie beileibe nicht war, kein Kontakt zur Tochter, die lange Zeit glaubte, dass ihre Mutter ihre Schwester gewesen sei, und für die Susanne nie mütterliche Gefühle entwickeln konnte – kein Wunder, denn vermutlich wollte sie mit der Vergangenheit abschließen, wollte nicht an den Vater ihres Kindes erinnert werden – was ich zu gut verstehen kann. Also hatte sie auch keinen Kontakt zu Alexander. Sie war ein anständiges Mädchen, frühreif, geistig und körperlich, aber sie hatte nie andere Jungs an sich rangelassen, denn sie war ja verliebt in Alexander, und nur mit ihm war sie auch intim. Also, Sie sehen, alles andere als ein Flittchen. Dann besuchte ich den Unfallfahrer, der Klara überfuhr … oder sagen wir mal so:

ich wollte ihn besuchen, aber auch das war nicht möglich. Warum? Weil er tot war. So sprach ich mit seiner Schwester. Sie erzählte mir, dass ihr Bruder seine Unschuld beteuerte, doch seine Erklärungen wurden als Ausreden abgetan, Ausreden des Schuldigen, das man ja in der Regel so kannte. Er hatte es nicht verkraftet ... Sie können sicher erraten, was passierte, wenn jemand etwas nicht verkraftet hatte?«

»Sie sagten er sei tot. Also nicht schwierig es zu erraten: er hat sich das Leben genommen?« folgerte der alte Herr Burgmannshoff.

»Richtig«, sagte Franziska, »wieder ein junger Mensch, der starb. Er war knapp 25 Jahre alt, als er sich erhängte. Sie sehen, Herr Burgmannshoff, Alexanders Dasein ist gepflastert mit den Spuren des Todes. Aber es geht noch weiter, und das ist das wichtigste, ich sprach mit ehemaligen Schulkameradinnen. Susannes beste Freundin wusste als einzige, wer der Vater ihres Babys war. Stellen Sie sich vor, Herr Burgmannshoff: Susanne hatte der besten Freundin das Versprechen abgenommen, niemandem etwas zu erzählen, und die Freundin hielt sich auch daran; sogar bis heute, über den Tod hinaus. Ich war bei meinen Nachforschungen inzwischen aber schon so weit gekommen, dass ich zumindest den Verdacht hatte, wer der Vater gewesen sein konnte. Diese Schulfreundin hatte es mir einfach nur noch bestätigt, zögerlich zwar, weil sie ein schlechtes Gewissen hatte ihrer verstorbenen Freundin gegenüber. Aber, sie brauchte wegen ihres Schweigegelübdes kein schlechtes Gewissen zu haben, weil ich ja schon etwas ahnte. Mit diesem Argument konnte ich es ihr auch ausreden.«

Burgmannshoff schüttelte betroffen den Kopf, war erschüttert. Er stand auf, stützte sich auf seinen Stock, schaute Franziska ein kurzes Weilchen an, dann ging er auf den Stock gestützt zum Fenster und betrachtete den schönen Park, der seine Villa umgab. »Es ist schön, zu sehen, wie die Natur so allmählich erwacht«, sagte er, »meine Frau, Gott hab sie selig, hatte diese Jahreszeit so sehr geliebt. Ja, sie war auch eine wundervolle Frau, so wie Sie«, sagte er, total aus dem Zusammenhang gerissen.

›Vielleicht war das alles zu viel für den alten Herrn‹ dachte Franziska etwas schuldbewusst. Jedoch bevor sie überlegen konnte, wie das Gespräch weitergeführt werden sollte, drehte sich Burgmannshoff wieder um zu Franziska und Ralf und sagte: »Sie haben mir noch nicht erklärt, warum Sie diese Geschichte so sehr interessiert. Wenn ich Sie richtig verstanden habe, sind Sie nicht verwandt, weder mit den Webers noch mit … ähm … wie sagten Sie, hieß die Familie von Susanne?«

»Ich sagte noch gar keinen Namen … die Familie heißt Silbereisen, und Sie haben richtig verstanden; ich bin weder mit der einen noch mit der anderen Familie verwandt«, sagte Franziska.

Ralf, der die ganze Zeit schweigend daneben saß, verfolgte das ganze Gespräch interessiert und voll Bewunderung für Franziska. Er wunderte sich, warum sie solche Angst hatte, alleine hierher zu kommen, da sie ihre Rolle doch so souverän meisterte.

Burgmannshoff zeigte mit dem Stock auf Ralf und fragte: »haben Sie womöglich ein berechtigtes verwandtschaftliches Interesse?«

Ralf erhob beide Hände mit den Handflächen in Richtung Burgmannshoff zeigend und schüttelte den Kopf:»Nein, auch ich bin nicht verwandt ... weder mit der Familie Silbereisen, noch mit den Webers. Ich begleite Franziska nur bei ihren Recherchen, unterstütze sie, wo es nötig ist ... tja, und wie Sie feststellen konnten, brauchte sie heute gar keine Unterstützung. Sie hatte das Gespräch gekonnt geführt.«

»Sind Sie beide ein Ehepaar?«, fragte nun Burgmannshoff gerade heraus, korrigierte sich dann aber gleich wieder, indem er sagte: »Natürlich nein. Frau Schnyder hatte Sie zu Beginn ja als Freund vorgestellt.« Damit bewies er sein hervorragendes Gedächtnis, das er in diesem hohen Alter noch besaß.

»Entschuldigen Sie meine Neugierde. Heute ist ja der Tag der Aufklärung«, jetzt lächelte er spitzbübisch, »sind Sie nun befreundet? ...«, und mit Blick zu Franziska beendete er seinen Satz, »... oder ist er IHR Freund ... andere nennen das manchmal Verlobter.«
Dieser Mann hatte Humor.

Ralf musste lachen und sagte »Wir sind in der Tat befreundet.«

»Gut, gut«, der alte Herr war wirklich hartnäckig. Wenn er mal eine Frage stellte, wollte er sie auch beantwortet haben; so wiederholte er seine Frage, »warum interessieren Sie sich für die Familiengeschichte?«

Nun war der Ball wieder bei Franziska. »Es ist gar nicht so einfach das alles zu erklären, Herr Burgmannshoff, ...« Sie konnte den Satz aber nicht beenden, denn Burgmannshoff unterbrach sie, »dann sagen Sie es halt kompliziert. Ich werde auch komplizierte

Sachverhalte versuchen zu verstehen. Also! ... Ich bin ganz Ohr.«

»An der Stelle, an der Klara vor 26 Jahren starb, passierte letztes Jahr ein ganz schwerer Unfall mit zwei Toten. Ich wäre beinahe von diesem Unfall ebenfalls betroffen gewesen, wäre ich nicht rechtzeitig gewarnt worden. Ich hätte also genauso gut tot sein können. Einer der Polizisten, der zum Unfallort kam, war der damalige Verlobte von Klara. Und das Kuriose an der Geschichte ist nicht nur, dass an der Stelle Klara starb, sondern dass ich zufällig auch noch Ähnlichkeit mit Klara habe. Traurige Erinnerungen tauchten vor seinem geistigen Auge auf«, erklärte Franziska.

»Das heißt, ich kann meine Enkelin sehen, wenn ich Sie anschaue?«, fragte Burgmannshoff und hielt den Kopf leicht schräg.

»Das könnte man so sagen, ja ... ähm, Moment mal«, Franziska kramte in ihrer Handtasche, um den Abzug von Klaras Fotografie, den Bruno ihr gab, herauszusuchen, und reichte ihn Burgmannshoff mit den Worten: »Das war sie.«

Burgmannshoff nahm das Bild und schaute es lange an ... dann wanderte sein Blick vom Bild zu Franziska und wieder zurück: »Tatsächlich«, sagte er. »Und ...«, er räusperte sich, »... wer hat Sie gewarnt, am Unfallort?« Er schmunzelte, als würde er die Antwort schon erahnen.

Und es war genau diese Frage, die Franziska befürchtete, doch sie antwortete, kurz und bündig, als wäre es das Selbstverständlichste der Welt: »Klara.«

»Klara?«, wiederholte Burgmannshoff, »die tote Klara?«

»Ja, Klara«, bestätigte Franziska mit einem unguten Gefühl. Sie erwartete einen spöttischen Kommentar.

»Tja, jetzt war der Sachverhalt tatsächlich doch etwas zu kompliziert, um ihn logisch zu erfassen, muss ich ehrlich zugeben«, Burgmannshoff schmunzelte wieder, und dieses Schmunzeln wirkte verdächtig, so dass Franziska das Gefühl hatte, er veräpple sie nur.

»Gibt's so etwas überhaupt?«, fragte er.

Ralf nickte bestätigend, und erklärte dass es nicht das erste Mal gewesen sei, dass solche Begegnungen passierten, »auch wenn es sich für manche Leute komisch anhört … doch so ungewöhnlich ist es nicht …«

Franziska indes war sich jetzt, nach Ralfs kurzer Bestätigung solcher Phänomene, sicher, dass sie den alten Herrn von dieser ungewöhnlichen Neuigkeit nicht mehr überzeugen musste, nachdem er so geschmunzelt hatte. Sie schaute ihn erwartungsvoll an.

»Sie brauchen sich nicht so viel Mühe zu geben«, richtete Burgmannshoff das Wort an Ralf. Und es klang nicht böse. Die Stimme war sanft, und er lächelte dabei.

Ralf schaute Franziska, die ganz entspannt wirkte, nur fragend an.

»Ja, ja«, erklärte der alte Mann und lächelte wieder, »so ungewöhnlich finde ich die Sache gar nicht. Nie bisher wagte ich darüber zu sprechen, weil ich dachte man würde mich für verrückt erklären und in die Klapse stecken wollen. Aber jetzt, jetzt da Sie mir so etwas erzählen, jetzt traue ich mich auch aus der Reserve.« Er machte eine kurze Verschnaufpause. Das Gespräch schien ihn angestrengt zu haben, doch dann fuhr er weiter: »Als meine Frau starb, hatte ich sehr gelitten. Wissen Sie, sie war eine wunderbare Frau ... ich glaube, ich sagte es schon ... wir führten eine wunderbare Ehe. Und dann starb sie mir einfach weg. Ganz plötzlich war sie nicht mehr da. Tja, und dann stand sie eines Abends an meinem Bett und lächelte mich an. Von da an kam sie immer wieder, nur weil ich nicht loslassen konnte. Ich glaube, sie wollte, dass ich sie gehen ließ. Ich brauchte eine Weile, bis ich das begriff; dann ließ ich sie los und sie kam nicht mehr wieder. Aber erzählen Sie so etwas mal den Leuten. Die erklären Sie für verrückt. Und wer will schon als verrückt gelten?«

Franziska tat nach diesen Worten einen ganz tiefen Seufzer. Mein Gott, wie hatte sie Angst, das, was sie erlebte, zu erklären. Und nun ist da dieser alte Mann und sprach es so selbstverständlich aus, als wäre es das Natürlichste der Welt. Sie konnte es selbst noch gar nicht richtig fassen.

Wieder schmunzelte der alte Herr und sagte: »Jetzt haben Sie aber einen tiefen Seufzer getan. Hatten Sie solche Angst, darüber zu sprechen?« Franziska nickte.

»Sehen Sie, ich auch. Doch jetzt freute ich mich, endlich einen Menschen getroffen zu haben, der Ähnliches erlebte. Aber lassen Sie uns wieder zu unserer Geschichte, derentwegen Sie ja hier sind, zurückkommen. Wozu müssen Sie das alles denn nun wissen? Was haben Sie davon von Ihrer Forschungsarbeit über Susanne und ihre Tochter?«

»Jetzt da wir schon so weit gekommen sind, kann ich ja Klartext sprechen«, begann Franziska, und Burgmannshoff befürchtete bei dieser Wortwahl, dass hinter dem Besuch doch nicht so gute Absichten dahinterstecken könnten. Er zog seine Augenbrauen hoch, und schaute Franziska fragend und kritisch zugleich an. »Das heißt, Sie haben bis jetzt noch nicht Klartext gesprochen? Jetzt bin ich aber gespannt, worauf Sie mich jetzt noch vorbereiten wollen.«

»Ihre Frau wollte, dass Sie sie loslassen. Es ging ihr dabei nicht um sie selbst, sondern um *Sie* Herr Burgmannshoff. Sie wollte, dass *Sie* wieder leben und nicht mehr leiden. Und ähnlich ist es auch bei Klara. Klara hat einen Wunsch. Sie möchte ihren unfreiwilligen Tod aufgeklärt wissen … nicht für sich, sondern für ihren damaligen Verlobten und für den Unfallfahrer, auch wenn der nicht mehr lebt, aber so könnte er zumindest postum rehabilitiert werden.«

»Aber, da gibt es doch nichts aufzuklären. Der Fahrer war betrunken und hat sie überfahren. Ich verstehe das nicht.«

»Bitte erinnern Sie sich, was ich Ihnen über den Unfallfahrer sagte«, appellierte Franziska an Burgmannshoffs Erinnerungsvermögen.

»Richtig, ja, ja … der junge Mann beteuerte seine Unschuld, niemand glaubte ihm und er hatte sich erhängt.« Er schüttelte den Kopf, »wie konnte ich das nur vergessen. Dabei war ich immer stolz, dass ich in meinem Alter ein noch so gut funktionierendes Gedächtnis habe.«

Franziska musste lachen. »Sie haben es ja nicht vergessen, Sie hatten nur die richtige Schublade nicht auf Anhieb gefunden. Aber nochmals zurück zum Klartext. Wenn der Unfallfahrer vielleicht doch unschuldig war – er behauptete nämlich, dass Klara und ihr Fahrrad ihm vors Auto geworfen wurden, und er hatte das

Gefühl, dass sie schon tot war – dann war es Mord. Der junge Mann hatte gerade mal 0,6 Promille. Das ist nicht viel. Er konnte also noch ganz klar denken.«

Burgmannshoff riss erschrocken die Augen auf: »Ja, dann wäre das definitiv Mord! Du heiliger Strohsack. Wer könnte so etwas denn getan haben?«

Jetzt fuhr Franziska das scharfe Geschütz auf: »Fuhr Ihr Sohn damals einen weißen Mercedes? So ein ganz edles teures Teil?«

»Mein Sohn fuhr immer nur Mercedes, auch heute noch«, bestätigte Burgmannshoff, fügte aber gleich an: »er hatte aber nie einen Unfall. Das hätte ich mitbekommen.«

»Das glaube ich, das war auch nicht die Frage. Ich erzählte Ihnen ja, dass Klara vor ein Auto geworfen wurde. Ich sagte nicht, dass sie vom Mercedes überfahren wurde«, korrigierte Franziska.

Wieder stand ein großes Fragezeichen im Raum. Burgmannshoff begriff natürlich nicht. Wie sollte er auch? Erst, als er erfuhr, dass gleich nach dem Unfall ein weißer Mercedes aufkreuzte und, nachdem sich die Insassen von der Schwere von Klaras Verletzung vergewissert hatten, weiterfuhr, ging ihm ein Licht auf. Franziska hatte es bewusst so formuliert, dass die Typen sich nicht von Klaras Tod überzeugen mussten, wenn sie sie schon zuvor getötet hatten. Es war spekulativ, das wusste Franziska, aber es war für sie die einzig richtige Option, weil alles zusammenpasste.

»Also, Sie denken, mein Sohn hatte, zusammen mit anderen Typen, Klara umgebracht?«, der alte Mann war erschüttert, »warum sollte er das getan haben?«

»War Ihr Sohn damals vor 26 Jahren ähm …«, Franziska versuchte sich an Sabine Lilienthals Worte zu erinnern, «… war er damals so zwischen 35 und 40 Jahre alt? So nämlich, sagte mir die Schwester des Unfallfahrers, habe ihr Bruder die Autoinsassen des Mercedes geschätzt …«, Franziska überschlug kurz im Kopf … ›18+20‹ und beendete endgültig ihren Satz, »… vielleicht 38 Jahre alt?«

Der alte Mann erschrak bei diesen Worten. Er fühlte plötzlich einen unsäglichen Schmerz. Sein Blick war düster und traurig zugleich, denn auch er überschlug ganz schnell im Kopf. »Ja, mein Sohn war damals 38, ja. Aber warum? … warum sollte er das getan haben?« Eine Träne stahl sich in seine Augenwinkel. Mit zittrigen Händen wischte er sie fort.

»Ich kann mir nur vorstellen, dass Klara irgendwie auf der Spur war, ihren Vater zu finden, und vielleicht hatte sie dabei etwas entdeckt, das für Ihren Sohn hätte äußerst unangenehm werden können, denn Vaterschaft, alleine genügt nicht für einen Mord. Sie selbst, Herr Burgmannshoff, sagten mir, dass dieser Sohn Ihnen und Ihrer Frau seit jeher Kummer bereitete, dass er ein elendiger Nichtsnutz sei. Das könnte eine Bestätigung sein … zum Beispiel dafür, dass er womöglich schwerwiegendere Dinge auf dem Kerbholz hatte, als nur Frauengeschichten, oder eine Vaterschaft, zu der er nicht stand.«, erklärte Franziska.

Das alles war erdrückend für Burgmannshoff, sein Inneres aufgewühlt. Es schmerzte ihn.

Mit diesen letzten Worten, war für Franziska die Zeit gekommen, sich zu verabschieden. Sie überreichte dem Hausherrn ihre Visitenkarte, auf der auch ihr

Konterfei zu sehen war, mit den Worten: »Über diese Adresse können Sie mich erreichen, wenn Sie noch Fragen haben sollten.«

Er nahm sie dankend entgegen und legte sie auf der niedrigen Kommode im Flur ab.

Dann verließen Franziska und Ralf den alten Mann. Der ihnen zum Abschied versprach, dass er sich seinen Sohn vorknöpfen wolle. Er meinte, dass diese Sache ihm keine Ruhe ließe, und dass er erst Gewissheit haben wolle, immer noch in der Hoffnung, dass es vielleicht doch nicht stimmte, dass das alles nur Mutmaßungen gewesen seien, die sich als unrichtig herausstellen würden. »Mein Sohn war zwar immer ein Lebemann, ein Nichtsnutz, aber als fiesen Mörder kann ich ihn mir nicht vorstellen.«

Auf dem Weg zurück nach Haltingen sprachen Franziska und Ralf kaum ein Wort. Beide waren sie in Gedanken versunken. Plötzlich war irgendwie alles so unverrückbar klar. Erst als Ralf Franziska zu Hause ablieferte, drückte er seine Bewunderung für ihren Scharfsinn und ihre Fähigkeit einer gezielten und psychologisch gekonnten Gesprächsführung aus.

Franziska gab ihm ein Küsschen auf die Wange und sagte nur »Deine Anwesenheit gab mir Kraft und Sicherheit. Ihr zwei, du und Klara. Danke.«

Diese Nacht dachte sie noch lange an den alten vornehmen und humorvollen alten Mann. Sie musste dabei schmunzeln. Ja er gefiel ihr und sie hatte ein gutes Gefühl.

Nicht anders erging es Ralf. Auch er ließ das Gespräch bei Burgmannshoff Revue passieren.

Kapitel 13

Am 31. März, es war gerade Schulferienzeit – die ältere seiner Enkelinnen, eine Lehrerin war nämlich ferienabhängig – lud der alte Herr von Burgmannshoff zur Feier seines 94. Geburtstages ein. Er wollte in diesem Jahr nur in kleiner Runde feiern. Er war zu betrübt, um eine große Fete zu arrangieren, was ja auch zusätzlicher Leute aus dem Service zur Unterstützung bedurft hätte. Elisa seine treue Angestellte empfing dessen Söhne an der Türe. Maximilian mit Frau Roswitha und seinen zwei Töchtern Helena und Beate.

Der unverheiratete Lebemann Alexander erschien alleine. Er hatte zwar im Moment wieder mal eine Lebenspartnerin, aber er wollte seinen alten Vater nicht schon wieder mit einer Neuen konfrontieren, zumal er wusste, dass der alte Herr auf seinen Lebensstil nicht gerade gut zu sprechen war. Der wusste nämlich zu genau, was sein Sohn unter dem Wort ›*Lebenspartnerin*‹ verstand. Es waren meist sehr *kurze Leben*.

»Wie ist der alte Herr drauf heute?«, fragte Alexander die Hausdame Elisa.

Die gute Elisa kannte ihren Herrn zu gut, um veränderte Gefühlsregungen nicht sofort zu erkennen, auch wenn er selbst nie darüber sprach. So sagte sie: »Es geht ihm nicht so gut.«

Der alte Burgmannshoff erwartete seine Familie in der Bibliothek. Sein Blick war düster. Zu sehr beschäftigte ihn die Sache, mit der er von dieser jungen Frau und ihrem Freund konfrontiert wurde. Seit langem betete der nicht gerade gläubige Burgmannshoff wieder. Er war zwar kein Atheist, aber mit der Kirche konnte er nichts anfangen, für ihn gab es nur Gott und sonst nichts, auch wenn er das Beten schon fast verlernt hatte. Aber jetzt, seit diesem Besuch, betete er, immer nachts, wenn er im Bett lag und die Vorstellung vor seinem inneren Auge vorbeizog. ›*Oh Herr, lass es nicht wahr sein, ich flehe dich an. Mein Sohn mag missraten sein, ein Nichtsnutz, aber er ist doch kein Mörder.*‹

Als seine Söhne mit Familie eintraten und ihm mit einem gesungenen Happy Birthday gratulierten, umarmte der Senior nach dem Abklingen des Liedes zuerst Maximilian, dessen Frau und seine beiden Enkelinnen, die er über alles liebte. Dann kam Alexander an die Reihe, natürlich umarmte er auch ihn, er war ja schließlich sein Sohn, dessen Aussehen dem seinen in jungen Jahren sehr ähnelte. Doch die Umarmung unterschied sich von den vorigen. Sie wirkte distanzierter, lange nicht so innig.

Die Schwiegertochter fragte ihn besorgt: »Schwiegerpapa, du siehst bedrückt aus. Geht es dir nicht gut?

»Nun, liebe Roswitha, weißt du, das Alter hinterlässt halt seine Spuren. Aber ich kann noch aufrecht stehen und gehen. Das ist ja schon mal was, auch wenn ich beim Gehen zur Balance einen Stock brauche.«

Helena bauchpinselte ihren Großpapa mit »für uns bist du immer derselbe.«

»Ja stimmt«, gab die jüngere Beate ihrer Schwester recht.« Der Senior lächelte die beiden liebevoll an und sagte, »wir unterhalten uns dann wieder darüber, wenn ihr mein Alter erreicht habt.«

Jetzt lachten alle, denn jetzt war der Opa wieder der, wie man ihn seit jeher kannte – der Humorvolle.

Die Feier war trotz des Kummers, der den Senior plagte, ein schönes gemütliches Fest. Elisa hatte mit Hilfe von Martha, die immer mal wieder einsprang, wenn Not an Frau war, ein köstliches Essen zubereitet. Alle waren zufrieden. Gegen 18:00 Uhr machte sich die Familie bereit zum Aufbruch.

Wieder umarmte der Großvater zuerst Maximilians Familie und als er zu Alexander kam, richtete er, statt ihn zu umarmen, die Bitte an ihn: »Du bleib noch da, ich möchte mit dir reden.« Es ähnelte schon eher einem Befehl, denn einer Bitte. Alexander wusste, dass, wenn sein alter Herr ihn so bestimmt aufforderte, er besser nicht widersprechen sollte. Das gebot ihm der Respekt, den er vor seinem Vater hatte. Er war sich zwar keiner Schuld bewusst, die Grund zur Muffe vor Schelte gewesen wäre, aber ein schlechtes Gewissen war halt immer latent vorhanden, da er ja wusste, dass sein Vater nicht besonders gut auf ihn zu sprechen war. Sein Vater gab sich zwar immer Mühe, ihm sein Missfallen zu seinem Lebensstil nicht stets spüren zu lassen, das wusste Alexander, aber ein komisches Gefühl der Ungewissheit war halt immer da. Nachdem Maximilian mit Familie gegangen war, zogen sich die beiden Alexander wieder in die Bibliothek zurück. Von Elisa ließ der Herr des Hauses noch Tee bringen mit der klaren Anweisung, dass er danach nicht gestört werden wolle: »Bitte keine Störung, kein Telefon, kein Besuch, nichts.« Das klang sehr bestimmt.

›Ooops‹, dachte der Sohn, ›*das verheißt ja nicht gerade Gutes. Nun, mal sehen, was der alte Herr von mir will.*‹

»Na Vater, was liegt dir auf dem Herzen«, begann Alexander Junior. Er war ein bisschen nervös, obwohl er wusste, dass der Vater ihm noch nie ein Haar gekrümmt hatte. Wenn's nötig war, holte er ihn sogar aus einem Schlamassel, in den er sich selbst hineinmanövriert hatte, wieder heraus – wie damals als er Susanne geschwängert hatte.

Ich erhielt vor Ostern Besuch«, begann der Senior, »es war eine junge hübsche Frau mit ihrem Freund. Sie hatte ein ganz besonderes Anliegen. Und zwar ging es ihr darum, die genauen Umstände eines Unfalls, der vor 26 Jahren passierte, in Erfahrung zu bringen. Sie hatte schon gute Vorarbeit geleistet, indem sie akribisch recherchiert hatte.«

»Und warum kam sie damit zu dir? Wieso sollte es ausgerechnet dich interessieren?«, fragte der überrumpelte Junior, der sich im Moment nicht vorstellen konnte, welche junge Frau bei seinem alten Herrn gewesen sein könnte, und warum er nun ihn, den Junior, damit konfrontierte? Brachte sein Vater vielleicht ihn mit der Sache in Verbindung? Aber erstmal abwarten, was Papa dazu zu sagen hat.

»Sie kam damit zu mir, weil es sich damals um eine junge Frau handelte, die bei diesem Unfall starb.

»Aha? Und weiter?«

»Im weiteren Gespräch erfuhr ich, dass es sich um meine Enkelin handelte«, erklärte der Vater.

Alexander schluckte einen Moment. In seinem Kopf arbeitete es, und zwar unangenehm. Doch der Lebemann war natürlich gewohnt, seine Gefühle nicht zu zeigen. Er war sozusagen immun gegen Sentimentalität. Solche Gefühle, die ihn verrieten, ließ er nicht zu. Darin war er bestens geübt, gar ein Meister. Jetzt wollte er nur noch hören, was sein Vater dazu noch zu sagen hatte.

Stattdessen aber richtete der Vater genau diese Frage an ihn: »Hast du dazu nichts zu sagen?, fragte Alexander Senior seinen Sohn.

»Was sollte ich denn dazu sagen?, fragte der Junior, »du hast zwei Enkelinnen, und beide leben noch, und sie waren heute auf deiner Geburtstagsfeier zu Besuch. Es klingt ein bisschen seltsam, was du da erzählst.« Er klang sehr selbstsicher, das war immer schon so. Er erholte sich in Sekundenschnelle von Attacken unangenehmer Gefühle. ›Ich lasse es mal ganz entspannt auf mich zukommen‹, dachte er.

»Du weißt zu gut, dass ich drei Enkelinnen hatte, oder hast du das vergessen? Die Mutter hatte ich damals leider abgespeist mit Geld, damit sie weiter schwieg. Ja du hast richtig gehört, ich sagte ›leider‹, denn heute weiß ich, dass ich das nicht hätte tun sollen, nur weil mein Sohn seine Triebe nicht im Griff hatte.«

»Ej, Vater, ich habe das Mädchen nicht vergewaltigt«, warf Alexander ein.

»Das weiß ich, stell dir vor. Die Schülerin war in dich verliebt und gab sich dir hin in diesem starken Gefühl, zu dem nur die Liebe fähig sein kann.«

»Ja und jetzt? Was willst du mir nach so langer Zeit damit sagen. Willst du mir jetzt im Nachhinein noch Vorwürfe machen? Ich war damals gerade mal siebzehn Jahre alt, als ich mit dem Mädchen was hatte. Sie war zwar erst fünfzehn, aber sie war kein Kind mehr. Sie war eine Frau, zumindest körperlich. Ein richtiges Rasseweib war sie«, schwärmte er im Nachhinein noch. »Das ist doch alles passé.«

»Passé? Das war es … bis dieses Jahr vor Ostern, bevor diese junge Frau mit ihrem Freund zu mir kam.«

Alexander spürte wieder dieses unangenehme Gefühl der Unsicherheit. Und wieder holte er sich zurück auf den Boden der Unschuld, die er seinem Vater demonstrieren musste. Er fragte sich gedanklich, wer denn überhaupt heute noch irgendetwas aufgespürt haben wollte, was damals nicht einmal die Polizei schaffte. Und wenn es eine junge Frau war, wie der Vater sagte, dann erst recht nicht. Wenn schon, dann müsste es jemand in seinem Alter sein, denn er war inzwischen 64 Jahre alt, also auch schon ein gesetzter Herr. ›War's vielleicht der Junge, der damals dabei war?‹, fragte er sich, ›Aber nein, der ist ausgewandert, lebt nicht mehr hier in Deutschland.‹ Er blieb seiner kaltblütigen Gewohnheit gemäß, ruhig und gelassen. Und so fragte er: »Eine junge Frau? Wie jung denn?«

»Sie war 22 Jahre alt und sah aus wie … «, der Senior räusperte sich, »… wie Klara.«

»Klara? Wer zum Teufel ist Klara?«

»Klara ist deine Tochter und meine Enkelin.«

»Aha … und du bist dir ganz sicher, dass sie Klara heißt und meine Tochter ist, wenn nicht mal ich es wusste? Wie kannst du das behaupten? Susanne verschwand damals aus meinem Leben. Ich glaube gehört zu haben, dass sie mit ihrem Kind ausgewandert sei. Und wie konntest du mit Bestimmtheit sagen, dass die junge Frau dieser Klara ähnlich sah?«

»Diese junge Frau zeigte mir ein Foto, der damals 20jährigen Klara, das aufgenommen wurde, bevor sie bei einem Verkehrsunfall starb, und ich konnte die Ähnlichkeit ganz klar erkennen«, erklärte der Senior mit Bestimmtheit.

»So, das hörte sich ja jetzt alles sehr interessant an, ich weiß aber immer noch nicht, warum du mir das alles unter vier Augen unterbreiten musstest.«

»Weil jetzt, so viele Jahre nach dem Unfall der Verdacht aufkam, dass es gar kein Unfall, sondern Mord war. An jenem Abend erschien ein weißer Mercedes mit drei oder vier Insassen an der Unfallstelle. Die Typen hatten sich etwas seltsam verhalten, mit seltsam meine ich ›respektlos‹.«

Der Junior tat so, als würde er scharf überlegen. Schließlich sagte er: »Ähm ... oh, ich glaube ich höre sie trapsen die Nachtigall«, er lachte, »ich fuhr immer schon Mercedes und am liebsten in weißer Farbe ... ich fand, dass die weiße Farbe edler als alle anderen wirkte. Soll das nun mein Mercedes mit mehreren Insassen gewesen sein?«, fragte er ganz unschuldig.

»Ja, und ich frage dich jetzt aufs Gesicht zu: hast du etwas mit Klaras Tod zu tun?«

»Vater, ich fahre schon so lange Auto, ich hatte noch nie einen Unfall«, erklärte der Sohn.

»Ich sagte dir doch, dass der Mercedes nach dem Unfall erschien«, korrigierte der Senior Alexanders Argumente.

»Vater, das kommt immer wieder mal vor, dass ein Auto zufällig an einem Unfallort vorbeifährt, daran ist doch nichts ungewöhnlich, oder? Nur, mein Auto war es nicht, und ich kannte bis heute auch keine Klara.

Und überhaupt, wenn der Unfall schon passiert war, warum sollte es denn dann Mord gewesen sein? Sorry, ich kann dir da nicht folgen.«

»Eben wegen dieser Respektlosigkeit, die die Leute im Mercedes an den Tag legten. Außerdem beteuerte der Unfallfahrer, dass die junge, leblose Frau vor seinen Wagen geworfen wurde. Dann war es ganz klar Mord«, der Senior klopfte mit seinem Stock energisch auf den Boden und fragte mit strenger Stimme: »warst du es? Hast du etwas mit dem Mord zu tun?«

Der Junior räusperte sich, bevor er zu sprechen begann, »es enttäuscht mich sehr Papa, dass du mir das zutraust. Ja, ich habe in meinem Leben viel Mist gebaut, ja, ich war ein Filou … aber ich bin doch kein Mörder. Warum sollte ich diese Frau ermordet haben? Wenn ich nach so vielen Jahren meiner Tochter begegnet wäre, hätte ich sie doch väterlich in die Arme genommen und geherzt, aber doch nicht umgebracht.«

»Ich habe es gehofft, Alexander, nur die Fakten die diese Frau zusammengetragen hatte, die griffen alle perfekt ineinander.«

»Das hört sich alles sehr geheimnisvoll an. Wie hieß denn die junge Dame?«, fragte der Junior, und ergänzte mit seiner Vermutung: »Du bist da doch einer Betrügerin aufgesessen.«

»Sie hatte nicht wie eine Betrügerin ausgesehen, und sie wirkte auch nicht so.«

»Betrügern sieht man ihre wahren Absichten in der Regel nicht an. Sie kommen ganz freundlich und lieb daher und hauen einen dann in die Pfanne. Mich würde interessieren, was die Frau vorhatte, dass sie ausgerechnet dich mit dieser abstrusen Geschichte konfrontierte. Ich könnte mir vorstellen, dass die und ihr Typ irgendwie auf Wertsachen und Geld aus waren. Vielleicht wollten sie deine Villa auskundschaften für einen späteren Einbruch. Das gibt's immer wieder. Hast du sie denn rein gelassen?«

»Natürlich, es war schließlich ein längeres und nicht gerade unproblematisches Gespräch.«

»Das war nicht gut. Papa, lass dich nicht einwickeln. Solche Leute sind gefährlich«, versuchte der Filius die Thematik in eine ganz andere Richtung zu kehren, und um seinen Vater einzuschüchtern.

Der alte Herr wusste im Moment tatsächlich nicht, was er glauben sollte. So wie es aussah, hatte sein Sohn tatsächlich keine Ahnung. Er wusste nicht einmal wie seine Tochter hieß. Wem sollte er denn jetzt glauben? Dieser jungen Frau oder seinem Sohn. Es könnte natürlich schon so gewesen sein, dass da ein anderer Mercedes auftauchte, damals. Alexanders Auto ist schließlich nicht das einzige dieser Marke und dieser Farbe. Burgmannshoff, war innerlich wie zerrissen.

»Vater, ich sollte jetzt wirklich langsam gehen. Meine Partnerin wartet im Café Pape. Wir wollten heute noch ins Kino gehen«, drängte der Junior.

»Ja, ja, schon gut.«

»Wegen dieser Geschichte; da könnten wir es doch so machen. Wenn diese junge Frau sich wieder meldet, dann vereinbarst du mit ihr einen Termin, zu dem ich dann hinzukomme. Dann werden wir mal sehen. Sie soll mir ihre Anschuldigung ins Gesicht sagen.«

Er verabschiedete sich von seinem Vater, umarmte ihn, wie er es immer schon tat und sagte: »Abgemacht? Also ich meine wegen meines Vorschlags.«

Der alte Herr nickte.

»Okay, Vater, dann bin ich mal gegangen. Du brauchst mich nicht zur Tür zu begleiten. Ich finde hinaus.«

Als er draußen im Flur an der Kommode voreigehen wollte, fiel sein Blick auf ein kleines weißes Visitenkärtchen, das dort obenauf lag. Er warf einen kurzen Blick darauf. Einen Moment erschrak er, weil er glaubte, Klara in dem Konterfei erkannt zu haben. »Aha, Franziska Schnyder, in Haltingen«, las er. Er holte sein Handy aus der Tasche, schaute sich kurz um, um sich zu vergewissern, dass er nicht beobachtet wurde, und fotografierte das Kärtchen in aller Schnelle ab.

Es war ein schöner, angenehmer Start in den Monat April. Zur Freude aller begann er mit viel Sonnenschein und frühlingshaften Temperaturen, während das Quecksilber exakt zum 1. April dank eines kräftigen Hochs auf 20°C stieg. Mit viel Sonnenschein sollte es, gemäß Wetterbericht, dann auch noch kurze Zeit so bleiben.

Der alte Burgmannshoff rief einen Tag nach seiner Geburtstagsfeier bei Franziska an, um ihr mitzuteilen, dass sie mit ihrer Vermutung wohl falsch lag. Sein Sohn Alexander habe nichts mit der ganzen Sache von damals zu tun. Er habe sogar Bereitschaft gezeigt, sich mit ihr, Franziska, in der Villa auf dem Leuselhardt zu treffen, um Auge in Auge darüber zu diskutieren, und sie zu überzeugen. Der Senior selbst wolle sie dann für eine Terminabsprache anrufen.

Kapitel 14

Es war der letzte schöne, warme Apriltag, als Herbert Gisinger, Alexanders bester Freund, auf Beobachtungsposten stand. Er beobachtete das Haus, in dem Franziska wohnte.

›*Wow, die sieht der Klara doch tatsächlich ziemlich ähnlich ... könnte die Schwester sein*‹, dachte Herbert, während er Franziska auf Distanz folgte, um ihre Gewohnheiten herauszufinden.

Während der warmen Tage begann Franziska auch wieder zu joggen. Sie brauchte es, sie wollte ihren Kopf wieder frei bekommen. Ihre Recherche hatte sie soweit abgeschlossen, es gab eigentlich im Moment nichts mehr zu tun. Das einzige, was es jetzt noch brauchte, war ein Geständnis von Alexander. Auch wenn der Junior seinem alten Herrn seine Unschuld beteuerte, so glaubte sie nicht daran. Jetzt galt es nur noch zu warten, bis der alte Herr von Burgmannshoff für einen Termin anrief, so wie er ihr versprochen hatte. Sie hatte auch mit Bruno gesprochen, und der hatte ihr gesagt, dass er sie zu diesem Termin begleiten wolle, denn wenn ein Polizist zugegen war, würde die Besprechung mehr Wirkung zeitigen. Für ihn waren nämlich die Fakten, die Franziska zusammengetragen hatte, viel zu eindeutig, um der Unschuldsversicherung dieses Alexanders Glauben zu schenken. Er wollte Klarheit. Und wenn es denn so war, dann sollte er bestraft werden. Dafür würde er alles nur Mögliche in Bewegung setzen.

Als Franziska nach einer Woche, seit dem letzten Anruf von Burgmannshoff immer noch keine Nachricht erhielt, rief sie selbst bei ihm an.

»Ja, Frau Schnyder … ich weiß, ich wollte Sie wegen eines Termins anrufen. Ich hatte es nicht vergessen. Das Problem ist nur, dass ich von meinem Sohn gestern angerufen wurde, er sei mit seiner Partnerin überraschend in Urlaub geflogen … sozusagen in die Sonne. Bei dem plötzlichen Kälteeinbruch gestern … das kann man ja verstehen. Ich werde Sie gleich anrufen, sobald er wieder zurück ist. Es könnte aber Mai werden, er ist nämlich weiter weg geflogen, nach Mauritius. Sie brauchen sich also keine Gedanken zu machen. Das Treffen wird stattfinden, der Vorschlag kam schließlich von ihm … ich weiß, ich hatte sehr über ihn geschimpft, als Sie bei mir waren. Ich nannte ihn einen Nichtsnutz, aber er hat auch seine guten Seiten. Wenn er etwas verspricht, dann hält er es auch«, erklärte Burgmannshoff, »Tut mir leid, dass wir jetzt so lange warten müssen.«

›Nicht so schlimm‹, dachte Franziska. Ja, sie hatte jetzt den Kopf mit anderen Dingen voll. Sie beschäftigte sich mit ihrer Wohnungssuche. Zwei hatte sie angeschaut, und beide hätte sie sofort beziehen können. Jetzt musste sie sich entscheiden, aber sie wusste schon welche. Eine hatte es ihr ganz besonders angetan.

Oliver hatte es eingesehen, dass Franziska erst einmal alleine leben wollte, und die Wohnung gefiel ihm selbst auch sehr gut. Er war beim zweiten Besichtigungstermin nämlich dabei. Sie selbst versprach ihm, dass sie trotzdem, wie bisher – also bevor sie sich mit dem Fall Klara befasste – viel mit ihm unternehmen wolle. Ralf traf sie kaum noch, denn es gab nichts mehr zu recherchieren, somit brauchte sie auch keine Unterstützung mehr. Dann und wann, sagte Ralf, wolle er sie zusammen mit Oliver zu Da Roberto einladen. Einfach nur, um zu plaudern, vor allem auch ein bisschen über ihre gemeinsame Recherchearbeit zu sprechen und darüber, was sie in relativ kurzer Zeit alles herausgefunden hatten. Das Leben stimmte wieder – für alle. Franziska versprach, dass sie zwischendurch auch Ralfs Schwester wieder besuchen wolle.

Außerdem verspürte sie noch eine Verpflichtung. Sie wollte Susannes Eltern in Freiburg Bericht zu ihrer Tochter erstatten. Sie wollte deren Ruf wieder herstellen, auch wenn es der Verstorbenen nichts mehr nutzte, so doch den alten Leuten. Das Wissen, dass Susanne kein Flittchen war, sondern eine treusorgende Mutter, würde ihnen vielleicht inneren Frieden geben. Natürlich würde die Nachricht über Susannes zu frühem Ableben sicher schmerzen, vor allem weil sie nun keine Chance mehr hatten mit ihrer Tochter zu sprechen, um Frieden zu schließen, um endlich aufzuräumen. Viele Jahre waren leider sinnlos ohne Kontakt verstrichen.

Tatsächlich war es auch so, dass die alte Frau Weber am Telefon bitterlich weinte. Hier spürte man, dass die Mutterliebe zur verschmähten Tochter eben doch existierte.

Plötzlich hörten die Eltern ganz andere Geschichten, als jene, die sie von ihrer Tochter bisher annahmen und auch glaubten, weil alle es sagten. Plötzlich galt sie als eine wunderbare Frau, auch wenn sie zu dem Kind von einem Hallodri, der sie ablegte, wie ein altes Kleidungsstück, keine Gefühle aufbringen konnte. Eine liebende, glücklich verheiratete Mutter, würde sicherlich nie Verständnis dafür aufbringen, dass eine Mutter ihr Kind ablehnt, schon gar nicht, wenn sie selbst nie in eine solche Lage versetzt wurde; empathische Menschen hingegen schon. Am Schluss wollten die Webers auch noch wissen, was Franziska über Klaras Vater herausgefunden hatte, vor allen Dingen wer er war. Doch darüber wollte Franziska noch nichts sagen, solange der Mord an Klara nicht offiziell aufgeklärt war. Die Webers zeigten Verständnis, waren aber ziemlich überrascht darüber, zu hören, dass ihre Enkelin vermutlich nicht einem Unfall, sondern einem Mord zum Opfer gefallen sein soll. Auf die Frage, ›*warum denn Klara, ausgerechnet Klara*?‹ erhielt Frau Weber von Franziska nur eine kurze Erklärung ›*Vermutlich wusste sie zu viel ... ihren Vater betreffend ... was genau? Tja, das galt es herauszufinden, und es würde schwierig werden ... und, wenn es denn so war, würde es keinem Betroffenen wirklich noch etwas bringen, einzig der Mord würde gesühnt werden.*‹ Sie konnte das zwar nicht verstehen, aber wenn Franziska es gesagt hatte, war sicher etwas dran. Sie hatte ja so viel schon herausbekommen.

Natürlich wurden die Webers jetzt von zweierlei Empfindungen gleichzeitig ergriffen ... zum einen von innerem Frieden und einem Gefühl der Liebe, zum anderen aber von unendlicher Trauer.

Bei der Heldin, die so unerbittlich forschte, bedankten sie sich für deren Hartnäckigkeit. Das Tollste für sie war, dass Franziska ihnen die Telefonnummer ihres Schwiegersohnes und ihrer drei Enkel, die ja alle im Gästehaus mitarbeiteten aushändigte. Sie wollten sich bei ihrem Schwiegersohn und Familie entschuldigen für etwas, an dem sie selbst gewissermaßen keine Schuld trugen, und doch fühlten sie sich schuldig. Aber vor allen Dingen war deren größter Wunsch, ihre drei Enkel endlich kennenzulernen. Vielleicht reisten sie ja mal nach Deutschland. Sie selbst fühlten sich zu alt, um nach Fuerteventura zu fliegen. Welch vergeudete Zeit!

Franziska konnte das Leben jetzt erst richtig genießen … bis eines Tages, als sie mitten in der Nacht schweißgebadet aufwachte. Sie sah Klara im Traum in einem grauen Auto sitzend, und sie hatte ihren Mund zum Schrei geöffnet; sie schlug mit beiden Fäusten gegen die Fensterscheiben. Franziska hörte sich selbst nach Hilfe schreien, weil sie das Gefühl hatte, Klara benötigte ihre Hilfe. Danach lag sie eine ganze Weile noch wach, denn der Traum ging ihr nicht aus dem Kopf, bis sie irgendwann später endlich wieder einschlafen konnte. Das kam in der folgenden Woche noch zwei Mal vor und sie fühlte sich erschöpft. ›Mein Gott, darf ich denn keine Ruhe finden?‹, fragte sie sich. Einmal sprach sie sogar laut in die Nacht: »Klara, wir sind doch fast am Ziel. Hab doch noch etwas Geduld. Gönne mir bitte die verdiente Ruhe.«

Ende April konnte sie dann in ihre eigene Wohnung in Weil am Rhein, einziehen. In einer ruhigen Umgebung im Nonnenholz, befand sich diese schnuckelige Zweizimmerwohnung. Franziska war happy.

Sie hatte es von hier aus nicht weit in den Wald beim Freibad, wo sie sich Erholung erhoffte. ›Ein idealer Ort‹, dachte sie, ›nicht weit von der Arbeit und auch nicht weit zum Joggen‹.

Oliver und Ralf halfen ihr beim Umzug und sie war froh, dass es keine Animositäten zwischen den beiden gab. Oliver war ja zeitweise ziemlich eifersüchtig … grundlos eifersüchtig, wie sie fand. Ralf war ein guter Freund, den sie sehr mochte, zumal er für sie öfter schon eine große Hilfe war, mehr als Oliver in der Lage gewesen wäre. Und dabei hatte sie sich so sehr gewünscht, dass die beiden sich ebenso als Freunde betrachteten. Oliver sollte Ralf nicht als seinen Konkurrenten sehen, das war ihr letzten Endes wichtig. Deshalb hatte sie die beiden kurzentschlossen zusammen auf den 2. Mai am Abend zum Essen in ihre Wohnung eingeladen, so quasi als Dankeschön für die Hilfe beim Umzug. Für den ersten Mai hatte sie nämlich noch geplant, dass sie sich gemütlich einrichtete, so dass sie am nächsten Tag ihre beiden Gäste in ihrer gemütlichen Wohnung empfangen konnte.

Beide waren auch pünktlich um 19:00 Uhr da, nur Franziska nicht. Sie warteten vor der Türe. »Wahrscheinlich will sie die Zeit noch ein bisschen mit Joggen nutzen …«, vermutete Oliver, »… sie ist ja so glücklich über die Lage ihrer Wohnung.

Doch die Freunde warteten vergeblich. Franziska kam nicht. Sie liefen durch den Wald, um sie zu suchen. Franziska war nirgends zu finden. Langsam bekamen sie es mit der Angst zu tun. Mittlerweile war es schon ziemlich spät. »Vielleicht hat sie jemanden getroffen und hat im Gespräch ganz vergessen, auf die Uhr zu sehen«, mutmaßte Ralf.

Um halb zehn versuchten sie, Franziska auf dem Handy zu erreichen. Sie ließen es lange klingeln. Nichts. Franziska nahm den Anruf nicht entgegen. Das allerdings war sehr seltsam. Es sah Franziska überhaupt nicht ähnlich.

»Da ist etwas passiert«, sagte Ralf besorgt und zückte sein Handy.

»Wen willst du denn jetzt anrufen?«, fragte Oliver.

»Bruno. Er gab uns seine private Handynummer, damit wir, wenn wir am Tag anrufen, ihn direkt, ohne erst verbunden werden zu müssen, kontaktieren können. Außerdem wollte er, dass wir ihn jederzeit sofort erreichen, auch abends.«

»Und wer ist Bruno?«, Oliver schien wieder mal nicht auf dem Laufenden.

»Bruno war der Verlobte von Klara.«

Wieder kam bei Oliver eine Spur Eifersucht hochgekrochen. Ralf hatte mit seiner Franziska so viel gemein, von dem er keine Ahnung hatte. Dabei hatte er nur seine Erlebnisse des Unfalls im vergangenen Jahr und das ganze Drumherum ausgeblendet und sich somit natürlich auch nicht mehr an den Namen des Polizisten erinnert, der letztes Jahr am Unfallort erschien und ihn befragte ... so befragte, dass er sich ziemlich über ihn ärgerte. Er wollte danach nichts mehr mit dem Unfall und weiteren damit zusammenhängenden Umständen zu tun haben, das heißt, er war raus aus dem Geschehen, hatte damit abgeschlossen und das war's denn auch. Im Gegenteil, er konnte nicht verstehen, dass Franziska sich im Nachhinein so sehr in diese Sache hineinkniete, nur weil sie sich einbildete, eine Tote erwarte von ihr, dass sie sich mit de-

ren Unfall, der vor so vielen Jahren passierte, befasste ...
und schon hörte er Ralf ganz aufgeregt telefonieren.

Bruno selbst gab anschließend bei der Polizei eine Vermisstenanzeige auf, weil er sich der Dringlichkeit absolut sicher war. Franziska war in Gefahr, das sagte ihm sein Instinkt. Sie hatte zu viel herausgefunden. Schon einmal musste jemand sein Leben lassen, weil diese Person zu viel herausfand, davon war er heute überzeugt. Diesmal durfte es nicht mehr passieren ... diesmal nicht. Das schwor er sich hoch und heilig.

Die Vermisstenstelle, wollte nicht gleich alle Hebel in Bewegung setzen, weil ja, wie üblich, noch zu wenig Zeit vergangen war. ›Immer dasselbe‹, dachte Bruno verärgert, ›die wollen immer warten bis es zu spät ist. Typisch Vermisstenstelle‹. Bruno schaltete deshalb seinen Freund Björn Albrecht von der Mordkommission ein, weil er auf dessen Unterstützung hoffte. Er solle sich doch höchstpersönlich bei der Vermisstenstelle für ihn einsetzen mit der Begründung ›Gefahr im Verzug‹ und vor allen Dingen solle er ordentlich Druck machen ... und der tat es dann auch, trotz der anfänglichen Zweifel, die er äußerte. Er sprach Bruno aber energisch ins Gewissen: »Ich hoffe, dass da wirklich was dran und die ganze Aktion nicht umsonst ist; ich möchte nicht einen ungerechtfertigten Schnellschuss abgeben. Das wäre mir äußerst peinlich und auch das letzte Mal gewesen, dass ich auf dich hörte«, warnte er.

»Da kannst du dich auf mein Gefühl verlassen, Björn«, gab Bruno seinem Gespür für Gefahrensituationen Nachdruck. ›Peinlichkeiten spielen nur eine Nebenrolle‹ ... Diesen Gedanken durfte er nicht aussprechen.

Kapitel 15

Franziska blinzelte. Langsam erwachte sie aus ihrer Ohnmacht. Sie lag in der Dunkelheit auf einem harten kalten Boden: ›*Wo bin ich? Wie kam ich hier her?*‹, dachte sie. Kopf und Glieder schmerzten gewaltig. Sie rief »Hallo ... ist wer da?« Doch keine Antwort; es musste ein kleiner Raum sein, denn der Schall ihrer Stimme breitete sich nicht aus. Sie wollte sich aufrichten, aber es ging nicht. Die Schmerzen waren unerträglich, und sie konnte ihre Beine nicht bewegen. ›*Mein Gott, was ist los?*‹ Sie versuchte sich zu erinnern. Bilder bewegten sich vor ihrem geistigen Auge. Es war der 1. Mai, am Abend. Sie war Joggen, es dämmerte schon ... dann war da plötzlich ein Typ hinter ihr ... ja genau ... da war ein Typ. Sie blickte über die Schulter zurück ... doch dann war der Typ ganz plötzlich neben ihr ... sie lief schneller ... immer schneller ... der Typ beschleunigte seinen Schritt ebenfalls ... ??? ... ›*komm Franziska erinnere dich ... überlege ...was geschah dann?*‹ ... sie blieb stehen ... sie wollte den Typ fragen, was er wollte ... ja, dann spürte sie einen Schlag in die Kniekehle ... er schlug mit einer Schlagwaffe ... oder war's ein Knüppel?, oder vielleicht ein Baseballschläger? Sie konnte es nicht sehen. Sie sackte nur zusammen und lag mit dem Gesicht im Dreck. Er packte sie am Arm und zog sie unsanft auf die Beine, aber die knackten ihr weg, und er schleifte sie über den Waldboden ... ›*was war dann? Erinnere dich! Was war dann?*‹ Da war das graue Auto; ein Kombi. Sie hatte das Auto doch schon mal gesehen … in Haltingen … genau, es stand nicht weit vom Haus ihrer Eltern … es fiel ihr auf, weil sie dasselbe Auto schon öfter gesehen hatte, als sie von der Arbeit nach Hause kam. Und gestern … war es wirklich gestern? Wie lange lag sie schon hier? Eine Nacht? Lag sie tatsächlich eine ganze Nacht oder zwei Nächte hier auf diesem nackten kalten Boden? … ja, es schien ihr wie eine Ewigkeit … im Wald stand genau dieses Auto wieder da. Der Typ wollte, dass sie in den Kofferraum stieg … sie konnte nicht, denn ihre Beine gehorchten nicht, nach dem Schlag in die Kniekehle. Und dann wurde es Nacht … er hatte sie mit einem Schlag auf den Kopf zusammengeschlagen … Verdammt … wie sah der Typ nur aus … ›*Erinnere dich! Wie sah er aus?*‹ … er hatte einen Bart … ja, stimmt, es war so ein Bart wie … wie … sie erinnerte sich plötzlich an Clemens' Worte: wie ein Sänger, der Doppelgänger von Dohrenkamp alias Jürgen von der Lippe … ja, so ähnlich sah er aus, nur härter … Plötzlich schoss es ihr durch den Kopf … graues Auto! Graues Auto? Hände schlugen gegen die Fensterscheiben … dann sagte sie laut »Klara?« … ›*mein Gott ist das dunkel hier drinnen*‹ … und wieder sprach sie: »Klara, als du mir in letzter Zeit im Traum erschienen bist, wolltest du mich da warnen? Hast du gewusst, dass der Typ mit dem grauen Kombi … oh nein, hat das vielleicht mit meinen Recherchen zu tun?« Franziska überlegte krampfhaft … ›*was war es für eine Marke, dieses graue Auto? Erinnere dich Franziska, erinnere dich! Du verstehst doch etwas von Autos. Du hast dich doch schon als kleines Mädel immer für Autos interessiert. Du hast die Marke genau ge-*

sehen. ... *Verdammt, die MARKE!*‹ Sie wollte sich wieder aufrichten, aber es ging nicht. ›*warum kannst du denn nicht aufstehen? Ist es wegen des Schlags in die Kniekehle? Ah, jetzt weiß ich es, die Marke, das war ein Ford. Oder war's ein Skoda Octavia Combi? Nein, es war ein Ford Focus Kombi. Die sehen sich ähnlich – überhaupt, alle Autos vom gleichen Typ sehen sich heutzutage irgendwie ähnlich. Aber es war ein Ford, ja es war ein Ford ... das Kennzeichen? Du hattest doch das Kennzeichen genau gesehen, als das Auto in Haltingen stand ...*‹ Sie grübelte. Bruchstücke erschienen. Da war eine vier, nein zwei vieren. Klick ›*454, richtig, das war die Nummer. Ein Lörracher Kennzeichen, und zwei Buchstaben – LI, ja, LI*‹. Plötzlich sah sie das Kennzeichen ganz klar vor ihrem geistigen Auge: *LÖ-LI-454.* Franziska versuchte wieder die Beine zu bewegen ... es ging nicht, unmöglich. »Hallo, ist wer da? Warum bin ich hier?«, rief sie wieder. Dann begann sie zu weinen. Sie war erschöpft, hatte Schmerzen und vor allen Dingen hatte sie Durst.

*

Die Suche nach Franziska lief auf Hochtouren. Es gingen auch Anrufe über mögliche Beobachtungen bei der Polizei ein. Auch der alte Burgmannshoff hatte davon gehört und gelesen. Als er Franziskas auf der Abbildung erkannte, war er zumindest insofern beruhigt, als dass, sein Sohn damit nichts zu tun haben konnte. ›*Mein Sohn kann es nicht gewesen sein, der ist auf Mauritius*‹, dachte er, ›*der konnte nicht an zwei Orten gleichzeitig sein. Dass ausgerechnet diese junge Frau, die mich aufsuchte, betroffen ist, ist reiner Zufall*‹, beruhigte sich der alte Herr.

Eine Frau aus dem Nonnenholz meldete sich bei

der Polizei, dass ihr im nahegelegenen Wald ein graues Auto aufgefallen sei. Es fiel ihr deshalb auf, weil es einfach nur da stand und niemand darin saß und auch in der Umgebung niemand zu sehen war.

Die Nachricht über das graue Auto verbreitete sich in der Öffentlichkeit.

Herbert Gisinger wurde etwas nervös, aber nur für einen kurzen Moment. Dann beruhigte er sich ziemlich schnell wieder. Schließlich gab es viele graue Autos, warum sollten sie ausgerechnet auf ihn kommen. Er wollte es zur Sicherheit dennoch vorerst mal in der Garage stehen lassen. ›*Ich kann ja mit meinem Motorrad fahren ... es ist ja jetzt eh Motorradsaison. Dann fällt das nicht besonders auf*‹, kühlte er seine Erregung selbst ab.

Nun gingen bei der Polizei auch Meldungen aus Haltingen über Beobachtungen, ein graues Auto betreffend, ein. Eine davon war sehr präzise. Ein grauer Kombi, sei immer sehr lange in Haltingen gestanden. Die Person, die es beobachtet hatte, konnte sogar Teile des Kennzeichens nennen ... Lörracher Kennzeichen am Ende eine 4, und dann war da noch eine 5.

»Können Sie noch Angaben zur Marke machen?«

»Ja. Es war ein Ford Kombi« Bevor der Zeuge die Polizei verließ, wurde ihm auferlegt, nichts darüber nach außen verlauten zu lassen. Dass er sich damit selbst in Gefahr bringen könnte, wog bei dieser Aufforderung mehr, als die Tatsache, dass der Täter vorgewarnt werden könnte.

»Ja, selbstverständlich«, sagte der Haltinger Bürger.

Nach diesen Angaben war für die Polizei der Zusammenhang klar. Das Auto befand sich immer in der Nähe, wo Franziska wohnte. Da hatte sie wohl irgendjemand beobachtet, um ihre Gewohnheiten ausfindig zu machen. Zum Glück gab es immer wieder neugierige Bürger, denen Veränderungen in ihrer gewohnten Umgebung auffielen.

Die Polizei verhängte intern eine Nachrichtensperre. »Nichts darf nach außen gelangen«, erklärte Björn Albrecht, seines Zeichens Hauptkommissar der Mordkommission, der versammelten Mannschaft. Ja, er hatte Erfahrung, schließlich war er früher, bevor er bei der Mordkommission Karriere machte, selbst mal bei der Vermisstenstelle. Björn Albrecht war in Alarmbereitschaft und ja, Bruno, sein Kollege und Freund hatte tatsächlich recht, das war klar. Der nächste und wichtigste Anruf kam anonym.

»Ich hab eine wichtige Aussage zur Entführung.«

»Können Sie bitte zu uns in die Direktion kommen?«, fragte der Beamte, der das Gespräch entgegennahm.

»Nein. Ich möchte lieber direkt zum Kommissar verbunden werden«, sagte der Anrufer.

»Albrecht«, meldete sich der Hauptkommissar etwas ungeduldig, da er es nicht gerne hatte, wenn jeder Anrufer zu ihm durchgestellt wurde, ohne dass der Beamte ihm schon einige Details nennen konnte, von denen er eine Wichtigkeit hätte ableiten können.

»Entschuldigen Sie Herr Albrecht, aber hier ist ein Anrufer, der behauptet eine wichtige Aussage zum Fall Franziska Schnyder machen zu können. Es hörte sich wirklich sehr wichtig an«, sagte der Beamte schuldbewusst, denn er kannte die Regel zu gut. Das half, denn auch Albrecht kannte solche Situationen, bei denen nur Durchstellen als Option blieb. Der Beamte stellte durch. ›*Uff*‹, dachte der, ›*Glück gehabt… kein An-schiss*‹. Ja die Leute hatten Respekt vor ihrem Chef.

»Spreche ich mit dem Hauptkommissar?«, fragte der Anrufer.

»Ja, und wer sind Sie?«

»Das ist nicht wichtig. Ich möchte anonym bleiben, wegen einer Geschichte, die vor mehr als 20 Jahren passiert ist«, sagte der Anrufer … Albrecht schrieb ganz schnell den Namen ›Bruno‹ auf einen Zettel, schlug mit seinem Locher energisch auf seinen Schreibtisch, um die Aufmerksamkeit seines Kollegen, Klaus Reiff, zu erhalten. Der zuckte vor Schreck zusammen. »Hä«, war das einzige, was er herausbrachte und Albrecht schob den Zettel zu Reiff hinüber, begleitet von einer eindeutigen Handbewegung, die bedeutete, er solle eiligst Bruno herholen. Reiff stürmte, wie von der Tarantel gestochen, gleich aus dem Büro.

»Einen Moment bitte«, sagte Albrecht ins Telefon, »soeben kommt meine Mitarbeiterin, die mir eine Notiz vorlegen will«, log er. Er murmelte etwas, ziemlich leise, so dass der Anrufer das Gefühl haben musste, er spreche mit eben dieser Assistentin. Und schon kam der Kollege mit Bruno zurück. Albrecht stellte sein Telefon auf laut.

»Nun bitte, worum geht es genau. Sie sprachen von einem Fall, der über 20 Jahre zurückliegt? Möchten Sie zu diesem Fall heute eine Aussage machen?«, fragte Albrecht. Bruno zog seine Augenbrauen hoch.

»Nein, es geht nicht um den Fall, der vor so vielen Jahren passierte. Es geht um den neuen Fall, die Entführung.

»Aha, und wie kommt es, dass Sie den alten Fall erwähnten?«, fragte Albrecht.

»Na ja, ich erinnerte mich nur daran, weil ich halt das Bild von der vermissten Frau gesehen hab. Da ist mir die ermordete Frau von damals eingefallen. Das muss natürlich nichts heißen. Aber dann, dieser graue Kombi; und irgendwie sagte ich mir: ›*den Halter kennst du, der ist ein Professioneller und hat schon mal bei einer Sache geholfen. Und wenn du den an die Polizei verpfeifst, dann bist auch du dran; dann bringt der dich um*‹. Die Verbindung war irgendwie plötzlich da, ohne dass ich es gewollt hab. Ich will nur nicht mit hineingezogen werden, und ich muss aufpassen. Das ist alles.«

›*Kluges Kerlchen*‹, dachte Albrecht. »Also, dann schießen Sie mal los mit den Details!«, forderte Albrecht den Anrufer auf.

»Ich möchte zuerst von Ihnen Straffreiheit zugesichert bekommen. Wenn der Fall von damals, da ging es nämlich um Mord, auch auffliegt, dann ... dann. Na ja, Sie können sich sicher vorstellen was ich meine ... ich weiß halt davon, ich bin so quasi Zeuge ... Ich war dabei, hatte mit dem Mord aber nichts zu tun gehabt. Ich war der Jüngste von allen, nicht älter als das Opfer selbst, und saß nur hinten im Auto drin, sozusagen ein dummer Junge, der nicht wusste, worauf er sich eingelassen hat. Das einzige, was ich mir vorwerfe, ist, dass ich damals nicht zur Polizei ging. Ich glaubte halt, dass die Typen meine Freunde waren. Aber die hatten mich da schon ziemlich unter Druck gesetzt, dass ich jaa nichts sage, sonst wäre ich dran gewesen. Das hab ich nicht riskieren wollen. Ich hab genug gebüßt danach, hab nämlich lang ganz schlimm gelitten, weil ich ein schlechtes Gewissen hatte. Hab nicht schlafen können, weil die Bilder immer da waren, und ich wollte mit den Kumpels auch nichts mehr zu tun haben. Die haben ganz andere Interessen als ich gehabt; die waren ja auch ziemlich älter als ich … fast zwanzig Jahre, und ich hab mich geschmeichelt gefühlt, weil die mich ernst genommen haben … Irrtum, die haben bloß einen dummen Jungen gesucht, der bei ihren krummen Dingern Schmiere stand. Die haben auch größere Sachen gedreht, bei denen ich nicht dabei sein durfte. Dabei hätte der eine es gar nicht nötig gehabt, das war so einer mit nem ›von‹ im Namen. Für den war es nur Nervenkitzel, Abenteuer, und eine super gute Geldquelle. Deshalb durfte ich ja nie mit dabei sein. Sie hätten mir ja dann auch was abgeben müssen. Ob der feine Herr heute noch solche Dinge macht, weiß ich nicht. Ich habe die Typen danach ja nicht mehr getroffen, weil mir das alles zu gefährlich wurde. Ich sagte, dass ich irgendwo ins Ausland will. Das hab ich dann auch gemacht. Dort ist mir's aber nicht so gut gegangen. Deshalb bin ich nach'n paar Jahren wieder zurückgekommen. Hab mir dann eine Wohnung gesucht, wo ich jetzt wohne. Die wissen nicht, dass ich wieder im Land bin, Gott-sei-Dank. Hab's nämlich nicht an die große Glocke gehängt und ich hab mich eben auch verändert. Bin ja auch älter geworden.

»Kommen Sie bitte zur Sache«, forderte Albrecht ihn jetzt auf. Er mochte nicht diese langen ausschweifenden Erklärungen.

»Ja, also … ich weiß, dass einer von den dreien, der Professionelle, heute einen grauen Ford Focus Kombi fährt. Hab ihn nämlich mal zufällig gesehen, der aber mich nicht, denn ich hab mich schleunigst aus dem Staub gemacht; wollte ja nicht, dass der mich womöglich erkennt. Ich weiß nämlich, dass der absolut kein Gewissen hat. Jetzt hab ich halt gedacht, als ich hörte, dass ein graues Auto gesucht wurde: ›*da könntest du wegen damals wieder etwas gut machen*‹«

Bruno zeigte mit dem Daumen nach oben. »Das ist es«, sagte er.

Albrecht konnte dem Anrufer zumindest im momentanen Stadium Straffreiheit zusichern: »Herr ??? Sie können davon ausgehen, dass Sie einer Strafverfolgung entgehen, wenn Sie, wie Sie sagten, mit dem Mord – der ja nicht verjährt – und mit der jetzigen Entführung nichts zu tun haben. Das einzige, was man Ihnen tatsächlich zur Last legen könnte, das ist, wie Sie ja selbst sagten, dass Sie keine Meldung zu eben diesem Mord und die anderen Dinge machten. Aber Sie waren noch jung und Sie hatten vermutlich Angst, das ist verständlich und sicher für Sie auch von Vorteil, sowieso nach so vielen Jahren. Außerdem, wenn durch Sie heute ein weiterer Mord verhindert werden könnte, spräche das ebenfalls für Sie« beruhigte Albrecht den Anrufer. »Bitte nennen Sie uns Ihren Namen und den des Fahrers des grauen Fords und jeweils inklusive Wohnort. Es würde uns unnötige Recherche ersparen, denn einen Teil des Kennzeichens konnte uns ein aufmerksamer Bürger nennen. Das heißt, wir würden ihn auf jeden Fall finden. Nur wir haben nicht mehr viel Zeit. Wir müssen die Entführte so schnell wie möglich finden.

Der Anrufer zögerte einen Moment, doch dann gab er seinen Namen bekannt. »Ich bin Ingo Vogt und wohne in Lörrach-Tumringen. Der Typ mit dem Ford heißt Gisinger, Herbert Gisinger, und der letzte Wohnort war Brombach. Ich weiß nicht, ob er da noch wohnt. Ich hab ihn ja nur mal kurz mit seinem Auto gesehen.«

»Ich bitte Sie, Herr Vogt, dass Sie gleich hier bei uns in der Polizeidirektion vorbeikommen, um uns über die verschiedenen Details, wie zum Beispiel die weiteren Straftaten, dieser drei Typen zu berichten ... und natürlich den Fall, den sie zu Beginn ansprachen. Wie Sie mich vermuten lassen, wurde der nie aufgeklärt«, bat Albrecht den Anrufer zum Abschluss.

Noch bevor Albrecht aufgelegt hatte, gab er den Leuten ein Zeichen. Jeder verstand, was es bedeutete: nämlich ›Einsatz – das ganze Programm‹, und schon kam Bewegung in die Mannschaft.

Rebecca Schäfer, Albrechts junge Assistentin, hatte schon im Computer nach dem Namen Herbert Gisinger gesucht: »Bingo«, sagte sie laut. Albrecht bekam da gleich große Ohren, wie immer bei einem ›Bingo‹ von seiner Assistentin, »na Rebecca, was haben Sie herausgefunden?«

»Dieser Gisinger ist einschlägig bekannt. Der saß früher wegen verschiedener Delikte wie Raub, Erpressung, Drogen, Zuhälterei schon hinter Gittern, und das ist wirklich schon sehr lange her ... da war er noch ziemlich jung. Die Strafen fielen nicht sehr hoch aus. Aber bis jetzt wurde er auch noch nie wegen Mordes verurteilt. Seit damals gab es keine kriminellen Aktivitäten mehr, zumindest solche, die bekannt wären.«

»Ja, Sie haben recht, das will nichts heißen. Ihm wurden weitere Fälle wahrscheinlich bis jetzt nur nie nachgewiesen. Und wenn er nie wegen Mordes eingebuchtet wurde, heißt das auch nichts. Vielleicht wurde ihm ein solches Delikt bisher ebenfalls nie nachgewiesen. Diesmal auf jeden Fall kriegen wir ihn dran. Und dann kommt er nicht mehr so glimpflich davon.«

Gisingers Adresse war schnell ausgemacht. Er hatte sein Domizil tatsächlich noch in Brombach, so wie Ingo Vogt angab. Mehrere Streifenwagen fuhren zur Adresse. Sie verteilten sich auf verschiedene Standorte, so dass er nicht durch einen Hinterausgang türmen konnte. Auf das Klingeln reagierte Gisinger nicht. Einige Polizisten liefen ums Haus und riefen seinen Namen. Es regte sich nichts. Dann hörte man ein Motorrad, das die Straße herunterkam. Gisinger begriff sehr schnell. Als er die Streifenwagen in der Gegend verteilt sah, blieb er stehen … er konnte sich zwar nicht erklären, wie man so schnell auf ihn kommen konnte. Sein Auto stand schließlich in der Garage. Nie war die Rede von einer Automarke, möglicherweise waren die nur per Zufall in der Gegend, und es hatte mit ihm gar nichts zu tun, dennoch wollte er es nicht darauf ankommen lassen. Sein Gefühl für ›Gefahr im Verzug‹, ließ in ihm sämtliche Alarmglocken schrillen. Er reagierte blitzartig, wendete sein Motorrad und fuhr davon. Ein bemannter Streifenwagen reagierte ebenso blitzartig und nahm die Verfolgung auf … für den Flüchtigen existierten keine Geschwindigkeitsbegrenzungen … er raste durch die Ortschaft … eine Fußgängerin auf einem Zebrastreifen konnte gerade noch auf den Gehsteig zurückspringen … das Martinshorn schrillte laut, so dass jeder gewarnt war. Ein Funkspruch über die aktuelle Position und die Richtung, die das Fluchtfahrzeug nahm, erging an alle verfügbaren Polizeifahrzeuge. Es war eine wilde Hetzjagd, die über die Autobahn Richtung Freiburg fortgesetzt wurde … ein Unfall kurz vor Freiburg setzte der Verfolgungsjagd ein abruptes Ende. Ein Lastwagenfahrer fuhr ungebremst in eine Baustelle, die er, wie er später zu Protokoll gab, wohl wegen seines Sekundenschlafs übersehen hatte. Der Motorradfahrer konnte nicht mehr rechtzeitig anhalten. Die Bremsen blockierten und seine schwere Maschine, eine Honda XRV 750, kam ins Schleudern, rutschte seitlich weg und schlitterte über den Asphalt. Dass der Unfall des LKWs als Glück im Unglück dargestellt wurde, erfuhr der Unfallfahrer erst im Nachhinein und der fühlte sich in der Heldenrolle, was ihm aber nichts half, denn Unfall blieb Unfall. Vielleicht gab es Gnade.

Gisinger blieb für einen Moment verletzt liegen. Dank seiner mustergültigen Schutzkleidung, war die Verletzung jedoch, gemessen an diesem spektakulären Sturz, relativ unbedeutend. Er stand sogar selbst wieder auf und wurde von der Polizei auch gleich in Gewahrsam genommen. Im Fond des Polizeifahrzeugs ging die Fahrt wieder zurück … diesmal nach Lörrach, zuerst mal ins Krankenhaus, um mögliche Verletzungen auszuschließen.

In der Zwischenzeit saß Ingo Vogt bei der Polizei, um seine Geschichte zu erzählen. Er war überrascht, dass bei diesem Verhör nur auf den Vorfall von vor 26 Jahren eingegangen wurde. »Ich dachte, Sie suchen nach der entführten Frau? Warum fragen Sie jetzt nur wegen der Sache, die vor so vielen Jahren passiert ist?«, fragte er verständnislos.

»Können Sie es sich nicht vorstellen, Herr Vogt?«

»Ja doch, sie hatten am Telefon gesagt, dass Mord nicht verjährt, und er nicht aufgeklärt wurde. Aber jetzt ist doch die Entführung wichtig, oder nicht?«

»Sicher«, sagte Albrecht, »dann erzählen Sie mir doch mal, was Sie darüber wissen! Warum wurde Franziska entführt? Und, wo hat man sie hingebracht?«

Vogt zuckte mit den Achseln, »ich hab doch keine Ahnung. Ich bin nicht dabei gewesen.«

»Eben, genau. Jetzt verstehen Sie vielleicht auch, warum, die damalige Tat so wichtig ist. Sie können zur Entführung ja nichts sagen.« Vogt zuckte nur mit den Schultern, er verstand diese Logik nicht.

»Wir sehen einen Zusammenhang zwischen beiden Fällen«, klärte Albrecht Ingo Vogt dann auf.

»Weil diese zwei Frauen sich ähnlich sehen?«

»Nein, nicht deswegen, sondern weil beide Frauen sich mit derselben Thematik beschäftigt und etwas herausgefunden haben, und weil Ihr alter Bekannter vermutlich der Entführer ist«, erklärte Albrecht.

»Ich verstehe«, sagte Vogt, »die zwei Frauen wussten was wegen der Vaterschaft und sonstigen schlimmen Dingen?«

»Ah!!« Albrecht wurde hellhörig. »Sonstige schlimme Dinge?«, fragte er.

»Ja klar. Diese Tochter … die Klara … hatte noch mehr rausgekriegt, als die Vaterschaft. Die Sache mit den Drogen, in die ihr feiner Herr Vater verwickelt war. Der hatte damit das große Geschäft gemacht. Sie hatte gedroht, dass sie ihren Großvater aufsuchen will, um ihm zu erzählen, was sein missratener Sohn so alles auf dem Kerbholz hat. Es sei denn, dass er die Vaterschaft anerkennt und nachträglich bezahlt. Sie hätte schließlich das Recht darauf, dass er für sie etwas tut. ›Bis jetzt hast du dich ja gedrückt‹ hatte sie gesagt.«

»Hoppla, das sind ja tatsächlich ganz andere Dinge, als das, was wir bis jetzt schon wussten …«, sagte Albrecht, »… war Klara damals eigentlich schon tot, bevor ihr sie vor das Auto geworfen habt?«

Vogt fühlte sich überrumpelt. »Sie haben mir versprochen, Herr Kommissar, dass ich wegen der alten Geschichte nicht bestraft werde. Es bleibt doch dabei, oder?«, fragte er unsicher geworden.

»Ich sagte, dass Sie nichts zu befürchten hätten, wenn Sie am Mord nicht beteiligt waren, und Sie sich, wie Sie ja selbst sagten, nur schuldig machten, weil Sie zu allem geschwiegen hatten. Außerdem standen Sie, wie Sie ebenfalls sagten, unter dem Druck der älteren, das heißt, Sie waren eingeschüchtert. Wie lief also vor 26 Jahren alles ab?«

Dann begann Ingo zu erzählen, als wolle er sich nach langem Druck und Schuldgefühl endlich selbst von dieser Last befreien.

Albrecht erfuhr, dass man Klara, die mit ihrem Fahrrad unterwegs war, beobachtet hatte. Als sie dann oben auf der Kuppe war, sei Herbert Gisinger ausgestiegen und habe sie vom Rad gezerrt und zum Auto gebracht, in dem die drei anderen saßen. Der Herbert habe zuvor erklärt, dass er Tricks auf Lager habe, einen Mord so zu begehen, dass man ihn, weil die Ursache unsichtbar sei, nicht nachweisen könne. Jemanden einfach nur zu überfahren, sei keine Garantie, dass diese Person auch wirklich tot sei, und man wolle schließlich sicher gehen. Alexander Burgmannshoff und Dieter Waldner haben die schreiende Frau festgehalten, Alexander hatte ihr den Mund noch zugehalten, und der Herbert soll der Frau dann mit einer dünnen Nadel in den Nacken gestochen haben. Sie sei sofort tot, das heißt ihr Puls nicht mehr spürbar gewesen. Dort oben im Gebüsch hatten sich Herbert Gisinger und Dieter Waldner versteckt und auf das Auto gewartet, das man im letzten Ort schon gesehen hatte, wie es an die Zapfsäule der Tankstelle fuhr. Die tote Frau sollte dann samt Fahrrad vor das Auto geworfen werden. Alexander, der am Steuer seines Mercedes saß und mit Ingo auf dem Rücksitz, sei ein kurzes Stück zurückgefahren, um das Auto auf einem Seitenweg, es war ein Feldweg, im Schutze eines Busches abzustellen. Das Licht hatte er ausgeschaltet und es war schon recht dunkel. Man konnte es also von der Straße aus nicht sehen.

»Es ging nicht lange, da ist dann das eine Auto von der Tankstelle auch schon gekommen. Und dann ist alles sehr schnell gegangen. Ich war froh, dass ich das nicht mit ansehen musste. Wir waren ja weit genug weg, um es nicht zu sehen oder zu hören. Die junge Frau hat mir leid getan. Sie war bildhübsch. Ich hab mich hinten auf dem Rücksitz ganz klein gemacht. Ich war ziemlich geschafft, und hab ganz schön gebibbert. Als ich noch klein war, hab ich mir immer die Ohren zugehalten, wenn mein Papa ein Huhn geschlachtet hat. Nach dem Unfall sind wir dann ganz langsam hochgefahren, so dass die beiden anderen bei der

Kuppe unbemerkt ruckzuck einsteigen konnten und dann sind wir weiter gefahren, bis dorthin, wo das Unfallauto gestanden ist.«

»… um euch zu vergewissern, dass ganze Arbeit geleistet wurde, dass die Verletzungen schlimm genug waren, um von einem Unfall und nicht von Mord ausgehen zu können, nicht wahr? ›*Die is hin*‹, soll der Beifahrer gesagt haben«, beendete Albrecht Vogts Geschichte.

»Ja, das war der Gisinger. Aber woher wissen Sie das alles denn so genau?«, fragte Vogt überrascht.

»Das hatte der arme Kerl, dem ihr Klara vors Auto geworfen hattet, erklärt. Man glaubte ihm leider nicht. Er wurde nicht damit fertig und hat sein Leben selbst beendet«, erklärte Albrecht.

Ingo Vogt riss erschrocken die Augen auf. »Das hab ich nicht gewusst. Das tut mir leid. Ich hab die Frau aber nicht vors Auto geworfen, nur um es nochmals zu betonen, weil Sie nämlich ›*euch*‹ gesagt haben.«

»Wie finden wir den vierten Mann?«, fragte Albrecht, ohne auf das Gesagte einzugehen.

»Ich weiß es nicht, keine Ahnung. Ich weiß nur, dass der Dieter damals schon davon geträumt hat, abzuhauen. Er hat immer gesagt ›*Irgendwann haue ich mal ab aus dem Scheiß-Deutschland. Dann gehe ich nach Australien, oder Neuseeland*‹, so hat er es genau gesagt.«

Ingo Vogt durfte wieder gehen, erhielt aber die Anweisung, sich für die Polizei zur Verfügung zu halten. Mit Franziskas Entführung hatte er nichts zu tun, das war klar. Er hätte sich sonst nicht selbst bei der Polizei gemeldet. Dieser Gisinger wurde noch im Krankenhaus untersucht, und dann musste möglichst bald Franziska gefunden werden, wenn sie denn noch lebte, denn zu viel Zeit verging inzwischen.

Gisingers Verletzungen waren harmlos. Ein paar Prellungen, einen Schulterverband wegen der ausgekugelten Schulter und ein richtig großer Bluterguss, das war alles, was er davontrug. Er hatte also ziemliches Glück.

Bei der Polizei wurde er dann verhört, man sagte nichts zum Mordfall von damals, sondern nur von der Entführung Franziskas.

»Was wirft man mir vor?«, fragte Gisinger ganz unschuldig.

»Sie werden verdächtigt, Franziska Schnyder entführt zu haben.«

»Franziska Wie? Wer soll das sein?«

»Sie haben schon richtig verstanden«, Albrecht war innerlich geladen.

»Ich kenne keine Franziska.«

»Und wieso sind Sie dann abgehauen, als die Polizei in der Straße vor Ihrem Haus stand?«

»Wenn Polizei aufkreuzt, ist einem immer ein bisschen mulmig zumute, auch wenn man nichts ausgefressen hat. Aber wenn man halt mal gesessen hat, dann hat man immer sowas wie ein schlechtes Gewissen …«, erklärte Gisinger ganz lässig, wie bei einem Plauderstündchen, »… und man wird bekanntlich auch immer wieder gleich mal verdächtigt, wenn irgendwo irgendetwas passiert; dann ist's besser zu türmen.«

»Ihr Auto wurde von mehreren Zeugen wiedererkannt und jetzt sagen Sie mir augenblicklich, wo Sie Franziska hingebracht haben!«, Albrecht klang ruhig

… gefährlich ruhig; es war wie die Ruhe vor dem großen Donnerschlag. Seine Augen funkelten bedrohlich.

»Ui, jetzt fürchte ich mich aber«, versuchte Gisinger Albrechts Worte und sein grimmiges Aussehen ins Lächerliche zu ziehen, »sowas von Angst haben Sie mir eben eingejagt.« Er setzte dabei ein richtig hämisches Grinsen auf.

Jetzt ergriff Albrecht unsanft Gisingers Schulter, aber nicht etwa die gesunde, sondern die im Verband … Ein ohrenbetäubender Schmerzensschrei entfuhr Gisinger; und als der Schmerz wieder etwas nachließ, schrie er »Sind Sie verrückt? Das ist meine verletzte Schulter.«

»Ach ja?«, war es diesmal Albrecht, der spottete.

»Das dürfen Sie nicht«, schrie der Delinquent wieder.

»Ach ja?«, gab Albrecht auch diesmal wieder zum Besten, »schon schlimm, wenn man solche Schmerzen ertragen muss, nicht wahr? Sind Sie bei Schmerzen, die andere ertragen müssen, auch so zimperlich?«

Gisinger schwieg erst einmal und hielt sich mit einer Hand die Schulter.

Doch dann gab er als Erklärung noch zum Besten, dass es schließlich viele graue Autos gebe. Dass die Polizei nun auf sein Auto so fixiert sei, sei doch ganz klar deswegen, weil er früher mal krumme Dinger gedreht habe. Altbekannte seien schließlich immer schuldig – egal ob es stimmt oder nicht.

Albrecht ließ sich auf diesen Mist gar nicht ein, er wusste, dass es nur das letzte Strampeln des Verdächtigen war: »Aber nur Ihr Auto hat die Nummer *LÖ-LI-454*. So, wir werden jetzt eine Polizeistreife zu Alexander von Burgmannshoff schicken, und dann verhören wir Sie beide. Mal sehen, ob er dann die ganze Schuld auf Sie schiebt … denn immerhin waren Sie es auch, der vor 26 Jahren die Drecksarbeit machte. Sie machen immer nur die Drecksarbeit, nicht wahr?«

Was war denn das jetzt? Warum wusste der Kommissar von Alexander und warum sprach er von damals? ›Nur nichts anmerken lassen‹. »Das wird er nicht. Außerdem ist der in Urlaub.«

»Aha, das klingt ja schon fast wie ein Geständnis«, stellte Albrecht erfreut fest: »Wo ist Franziska?«, fragte er wieder und erhob die Hand in Richtung der verletzten Schulter des Delinquenten.

»Nein, nein, hören Sie auf. Das sind höllische Schmerzen.«

»Wo ist Franziska?«

So ging es eine Weile hin und her, es war zum Verzweifeln. Noch einmal griff Albrecht beherzt zu, und wieder ertönte ein wahnsinniger Schrei … Gisinger schien wirklich schlimme Schmerzen zu haben. Diesmal war es sogar so schlimm, dass sogar Tränen über seine Wangen liefen.

»Na gut, dann halt nicht«, Albrecht tat so, als wolle er aufhören mit der Befragung, »Sie werden sowieso wegen Entführung belangt werden, auch wenn Sie uns nicht verraten, wo Sie Franziska gefangen halten. Dass Sie schuldig sind, ist bewiesen. Wenn Franziska aber stirbt, dann ist es Mord. Dann Gnade Ihnen Gott.«

Gisinger schien allmählich weichgekocht zu sein. Irgendwie wussten die von der alten Sache, von vor 26 Jahren. Zwei Morde … die Angst gewann Oberhand. Er gab Franziskas Aufbewahrungsort bekannt: »Am

Rhein bei Märkt, da wo mal ein Überlaufbecken gebaut wurde, da ist ein tiefer Schacht mit ner Abdeckung zurückgeblieben. Da habe ich sie reingeschmissen.« Das Wort ›geschmissen‹ zeigte, wie wenig Respekt er vor dem Leben hatte.

Albrecht gab Zeichen, dass eine Mannschaft sofort zu dieser früheren Baustelle aufbrach.

Minuten später war ein Polizeiauto Richtung Märkt unterwegs. Klaus Reiff alarmierte zudem einen Rettungswagen, und fuhr mit seinem Dienstfahrzeug hinterher.

Gisinger legte dann ein umfassendes Geständnis ab, das hieß, dass er auch die Hintergründe, soweit für ihn als ungefährlich vertretbar, für Franziskas Entführung erklärte. Den Auftrag dazu habe er von Alexander von Burgmannshoff Junior erhalten, weil diese Frau zu viel in seinem Privatleben herumschnüffelte. Natürlich vermied er, den Grund dafür zu nennen, dass es nämlich mit deren Aufklärungsaktivität im Zusammenhang mit Klara ging, die ebenfalls viel zu viel wusste. Als Albrecht ihn dann aber auf den Mord von vor 26 Jahren ansprach, reagierte er ziemlich erschrocken. Für ihn war bisher immer klar, dass der damalige Fall als Unfall abgehakt worden, und ein Mord nicht erkennbar gewesen sei. Wieso sollte sich das jetzt nach so vielen Jahren, da man ja nichts mehr nachweisen könne, ändern?

Dass ihn dieser nach so vielen Jahren doch noch einholen könnte, damit hatte er nicht gerechnet. Vor allem die Vorstellung, dass er sich dafür auch nach so langer Zeit noch verantworten müsste.

Kapitel 16

Franziska dämmerte vor sich hin. Sie konnte nicht mehr. Sie hatte so viel und laut um Hilfe gerufen. Niemand hörte sie. Wo war sie nur, dass man sie nicht hörte. Sie hatte schreckliche Schmerzen, die sie schier betäubten und die Beine konnte sie nicht bewegen. Durst quälte sie. Sie hatte aufgegeben, stellte sich darauf ein, zu sterben. Sie hatte keine Hoffnung mehr. Ihr einziger Trost beim Hinschied war, dass sie nicht alleine war. Klara war bei ihr. ›Du hattest mich gewarnt, Klara, und ich hatte es nicht richtig interpretiert‹, sagte sie in Gedanken. Nun wollte sie nur noch schlafen, hinüberdämmern auf die andere Seite. Sie lauschte der Stille des Jenseits? Da waren Stimmen. Träumte sie, oder waren sie da, weil es ihr Wunsch war? Oder ... begann es so, das Sterben? Hörte man dann Stimmen?

Doch die Stimmen, die ganz leise begannen, weil sie noch zu entfernt waren, wurden immer lauter ... jetzt hatte sie sogar das Gefühl, dass man ihren Namen rief ... kamen die Stimmen tatsächlich aus dem Jenseits, oder drangen sie von außen in ihr Verlies? Sie wusste es nicht. Sie hätte gerne geantwortet, aber sie konnte nicht mehr. Ihre Stimme war zu schwach, sie war am Verdursten.

Jetzt wurde die Abdeckung langsam angehoben, es drang erst wenig Licht in ihr Gefängnis, und dann war es plötzlich ganz hell. Es war schmerzhaft grell für ihre Augen, die sich an die totale Finsternis gewöhnt hatten. Sanitäter und der Arzt waren schon zur Stelle. Der Arzt ließ sich in den Schacht hinunter abseilen. Franziska lag im Dreck. Als er ihre aufgesprungenen trockenen Lippen sah, rief er hoch nach einer Wasserflasche, die sie für solche Fälle immer dabeihatten. Sachte benetzte er ihre Lippen, flößte ihr dann ganz langsam nur wenig Wasser ein.

»Haben Sie Schmerzen?«

Franziska liefen Tränen über die Wangen. Oh Gott, war es wahr? War da wirklich Hilfe? Wird man sie wirklich befreien?

»Ich habe pochende Kopfschmerzen, mein Rücken tut schrecklich weh …«, krächzte sie, »… und ich kann meine Beine nicht mehr bewegen.«

»Können Sie ihre Beine spüren?«, fragt der Arzt und übte einen Reiz auf Franziskas Beine aus.

Sie konnte nur ganz wenig spüren, es fühlte sich nicht total taub an.

Doch das Schlimmste kam erst. Es war nämlich nicht so einfach, die junge Frau aus diesem engen Schacht zu befreien. Sie würde schlimme Schmerzen haben.

Franziska schrie vor Schmerzen, doch dann kam ihr die Ohnmacht, der automatische Schutz des Körpers, zu Hilfe …

Im Krankenhaus wachte sie auf. An ihrem Bett stand ein Arzt, der sich mit Dr. Frank Benett vorstellte. Er machte aber nicht gerade ein zufriedenes Gesicht.

»Sagen Sie mir, was es ist. Sagen Sie mir die Wahrheit, auch wenn es eine schlechte ist!«, bat Franziska.

Der Arzt zögerte einen Moment, dann sagte er, »Der Sturz war so gewaltig, dass Sie eine Querschnittslähmung durch gebrochene Wirbelkörper erlitten haben. Wir sprechen in Ihrem Fall von einer inkompletten Querschnittslähmung.«

»›*Inkomplett*‹, was bedeutet das?«, fragte sie.

»Das bedeutet, dass Sie ihre Beine nicht bewegen können, während Sie aber trotzdem Empfindungen darin haben, das wiederum heißt, dass die Nervenbahnen im Rückenmark nicht komplett durchtrennt wurden.«

Franziska biss sich auf die Unterlippe. Sie konnte im Moment nichts sagen. Diese Nachricht war wie ein Schock … äußerst schwer zu verdauen.

»Es ist grausam. Ihr Entführer hatte Sie von oben in den tiefen Schacht geworfen und Sie sind auf diesen harten Boden wohl genau auf den Rücken gefallen. Wahrscheinlich glaubte er, dass Sie tot seien. Und falls nicht, hätte er Sie wohl in dem Schacht verdursten und verhungern lassen.«

Diese Vorstellung war schrecklich. Franziska hatte schwer daran zu schlucken. Tiefe Traurigkeit verbunden mit dem Kummer über ihr künftiges Schicksal als Querschnittsgelähmte fraß sich in ihr Gefühlsleben.

Der Arzt stand betroffen neben ihrem Bett und sagte: »Wir werden versuchen, alles Menschenmögliche für Sie zu tun.«

Ein zartes, dankbares Lächeln schlich sich in Franziskas trauriges Gesicht.

Es klopfte und die Tür öffnete sich. Drei Männer mit Blumen blickten vorsichtig zur Tür herein. Franziskas Gesichtszüge erhellten sich jetzt wieder etwas.

»Dürfen wir reinkommen?« fragte Ralf.

Wie aus einem Munde kam die Antwort von Franziska und dem Arzt, der wusste, dass es jetzt das Wichtigste war, was Franziska zur Aufmunterung brauchte, »Ja, kommt rein!«

Vor ihr standen Oliver, Ralf und Bruno. Und sie strahlten Franziska hoffnungsvoll an.

Franziska stellte ihren Besuch vor: »Bruno Zimmermann, Polizist und Unterstützer meiner Forschungsarbeit, Ralf Mertens, Psychoanalytiker und ebenfalls Unterstützer, und Oliver Vollmer mein Verlobter.«

Einer nach dem anderen reichte dem Arzt, der sich ebenfalls namentlich vorstellte, die Hand. Zu Oliver sagte Dr. Benett, dass er bevor er das Krankenhaus verlässt, noch zu ihm ins Büro zu einem Gespräch vorbeikommen solle. Er erklärte noch, wo das Büro zu finden sei und verließ dann das Krankenzimmer.

Als die Gruppe allein war, umarmte jeder einzelne Franziska, glücklich darüber, dass diese Entführung, zwar hart an der Kante, nun doch so glimpflich ausging. Franziska indes behielt die Schreckensdiagnose, zumindest im Moment noch, für sich. Sie wollte die Stimmung nicht verderben, jetzt da sie so glücklich über den guten Ausgang wirkten. Oliver hatte für Franziska zwar eine kleine Hiobsbotschaft, nämlich dass ihre Mutter einen Zusammenbruch erlitt, als Franziska entführt wurde, und daher im Moment nicht in der Lage sei, sie zu besuchen. Doch nach der guten Nachricht über die geglückte Befreiung, würde sie sich sicher bald erholen. Der Vater wollte heute Abend zu Besuch kommen, und sicher würde auch Mama bald wieder soweit sein.

Das Krankenzimmer füllte sich mit Leben. Bruno bedankte sich bei Franziska für ihre Hartnäckigkeit bei der Aufklärung eines Mordfalles. Einer habe jetzt schon mal gestanden. Der andere befinde sich noch in Urlaub, so haben die Angestellte des Herrn von Burgmannshoff und der geständige Entführer erklärt.

»Und, wer von den dreien oder vieren hatte gestanden?«, fragte Franziska, »Jürgen von der Lippe?«

Bruno lachte und sagte, »Ja wahrhaftig, er sieht ihm tatsächlich etwas ähnlich, nur dass dieser Mann nicht Jürgen sondern Herbert und mit Nachnamen Gisinger heißt, und brutalere Züge aufweist …«

»… und einen grauen Ford Focus Kombi fährt«, beendete Franziska den Satz.

»Woher weißt du das alles?«, fragte Ralf.

»Na ja, ich war doch dabei, beim Überfall. Leider hatte ich nicht auf Klaras Warnung gehört. Bevor es nämlich passierte, erschien sie mir mehrfach im Traum … sie saß in einem grauen Auto, schrie lautlos und schlug mit den Fäusten gegen die Fensterscheiben. Im Nachhinein, nachdem ich den Schlag in die Kniekehle bekam und der Typ mich unsanft zu einem grauen Ford zerrte, in den er mich dann, nachdem er mich zusammenschlug, geschmissen hatte, und ich später auf dem nackten Boden meines Verlieses aufwachte, erst da wusste ich, was der Traum bedeutete. Das Auto selbst, sah ich auch schon zuvor in Haltingen, ich hatte mir sogar die Autonummer gemerkt *LÖ-LI-454*. Ich hätte wirklich hellhörig werden müssen.«

Bruno staunte, über Franziskas Beobachtungsgabe und Gedächtnis. Denn, wie er meinte, sei sie doch immerhin zusammengeschlagen worden, und das sei schließlich nicht ohne gewesen.

»Ich hatte nie ein gutes Gefühl, dass du dich so in diese ganze Sache hineingesteigert hast«, meldete sich Oliver zu Wort und setzte dabei eine Miene auf, die demonstrieren sollte, wie recht er doch hatte, »wie oft hatte ich dich gebeten, damit aufzuhören, und dafür mehr Zeit für unsere gemeinsamen Aktivitäten zu widmen … aber du, du wolltest nicht auf mich hören! Das hast du nun davon.«

Er erntete einen ermahnenden Blick von Ralf, den er aber vor lauter Ereiferung nicht wahrgenommen hatte. Im Gegenteil, er setzte noch einen drauf, es folgte ein Vorwurf, den Franziska in ihrer momentanen Situation überhaupt nicht gebrauchen konnte: »Aber nein, du wolltest deinen Kopf durchsetzen, du musstest unbedingt eine eigene Wohnung haben.«

Mit einem Schlag war die Stimmung im Krankenzimmer auf dem Nullpunkt. Franziska schaute hilflos zu Ralf. Ihr Herz wurde schwer, zumal ihr mit dieser Bemerkung schmerzlich bewusst wurde, dass ein Leben alleine als Querschnittsgelähmte nicht mehr möglich war. Sie würde immer auf Hilfe angewiesen sein. »Jetzt lasst uns doch bitte glücklich sein«, begann Bruno überschwänglich, »wir haben Grund zur Freude, und die wollen wir uns doch nicht mit Vorwürfen verderben lassen.«

*

Oliver erschien nach dem Besuch, wie ihm aufgetragen, im Büro von Dr. Frank Benett. Er nahm ihm gegenüber am Schreibtisch Platz.

»Herr Vollmer, Sie als Quasi-Angehöriger … Sie wurden mir ja als Verlobter vorgestellt … sollten die

Wahrheit erfahren. Ich nehme an, dass Franziska nichts sagte, weil sie Sie alle schonen wollte. Sie ist eine starke Frau. Leider sind ihre Verletzungen, nicht ganz so harmlos. Der schwere Sturz in den Schacht verursachten bei ihrer Verlobten eine Querschnittslähmung ... eine inkomplette Querschnittslähmung.«

Oliver war von dieser Nachricht so geschockt, dass er die Wiederholung gar nicht mehr hörte ... unaufhörlich pochte es in seinem Kopf ›Querschnittslähmung, Querschnittslähmung, Querschnittslähmung‹.

Der Gedanke, eine kranke Frau, die an den Rollstuhl gefesselt war für den Rest des Lebens pflegen zu müssen, war für ihn eine Horrorvorstellung.

»Ihre Verlobte braucht jetzt viel Verständnis, viel Liebe, viel Einfühlungsvermögen«, wollte der Arzt ihn aus seinen düsteren Gedanken holen. Doch Oliver hörte ihn nicht mehr. Er war total von der Rolle, konnte nichts mehr sagen. Wie in Trance stand er auf und verließ, ohne sich zu verabschieden, das Büro von Dr. Benett, der ihm achselzuckend hinterher sah. ›Was war das denn? Reagierte so ein Verlobter auf das Schicksal der Frau, die er liebte?‹, Dr. Benett schüttelte verständnislos den Kopf.

*

Alexander von Burgmannshoff Senior, meldete sich mit zittriger Stimme, als Albrecht das Gespräch entgegennahm: »Meine Haushälterin hat mir mitgeteilt, dass die Polizei bei mir anrief, als ich gerade meinen Mittagsschlaf hielt, und sie sagte, dass man nach meinem Sohn fragte.«

»Ja, wir riefen zuerst in Grenzach-Whylen an, aber dort nahm niemand ab, und so versuchten wir es bei

Ihnen, um zu erfahren, wo wir Ihren Sohn eventuell sonst noch erreichen könnten«, erklärte Albrecht.

»Der befindet sich in Urlaub auf Mauritius. Darf ich Sie bitten, mir den Grund zu verraten, warum Sie meinen Sohn sprechen wollten? Elisa, meine treue Seele, erklärte mir, dass der Anruf in Zusammenhang mit der Entführung einer jungen Frau erfolgte. So habe man es ihr erklärt.«

»Richtig«, sagte Albrecht.

»Ja, aber warum?«, der alte Herr war verwirrt, »warum rufen Sie da meinen Sohn respektive mich an?«

»Herr von Burgmannshoff, kennen Sie Franziska Schnyder?«, fragte Albrecht.

Burgmannshoff zuckte bei dieser Frage zusammen. Er musste zuerst schlucken, bevor er antworten konnte. Er versuchte, so gut es ging, harmlos zu klingen: »Sollte ich sie kennen?«

»Ja, ich denke schon«, sagte Albrecht sehr bestimmt, »Franziska besuchte Sie am 19. März zusammen mit einem Freund namens Ralf Mertens. Sie wollte mit Ihnen sprechen und zwar über einen Unfall, oder besser gesagt über den Mord an Ihrer Enkelin Klara, der vor 26 Jahren begangen wurde.«

Das war zu viel für den alten Herrn. Er bekam plötzlich keine Luft mehr, presste die Hände auf die Brust. Albrecht hörte nur noch ein schwaches Röcheln. Dann zerriss ein Schrei die Stille. Die Haushälterin Elisa rief panisch den Namen ihres Herrn. Albrecht reagierte sofort. Er trennte das Gespräch und rief den Notruf. »Dringend … ein Notarzt zur Villa Burgmannshoff auf dem Leuselhardt. Der Herr des Hauses hatte einen Schwächeanfall, möglicherweise ein Herzinfarkt ... Die Haushälterin ist alleine mit ihm und möglicherweise überfordert mit dieser Situation. Bitte schnell, es ist ein Notfall.«

Elisa hatte vor lauter Aufregung den in der Villa installierten ›Alarmknopf für den Notfall‹ ganz vergessen.

Ja, das war dann wirklich Rettung in letzter Not. Der Mann wurde ins Krankenhaus gebracht. Es war tatsächlich ein Herzinfarkt. Nun lagen er und Franziska in derselben Klinik, unweit voneinander.

Franziska erfuhr davon von Ralf der sie regelmäßig besuchte, um ihr beizustehen. Mittlerweile wusste er längst von Franziskas schrecklichem Schicksal, das ihr ein Leben im Rollstuhl bescherte und ein eigenständiges Leben verunmöglichte. Er fuhr sie bei schönem Wetter mit dem Rollstuhl in den Park des Krankenhauses. Er gab ihr liebevoll zurück, was Franziska seiner Schwester gab. Er liebte Franziska.

Oliver kam nicht mehr zu Besuch. Er hatte den Schnyders erklärt, dass er mit dieser Situation überfordert sei. Er könne sich nicht um Franziska als Pflegefall kümmern, und wolle die Verlobung lösen. Die Eltern meinten, dass er es Franziska selbst breibringen solle. Doch dazu fehlte ihm der Mut.

Davon abgesehen, war es gar nicht nötig, denn Franziska, die die Menschen spürte, merkte es schon an seiner Reaktion, am ersten Tag, als er ins Krankenhaus kam. Und es war für sie okay so.

Eines Tages äußerte sie den Wunsch, dass Ralf sie zum alten Herrn von Burgmannshoff fuhr, der in seinem Zimmer, nicht weit von ihr lag. Irgendwie teilten der alte Mann und sie das gleiche Schicksal. Sie beide waren Opfer seines Sohnes Alexander, so wie andere vor ihnen auch schon. So viel Leid, so viele Schicksale. Als Ralf sie ins Zimmer von Burgmannshoff schob, erkannte dieser beide sofort. Er lächelte, seine Züge wirkten genauso warm und freundlich wie im März, als Franziska ihn kennenlernte.

Sie unterhielten sich erst ganz belanglos, fragten einander, wie es geht, bis sie dann auf das Thema des Sohnes zu sprechen kamen.

»Ich wollte es erst nicht glauben … «, dann korrigierte er sich, »… falsch, ich wollte es zuerst glauben, weil alles so logisch klang, als Sie mir von der Geschichte erzählten. Doch im Stillen hoffte ich, dass Sie nicht recht hatten. Und wie mein Sohn mir dann noch mit unschuldigen Augen beteuerte, dass er damit nichts zu tun hatte, da wollte ich ihm einfach glauben. Er war doch schließlich mein Sohn.«

Franziska zeigte sich verständnisvoll: »Ich kann das verstehen, Herr Burgmannshoff; es ginge mir auch so.«

»Dass da aber auch noch Drogen im Spiel waren, wo er doch auf einen Zusatzverdienst nicht angewiesen war … und dass er dann noch für Ihre Entführung verantwortlich war, hätte ich nie und nimmer von ihm erwartet. Er hatte es ja sehr geschickt angestellt, als er meinte, er wolle Sie bei mir in Lörrach treffen, um die Sache Auge in Auge klarzustellen. Das unterstrich seine Unschuld förmlich. Just verschwand er mit nachvollziehbaren Gründen in Urlaub, nachdem er Ihren Entführer beauftragt hatte. Das war sowas von durchtrieben«, der alte Mann schüttelte seinen Kopf, vor Unverständnis … er wirkte verbittert, »nun, jetzt wird er wohl seine gerechte Strafe erhalten. Was Ihnen zugestoßen ist, Franziska, das tut mir unendlich leid.«

Kapitel 17

Franziska wurde entlassen. Nach der anfänglichen Rehabilitation, glaubten ihre Ärzte nicht mehr an eine weitere Besserung, was hieß, dass Franziska an den Rollstuhl gefesselt bleiben würde.

Ralf holte sie zu sich. Er lachte, als er zu ihr sagte: »Tut mir leid, dass es jetzt nichts mehr wird mit der eigenen Wohnung, und dem euphorischen Ziel des ›Ich-Will-Endlich-Auch-Mal-Alleine-Lebens‹«

Franziska beantwortete diese Bemerkung ebenfalls mit einem Lächeln. Dann sagte sie: »Du weißt aber, worauf du dich einlässt?«

»Ich weiß, Franziska, ich weiß es zu gut, denn ich habe durch meine Schwester Erfahrung auf diesem Gebiet. Außerdem, liebe ich dich, Franziska. Für dich ist mir nichts zu schwierig noch zu viel. Du bist bei mir willkommen und sollst dich auch zu Hause fühlen können … es sei denn, du willst nicht mit so einem alten Mann zusammenleben«

Franziska lachte wieder und meinte: »Was sind schon zwölf Jahre?«

Ralf schaute sie liebevoll an. Sie war eine so schöne Frau. Ihre schönen braunen Augen und der liebe Blick hatten es ihm, dem Blauäugigen, immer schon angetan. Für ihn war die Vorstellung, mit Franziska alt zu werden, seit jeher das höchste der Gefühle. Er durfte es früher nur einfach nicht zeigen. Er war immer darauf bedacht, die Distanz zu wahren, denn Franziska gehörte einem anderen.

An einem milden Herbsttag im Oktober des Jahres 2005 läuteten die Hochzeitsglocken. Franziska war die schönste Braut. Ihre Behinderung konnte ihrer Anmut nichts anhaben.

Der alte Herr von Burgmannshoff war als Gast geladen und er freute sich, dass Franziska trotz dieser schlimmen Erlebnisse, und vor allen Dingen trotz der Behinderung ihr Glück gefunden hatte und ein schönes Leben führen durfte. Außerdem, fand er, passten die beiden bestens zusammen. Zu was die wirkliche Liebe doch fähig war. Er seufzte bei diesem Gedanken, denn automatisch dachte er an seine geliebte Frau Gerlinde.

Oliver war ebenfalls in der Kirche zu Rötteln, hoch über Lörrach, um dem Paar zu gratulieren.

Franziska hegte keinen Groll gegen ihn. Oliver war einfach ehrlich ... lieber so, als anders ... und außerdem waren sie beide viel zu verschieden. Es wäre vermutlich nie gut gegangen.

*

Ja, das Jahr 2005 war ein Schicksalsjahr: ein Jahr der Aufklärung, ein Jahr der Enttäuschung, ein Jahr gefüllt mit unsäglichen Schmerzen, ein Jahr der Trennung und dank Franziska aber auch ein Jahr der Versöhnung.

Franziska, die durch ihre Verletzung die schlechteste Karte gezogen hatte, war ein Segen für alle, oder zumindest für alle diejenigen, die diesen Segen auch verdienten. Und zu allem hin, hatte sie den Mord an

Klara aufgeklärt, der jetzt so viele Jahre danach endlich gesühnt wurde. Doch Franziska fand es nicht so, dass sie die schlechteste Karte gezogen hatte ... nein, sie war dankbar. Ihr persönlicher Segen war die Verbindung zu Ralf. Sie lächelte immer wieder zufrieden bei der gedanklichen Rückschau auf ihre gemeinsamen Zeiten: die Hilfe, die er ihr gab und ihre Zusammenarbeit bei der Aufklärung von Klaras Geheimnis. Sie fand, dass sie das größte Glück gefunden hatte.

Der alte Herr von Burgmannshoff besuchte Klaras Großeltern in Freiburg. Er hatte das Bedürfnis, sich bei ihnen zu entschuldigen, zumal er ja mit der Bezahlung des Schweigegelds dafür sorgte, dass der Vater ihrer Enkelin, die ja auch seine Enkelin war, verborgen bleiben konnte. Er bedauerte zutiefst, damit zu viel Leid beigetragen zu haben und er hätte es so gerne ungeschehen gemacht. So viel Versäumnis, so viel Verpasstes ... es nagte an seinem alten Herz.

Die Webers standen diesem Besuch offen gegenüber. Sie nahmen diese Versöhnung dankbar an. Ja, sie waren unendlich dankbar, dass sie jetzt mit Liebe statt mit Vorbehalt oder gar Ablehnung auf die Zeit mit ihrer Tochter Susanne, die leider viel zu früh gehen musste, zurückblicken konnten. Sie waren damals wohl auch geblendet von der Wut und ihrer Enttäuschung; sie waren blind gegenüber des Kampfes, den Susanne innerlich ausfocht. Sie wollten es nicht sehen, weil sie sich halt auch allzu schnell ein Urteil bildeten. Zu Susannes Lebzeiten konnten sie nichts mehr wieder gut machen. Das einzige, das sie an ihrem Dasein positiv empfanden und was sie auch tröstete, das war, dass sie zumindest Klara ein liebevolles Heim gaben. Dennoch, wie oft hatten sie, nach der Aufklärung, in Gedanken um Verzeihung gebeten.

Das Schönste aber in diesem Jahr war, dass sie Carlota, Raúl und Javier, ihre drei erwachsenen Enkelkinder, und natürlich ihren Schwiegersohn Peter Silbereisen kennenlernen durften. Die Familie reiste nämlich zu Weihnachten als Überraschung nach Freiburg. Elena Silbereisen hielt mit zwei Freundinnen den Betrieb in Costa Calma, während diesen zehn Tagen der Abwesenheit ihrer Familie, aufrecht. Es war schließlich Hauptsaison.

Es war ein wunderbares Treffen, denn es war Liebe auf den ersten Blick. *Wie waren sie doch alle so bezaubernd.* Auch ihr Schwiegersohn, war *ein sympathischer Mann,* wie sie beide fanden. Die Webers, die die verlorene Zeit zwar sehr bedauerten, durften nun am Ende ihrer Tage nochmals Glückseligkeit erfahren.

»Haben wir dieses Glück wirklich verdient?«, fragte Karl Weber.

Emma nickte und lächelte: »Ja Karl«, sagte sie, »ja, das haben wir. Franziska sei gedankt.«

Natürlich erfuhren auch die beiden ehemaligen Schulfreundinnen, zu welchem Ergebnis ihre Auskunftsbereitschaft führte. Sie waren stolz, etwas zur Lösung dieses Mordfalles beigetragen zu haben.

*

Zwei Jahre später, im Juni 2007, erfuhr Franziska vom Ableben des 96jährigen Herrn von Burgmannshoff.

Der Nachlassverwalter trat an sie heran, um ihr vom Erbe, über das der Verstorbene verfügt hatte, zu informieren. Zusammen mit dem jüngeren Sohn Maximilian und Familie, sowie der treuen Haushälterin Elisa war sie selbst zur Testamentseröffnung anwesend.

Sie war gerührt. Der alte Herr dachte an alle und alles.

Elisa, die treue Seele, die ihm über viele Jahre hinweg hilfreich zur Seite stand, solle für den Rest ihres Lebens versorgt sein. Ihr vermachte er sein kleines Wochenendhaus in Höchenschwand im Südschwarzwald, das er die letzten Jahre touristisch vermietet hatte. Höchenschwand sei ein heilklimatischer Kurort und würde der lieben Elisa, nach einem arbeitsreichen Leben, ganz bestimmt gut tun, ›zumal ihr Atmungsorgan ja etwas angeschlagen ist‹, hatte er verfügt. Ein zusätzlicher stattlicher Geldbetrag solle für einen würdigen Lebensabend sorgen.

Elisa hatte Tränen in den Augen.

Franziska erhielt einen Geldbetrag in der enormen Höhe von 120'000 Euro. Als sie diesen Betrag hörte, wurde ihr ganz schummrig vor Augen. Sie konnte es nicht fassen. Und als sie dann hörte, was der alte Herr dazu schrieb, hatte sie ebenfalls Tränen in den Augen. ›Irgendwann‹, so spekulierte er, ›würde es technisch möglich sein, dass man Querschnittslähmung heilen könne. Er habe großes Vertrauen in die Kunst der Medizin. Dieser Betrag solle helfen, eine Behandlung nach neusten Methoden zu finanzieren. Franziska zolle er großen Respekt. Sie habe viel Zivilcourage, Mut und Stärke bewiesen.‹

Dem Sohn Maximilian vermachte der alte Herr die Villa mit allen Kunstwerken sowie den Rest seines gesamten Vermögens, inklusive Aktien und weitere Immobilien, jedoch exklusive eines kleinen Pflichtteils von 20'000 Euro für Alexander, das aber, statt dem gestrauchelten Sohn, der Stiftung ›Kinder in Not‹ zugutekommen solle.

Alexander, hatte er nämlich gesetzeskonform nach § 2333/4 abgefunden ›Der Erblasser kann einem Abkömmling den Pflichtteil entziehen, wenn der Abkömmling wegen einer vorsätzlichen Straftat zu einer Freiheitsstrafe von mehr als einem Jahr ohne Bewährung rechtskräftig verurteilt und die Teilhabe des Abkömmlings am Nachlass deshalb für den Erblasser unzumutbar ist‹. Er begründete es damit, dass sein Sohn auf Kosten anderer, gerade im Zusammenhang mit seinem florierenden Drogengeschäft, lange genug in Saus und Braus gelebt habe.

Seine Schwiegertochter Roswitha solle der ganze wertvolle Schmuck seiner zu früh verstorbenen Frau Gerlinde erhalten.

Maximilian gab Franziska nach der Testamentseröffnung die Hand, sagte, dass sie dieses Erbe wirklich verdient habe, und wünschte ihr alles Gute. Er gab seiner Hoffnung Ausdruck, dass sein Vater recht behalten solle, was ihre Heilung anbelangt.

Für seinen Bruder entschuldigte er sich nachträglich noch. Er sei erschüttert gewesen, zu erfahren, wozu der fähig gewesen sei.

Epilog

Vier Jahre später

Anfang 2011

Franziskas damals behandelnder Arzt Dr. Benett, teilte ihr telefonisch mit, dass es nun eine, zumindest vage, Möglichkeit gebe, ihr die Fähigkeit zu Gehen zurückzugeben.

Beim ersten Besuchstermin jedoch warnte er vor überzogenen Hoffnungen. Es sei wirklich nur eine Möglichkeit, die er anzubieten habe.

Dr. Christoph Widmer von der Klinik für Paraplegiologie der Uniklinik Heidelberg, so erklärte Dr. Benett, habe betont, dass der Ansatz vornehmlich für diese Patientengruppe, zu der Franziska auch gehörte, geeignet sein könnte. Bei ihr sei nämlich noch ein erheblicher Anteil von Nervenbahnen erhalten geblieben. Nervenbahnen, die das Gehirn mit den Muskeln verknüpfen und umgekehrt sensible Rückmeldungen von den Beinen an das Gehirn weiterleiten könnten.

Franziska und Ralf verfolgten Dr. Benetts Ausführungen aufmerksam.

»Frau Mertens, ich hatte Ihren enttäuschten Blick gesehen, als ich vor überzogenen Hoffnungen warnte. Ich musste das sagen, auch wenn ich selbst die Hoffnung niemals aufgeben würde. Der Grund für diese Vorsichtsmaßnahme liegt einfach darin, dass die neue

Methode, von der ich Ihnen noch berichten werde, bisher nur an Menschen untersucht wurde, deren Verletzung mehrere Jahre zurücklag. Wenn man Patienten kurz nach einer Schädigung des Rückenmarks behandeln würde, wäre das Besserungspotenzial vermutlich wesentlich größer – vor allem weil das Gehirn die komplexen Bewegungsabläufe beim Gehen noch nicht verlernt hat. Sie müssen dazu wissen, früher galt eine Lähmung nach einer Rückenmarkverletzung nach sechs Monaten als unheilbar. Heute ist man etwas weiter. In jüngster Zeit gab es aber einen Durchbruch in der Therapie von Lähmungen.«[1]

»Und wie sähe nun eine Therapie bei meiner Frau aus?«, wollte Ralf wissen.

»Mittels eines speziellen Verfahrens, der gezielten Elektrostimulation des Rückenmarks.«

»Und wie funktioniert das?, fragte Franziska.

»Es wird ein Satz von Elektroden auf dem Rückenmark implantiert. Dies ermöglicht, einzelne Muskelgruppen in den Beinen anzusteuern. Um die Muskeln, die am Gehen beteiligt sind, zu kontrollieren, werden je nach Phase der Gehbewegung bestimmte Konfigurationen dieser 16 Elektroden aktiviert. Damit werden jene Signale stimuliert, die das Gehirn zum

---

[1] Seit 2014, übrigens gibt es auf diesem Gebiet einen Durchbruch. Es werden Zellen aus der Nase des Patienten genommen und in das Rückenmark injiziert. Diese transplantierten Zellen wirken nach Angaben des britischen Wissenschaftlers Geoffrey Raisman vom London University College als ›Brücke‹, über die das durchtrennte Rückenmark wieder in der Lage sei, zusammenzuwachsen.

Gehen aussendet. Das Gehirn wird sozusagen imitiert. Es bedarf natürlich eines mehrmonatigen intensiven Trainings.

In einem medizinischen Journal stand zu lesen, dass Patienten, mit Unterstützung mehr als einen Kilometer weit gehen konnten. Natürlich wirkte der Gang noch unbeholfen. Sie sehen also, Frau Mertens, es gibt Machbarkeitsnachweise dafür, dass verloren geglaubte neurologische Funktionen wiedererlangt werden können. Deswegen, gebe ich die Hoffnung in Ihrem Fall nicht auf, und Sie sollten sie auch nicht aufgeben. Sie sind eine starke Frau, vor allen Dingen sehr, sehr willensstark. Wollen wir es versuchen?«, fragte Dr. Benett.

Franziska schaute Ralf an … es war ein Blick der große Hoffnung ausdrückte. Ralf nickte und meinte, »ja, auf jeden Fall, wir sollten es versuchen.«

Franziska war überwältigt. »Auch wenn es viel Zeit benötigen würde und auch wenn die Hoffnung vage war. Aber es war eine Hoffnung, nämlich die, wieder gehen zu können, und das war zu verlockend.«

Sie blickte dankbar nach oben und glaubte den alten Herrn Burgmannshoff zu sehen. Er lächelte sie an. Sie lächelte zurück und sagte leise »danke«.

Sie selbst erhielt ebenso ein großes Dankeschön zurück von Klara, ihre ständige Begleiterin, denn Franziskas Auftrag war erfüllt … in Gedanken sagte sie zu Klara: ›*beschütze nun du mich, meine liebe Freundin*‹

Es vergingen viele Monate, intensiven Trainings. Es gab Fortschritte, aber auch Rückschläge. Doch Franziska verlor ihren Mut nicht. Sie machte weiter, denn sie hatte nichts zu verlieren, nur zu gewinnen. Ja, sie hatte ein Ziel und das verlor sie nie aus den Augen.

Ralf unterstützte sie tatkräftig.

»Ich brauche nur noch das Aha-Erlebnis, dann laufe ich euch allen davon«, sagte sie voll Zuversicht zu Ralf und er sprach ihr Mut zu. Beide waren sie euphorisch.

Nach sieben Monaten war es soweit. Franziska konnte gehen; unsicher zwar noch und ruckartig, aber sie ging. Vorsichtig setzte sie zu Beginn einen Fuß auf, verlagerte das Gewicht und ruderte dabei mit den ausgebreiteten Armen, um die Balance zu halten.

Dann waren es Schritte … einen Fuß setzte sie vor den anderen … sie bewegten sie vorwärts. Wie komplex so ein Bewegungsablauf war, erfuhr Franziska erst jetzt … früher dachte sie darüber gar nicht nach. Man lief einfach. Heute ist es für sie wie ein kleines Wunder.

Das Leben gewann weiter an Reiz und sie hatte einen großen Wunsch. Sie wollte nochmals nach Fuerteventura reisen, zu der Insel, deren Charme sie vor sechs Jahren auf Anhieb gefangen hielt. Und gerne hätte sie noch die Familie Silbereisen besucht.

Das Glück war fast perfekt. Ganz perfekt war es dann zwei Jahre später.

Eine Woche vor Franziskas 30. Geburtstag kam Töchterchen Klara zur Welt

Danksagung

Wie immer danke ich den Helfern, die bei der Entstehung meines Buches in irgendeiner Form mitwirkten.

Es sind dies:

… Mysticsartdesign auf pixabay , die Fotoplattform, über die ich für einen kleinen Beitrag das Foto für mein Cover erstand.

… Spiegel-Online, die Plattform, über die ich von der Möglichkeit erfuhr, wie Querschnittslähmung via Elektrostimulation des Rückenmarks behoben werden kann.

… den Youtube-Kanal Clixoom News, über den ich von der neusten Errungenschaft auf dem Gebiet der Querschnittslähmung erfuhr, und …

… die **Augsburger Allgemeine,** wo ich darüber noch ausführlich nachlesen konnte. Es war interessant und lehrreich

… mein Mann, Dieter, der sich, wie gewohnt, als Lektor und wie immer als mein erster Kritiker fungierte; er machte mich auch auf allfällige Unstimmigkeiten aufmerksam.

… Aldo Focone, von der ProMedia Werbeberatung GmbH, http://www.promedia-basel.ch, der mich bei der Produktion des Covers nach meinem Wunsch tatkräftig unterstützte.

../..

Und vor allen Dingen danke ich …

… allen meinen interessierten Lesern, die wieder mal ganz ungeduldig auf die Fertigstellung des Buches warteten, so dass ich nach längerer Schreibpause, alles stehen und liegen ließ, um endlich daran zu arbeiten.

Allen ein herzliches Dankeschön.

Wie hat Ihnen dieses Buch gefallen?

1, 2, 3, 4 oder 5 Sterne?

Bewerten Sie es auf
www.LOVELYBOOKS.de
Das Literaturportal für Leser und Autoren

www.AMAZON.de

www.ELLEN-HEINZELMANN.de

www.BOD.de

- Schreiben Sie Rezensionen
- Tauschen Sie sich mit Freunden aus
- Entdecken Sie Neues

Weitere Bücher von Ellen Heinzelmann

Der Sohn der Kellnerin

ISBN 978-3-7448-0099-0

248 Seiten, Neuauflage 07.2017

Das Leben der Studentin Hannah nimmt eine überraschende Wendung. Unerwartet wird sie schwanger und ein schwerer Schicksalsschlag trifft sie. Doch tapfer stellt sie sich dem Leben mit ihrem Kind, einem ganz besonderen Jungen. Bald stellt sich nämlich heraus, dass der Kleine anders ist, als andere Kinder seines Alters. Er zeigt klare Merkmale eines Genies. Was eigentlich Anlass zu großen Erwartungen und Hoffnungen sein könnte, fordert die junge Mutter auf nicht alltägliche Weise heraus. Sprachlosigkeit und Verwirrung bestimmen ihr Leben. Es gibt sogar Zeiten, da hegt sie Zweifel und fragt sich, wo wohl die Grenze zwischen Genialität und Irrsein zu ziehen sei.

BLUTSVERWANDT

Aus der Markgräfler Buchreihe

ISBN 978-3-7448-1679-3

264 Seiten, Neuauflage 07.2017

Mit dreißig Jahren entdeckt Boris Petrow zufällig, dass sein verstorbener Zwillingsbruder Ilja gar nicht sein Bruder war. Sein wirklicher Zwillingsbruder mit Namen Eric wuchs 60 km entfernt in einer anderen Familie auf und er lebt. Durch seine Recherchen gerät Boris in große Gefahr, denn Adrian, Erics Vater, setzt einen Berufsverbrecher auf ihn an.

Wir seh'n uns in der Hölle

ISBN 978-3-7448-1374-7
264 Seiten, Neuauflage 07.2017

Mario der älteste und auch tüchtigste von insgesamt drei Söhnen der Galanisfamilie hat es mit seiner Steinmetzkunst zu Wohlstand gebracht. Zwanzig Jahre lebt die Familie gut und gerne von Marios Wohlstand. Doch im Hintergrund schwelt der Neid. Die unstillbare Gier führt zu Hass und blinder Zerstörungswut. Und die gierige Gesellschaft merkt nicht, dass sie am Ast sägt, auf dem sie selbst sitzt. Mario wird an den Abgrund seiner Existenz getrieben. Auf der Suche nach dem *'Warum?'*, stößt Mario auf ein dunkles Familiengeheimnis.

Es geschah in der Wolfsschlucht
Der Markgräfler Krimi

ISBN: 978-3-7392-4803-5
300 Seiten; Neuauflage 2016

In der Wolfsschlucht ist so einiges los, wovon niemand etwas ahnt; und dann geschieht auch noch ein Mord. Der Täter, ein Gymnasiallehrer aus Lörrach, ist schnell gefunden, denn alle Spuren führen ganz klar zu ihm, unter anderem der Hinweis eines stummen Zeugen. Doch, ist er wirklich der Mörder?
Doris, seine Schwester, zweifelt daran. Sie möchte die Wahrheit herausfinden und engagiert eine Rechtsanwältin Celine Endress. Celine und ihr ›Matula‹, wie diese ihren Kompagnon, Detektiv Friedhelm Kulau, gerne scherzhaft nennt, nehmen sich des Falles an. Bei der Recherche stoßen sie auf erschreckende, äußerst gefährliche Details.

Verhängnisvoller Deal
Der Markgräfler Krimi

ISBN 978-3-7386-0352-1
248 Seiten; Neuauflage 2014

Joachim Winterstein, Geschäftsführer einer renommierten Firma in Lörrach, war ein erfolgreicher, aber auch ausgekochter Geschäftsmann, dessen Nebengeschäfte und sonstige Aktivitäten vor dem Auge des Gesetzes nicht immer auf Wohlwollen gestoßen wären. Daher sah er sich auch immer wieder mal genötigt, ungeliebte Mitwisser durch großzügige Vereinbarungen zum Stillhalten zu bringen. Doch einer dieser Deals stellte sich als verhängnisvoll heraus.

Maurice
Die Vergangenheit hat einen Namen

ISBN: 978-3-7386-3651-2
240 Seiten, Neuauflage 2016

Während eines Workshops in Montpellier hatte Dr. Norman Falcon eine kurze aber sehr intensive Affäre mit einer Französin, einer außergewöhnlichen Frau. Dass dieses Abenteuer nicht ohne Folgen blieb, erfährt er erst acht Jahre später, nachdem er längst eine Familie mit zwei Kindern gegründet hatte und in sorgenfreiem Wohlstand in der Schweiz lebt. Diese Folgen haben einen Namen: **Maurice**.

Reise in den Tod
Aus der Markgräfler Buchreihe

ISBN: 978-3-7431-8188-5
168 Seiten, Paperback

Es sollte ein Ausflug von sieben Exschülern der damaligen Abiturklasse nach Fuertevenura werden. Sie waren die besten Schüler des Jahrgangs 2005 im Markgräfler Gymnasium Müllheim und ein eingeschworenes Team. Doch die Reise endete in einem Albtraum. Bilanz dieses Ausflugs: zwei Tote, zwei Verletzte davon einer schwer. Frederik Hartl zerbricht unter der Last des damaligen Geschehens, denn er alleine fühlt sich verantwortlich. Doch, was ist wirklich geschehen? Frederiks Vater und auch Frederiks Verlobte möchten es in Erfahrung bringen, und engagieren einen Detektiv, Friedhelm Kulau.

Bis dass der Tod uns scheidet
Der Markgräfler Krimi

ISBN Nr. 978-3-7460-7513-6
340 Seiten, Paperback

Daniela Crohn, ist nicht glücklich in ihrer Ehe. Sie und ihr Mann Philipp stritten sich zu viel und lebten sich auseinander. Und genau in einem solchen Moment der Unzufriedenheit tritt der drei Jahre jüngere Andreas in ihr Leben. So wie mit Andreas, verstand sie sich mit Philipp nicht. Sie und Philipp hatten nicht mehr dieselben Interessen. Philipp erfährt vom Seitensprung seiner Frau, und beginnt ebenso ein Verhältnis mit einer Arbeitskollegin. Eines Tages verschwindet er spurlos und Daniela gerät in den Verdacht, ihren Mann ermordet zu haben. In einem Aufsehen erregenden Indizienprozess wird sie zu einer lebenslänglichen Haftstrafe verurteilt.